삼국지의 여인들

문학의 문학

부패한 조정을 타도하라

능욕당한 왕미인 동탁을 찌르다

동탁 암살에 실패한 조조

내 남편이 바람을 피워요?

여기가 주지육림의 관

저 원소의 부인을 죽여주세요

그대의 호가 소리가 나 조조를 울리는구려

적벽대전의 신화

관운장, 이 조조를 살려주시오

서방님, 제가 어떻게 해야 하나요

내 남편 사마의가 제국을 찬탈할 거야

이번에도 풀어주리다

공명, 어서 병권을 잡으세요.

한 자리에 모인 삼국지의 여인들

여자에 빠져 도망치는 신세가 되다니

삼국지의 여인들

저자의 말

『삼국지』는 한국, 중국, 일본뿐 아니라 서양에서도 많이 읽히는 책이다. 책, 영화, 텔레비전 드라마, 게임 등으로 『삼국지』는 끊임없이 재생되고 붐을 일으키고 있다. 이유는 많겠지만 무엇보다 이 삼국시대가 복잡다단한 문제를 안고 있는 데다 인류 멸망을 자초하는 위기의 모습까지 보여 주고 있어 현대를 사는 우리에게 적잖은 자극을 주고 문제해결의 실마리까지 주고 있기 때문일 것이다.

인생이란 하나의 문제집이라고 할 수 있는데 『삼국지』야말로 현실적으로 우리에게 많은 답을 주고 있다. 이 작품에 나오는 인물들은 단순한 영웅, 호걸이 아니고 각기 뛰어난 자질과 학식을 지닌 당대의 문화인으로서 인간다운 면모를 지니고 있다.

본인이 1950년대 말에서 1960년대 초 프랑스에서 불문학을 연구할 때 가장 흥미 있게 읽은 책이 『삼국지』와 『손자병법』이었다. 당시 나는 발자크에 대한 논문을 쓰기 위해 교수의 추천장을 얻어 프랑스 르와르 지방의 벽촌에 방을 얻어 공부에 힘쓰고 있었다. 마을은 고요하고 인구도 적었는데 주민들은 도시인과 달리 순박하였고 한국인이 지방의 도서관에서 연구에 몰두하는 것에 매우 호의적이었다. 벽촌에는 영화관이 하나 있었으나 목요일에 영화 한 편을 상영하고 6일은 쉬는 형편이었다. 마을사람들은 교양이 있는 데다 동양의 문물에 강한 호기심을 갖고 있었다. 해서 나는 그들의 청으로, 파리에 갔다 올 때 『삼국지』를 사 갖고 와서 틈나는 대로 같이 읽는 시간을 가졌다. 작품 속 인물들의 사고방식이 프랑스인의 상상을 초월하는 내용이라 그들은 매우 놀라워하며 열심히 읽었다.

그런데 많은 프랑스인이 『삼국지』에 여자 이야기가 없는 것을 이상하게 생각하였다. 프랑스 문학은 기본적으로 여성이 인생의 중심적 역할을 하기 때문이었다. 나는 여성이 중심 역할을 하는 삼국지를 써 보고자 하였다. 그러기 위해서 한국판, 일본판, 중국어판, 프랑스판, 영어판 등의 삼국지를 읽으며 여성을 중심으로 한 삼국지를 구상하였다. 그것이 오랜 세월 머릿속에 저장되어 숙성되어 가다가 이번 작품으로 탄생하게 된 것이다.

끝으로 이 작품에 흔쾌히 지면을 내주어 1년에 걸쳐 연재를 해준 '월간조선', 그리고 멋진 삽화를 그려주신 유승배님과 출판사 '문학의 문학'에 고마운 마음을 전한다.

나는 이 작품이 『삼국지』를 아끼는 모든 이들에게 『삼국지』에 대한 새로운 흥미와 비전을 주었으면 하고 바란다.

2015년 6월

민희식

차 례

차 례

후한말의 시대상황

黄

후한말의 시대상황

황건의 난

창천이사 황천당립 세재갑자 천하대길蒼天已死 黃天當立 歲在甲子 天下大吉 푸른 하늘이 죽고 누런 하늘이 서도다. 갑자년에 천하가 크게 길하리라.

주문과도 같은 이 말이 정월이 다가오는 후한後漢의 수도 낙양의 거리거리에 질풍처럼 불어 댔다. '창천蒼天'이란 한漢, '황천黃天'이란 태평도太平道를 말하니 한나라가 망하고 태평도의 천하가 온다는 것이다.

한나라로서는 불길한 예언이다. 그해 금년(영제靈帝의 중평中平 원년元年 갑자甲子, 서기 184년)이다. 조정의 부패를 익히 아는 백성들은 깊은 한숨과 함께 위의 말을 침울하게 인정하였다. 이것은 그저 생겨난 말은 아니었다. 치자전교治者傳敎를 부르짖는 태평도의 교주 장각張角이라는 사나이가 갑자해 갑자일 3월 5일을 기하여 황실 타도를 위한 궐기를 준비하고 있었고, 그전에 민심동요를 노려 퍼뜨린 슬로건이었다. 장각이 수십 년간의 전도로 얻은 신자는 무려 수십만에 이르렀다. 장각은 신자들을 36개 그룹으로 나누었다. 1만이 넘는 대大 7천 명의 소小로 이루어진, 총 36만이 넘는 봉기군으로 천하를 뒤집어 놓겠다는 것이다. 장각은 자신만만하였다.

그런데 이 야심찬 계획은 사전에 발각되었다. 궐기 때 호응하기로 약속한 환관宦官에게 연락을 하러 간 자가 궁전의 화려하고 웅장한 모습을 보고 지레 겁을 먹은 것이다. 그는 그 속이 완전히 썩어 문드러진 것을 모르고 외관에만 질려 궐기 계획을 자백하고 말았다. 이 사실을 안 장각은 예정보다 일찍 궐기를 하게 되었다. 36만의 군사조직은 만반의 준비를 갖추고 있었다. 명령이 떨어지자 전군은 황색 건巾을 머리에 감았다. 이에 그들은 '황건적黃巾賊'이라 불리고 궐기는 '황건의 난亂'이라고 칭하게 되었다. 36만의 정규군 외에도 각지의 신도가 가세해 관청을 불태우고 주州의 관리, 군의 태수太守 등을 닥치는 대로 죽였다. 백성들을 착취하며 살아온 인간들의 거점을 분쇄해 나간 것이다.

13군벌의 탄생

조정은 겁을 먹기 시작하였다. 무능한 영제는 사태의 심각성을 깨닫지 못한 채 도시의 수호를 황후 하씨何氏의 오빠 하진何進 장군에게 맡겼다. 하진은 군사적 대응능력이나 통솔력이 전혀 없는 인간이었다.

황건적은 낙양으로 거세게 몰려갔다. 딱하게도 조정에는 인재라고 할 만한 자가 없었다. 그래서 취한 조치가 환관과의 싸움에서 패하여 자택에서 금고처분을 받고 있는 청류당淸流党의 젊은이들을 기용하는 거였다. 그러나 군비軍費와 군마軍馬가 없어 제帝가 매직매관으로 번 돈을 일부 내놓아야 했다.

그런데 황건적 총사령관인 장각이 갑자기 죽었다. 그 때문에 황건적은 점차 평정되고 그 와중에 25만 명이 죽어 나갔다. 마침내 조직적인 봉기는 진압되었으나 지방의 게릴라는 여전히 도처에서 활약하고 있었다. 궐기의 주원인인 정치의 부패가 사라지지 않는 한 민중의 반항은 멈추지 않기 때문이다.

3년 후인 중평 4년(187)에는 장거張擧라는 자가 나타나 10여 만의 병사로 한나라를 타도하겠다고 큰소리를 쳤다. 조정에서는 그 대책으로 전국 13주의 장관, 형사形史에게 병마의 통수권을 주어 새롭게 '목牧'이라는 이름을 붙였다. 소위 13인의 군벌이 태어난 것이다. 삼국 병립 시대는 이 무렵 시작되었다고 해도 과언이 아니다. 13군벌이 후에 3군벌로 압축된 셈이다.

도륙당하는 환관들

중앙의 군사력 강화를 위해 서원팔교위西園八校尉가 설치되었다. 영제는 가장 신임하는 환관 건석을 상군교위上軍校尉로 임명하여 다른 7교위를 지휘하도록 하였다. 제1사단장이 전 8개 사단의 총사령관을 겸한 셈인데 이 조치에 대장인 하진은 불만을 품었다. 군대의 최고사령관인 그가 환관 밑에 놓이게 되었기 때문이다. 하진은 건석과 환관 전부를 미워하였다. 한편 환관들도 서민 출신인 하진을 미워하기는 마찬가지였다.

이리하여 외척 모계친족대 환관들의 대립이 이루어졌다. 양자의 대립을 격화시킨 것이 영제의 죽음이다. 외척인 하진은 누이동생 하황후가 낳은 유변劉弁을 제위帝位에 앉히려 했다. 환관들로서는 그것은 적대자인 하진의 세력을 강대하게 만드는 일이라 무조건 저지해야만 했다. 그래서 왕미인이 낳은 협協의 옹립을 시도하였고 양파 사이에 치열한 암투가 전개되었다. 이 때문에 고민한 영제는 중평 6년(189) 4월, 34세로 죽게 되는 해에 십상시이자 상군교위 건석을 불러 후계자를 협協으로 정하고 뒷일을 당부하였다. 결론은 변弁 옹립파의 거두인 하진을 암살해야 하는 일인데, 그 음모를 눈치챈 하진은 건석을 죽이고 변을 즉위시켰다. 영제가 죽은 지 불과 이틀 후의 일이다. 내시들은 하진을 증오하며 내부 결속을 강화했다. 그때 서원팔교위의 한 사람인, 4대에 걸쳐 삼공三公 천자天子를 보좌하는 사도司徒, 태위太尉, 사공司空을 지낸 가문의 원소袁紹가 하진을 돕고자 나섰다.

원소는 이참에 조정의 암세포인 환관들을 모조리 없애 버릴 작정이었다. 원소는 곧바로 진압할 것을 주창했으나 하진은 먼저 병사부터 모아야 한다며 시일을 끌었다. 이 와중에 하진의 계획이 환관들에게 흘러 들어갔다. 하진은 그 때문에 목숨을 잃고 이에 원소는 휘하의 군에게 궁성 돌입을 명하였다. 원소의 군대는 환관들을 닥치는 대로 죽였다. 수염이 없어 환관으로 오해받아 죽은 자도 있고 벌거벗고 성기를 노출한 채 도주하여 죽음을 면한 자도 있었다. 이때 죽은 자가 2천 명이 넘었다.

삼국지의 여인들

1. 동탁과 왕미인

때는 한제국漢帝國 중흥中興의 조祖, 광무제光武帝로부터 11대가 지난 효령황제孝靈皇帝 유굉劉宏 시대의 일이다. 황제는 정사는 돌보지 않고, 관직을 팔아 사복을 채우며 환관宦官들을 중용하고 외척에게 주요 직위를 주었다. 조정의 부패가 극에 달하니 하늘이 조정을 버린 것인가. 어느 날 파란 구렁이가 옥좌玉座에 앉고 암탉이 수탉이 되고 대지진과 해일이 일어났다. 메뚜기 떼가 밭을 메우고 기아로 아사자가 속출하였다. 측근과 환관들이 보고조차 하지 않으니 황제 유굉은 아무것도 알지 못하였다.

유굉은 13세에 즉위하였는바 20여년간 낙양의 궁전에서는 매일같이 연회가 벌어졌다. 전국에서 가려 뽑은 미녀들과 함께 환락에 잠기는 게 그의 주요 일과였다. 이 어리석은 황제는 그것이 자기가 해야 할 일이라고 믿고 있었다. 환관들 또한 황제를 돈과 여자와 술에 빠뜨려 정치에 마음 쓰지 못하도록 책략을 써 왔다. 환관 가운데 제일 윗자리의 열 명을 십상시十常侍라 하였는데 조금이라도 그들을 비판하는 자는 국외로 추방하거나 참혹하게 살해하니 백성들은 그들의 이름만 들어도 두려움에 떨었다.

환관의 두목이자 황제로부터 아버지라 불리는 장양張讓은, 매일의 일과로써 금소禁所에 드나들었다. 황제는 반나체 상태로 취해 있기 일쑤고 노래와 춤이 질펀하게 펼쳐지는 가운데 술과 음식이 넘쳐흘렀다. 여자들도 아편에 취해 나체로 지냈다. 누워 있는 나체 여자의 음부에는 남근을 본뜬 장형張形이 박혀 있기도 하였다. 환관들은 여자와 관계를 가질 수 없는 몸이라 금소에 자유롭게 드나들 수 있었지만, 성욕을 채울 수 없는 한을 풀기 위해 권력 다툼과 돈벌이에 열중하였다. 황제가 가장 아끼고 집착하는 왕미인王美人은 몸을 움직이기만 하면 상의가 찢어질 만큼 크고 아름다운 유방이 드러났다. 장양은 황제가 없으면 그 부드럽고 탄력 있는 유방을 쓰다듬고 즐겼으나 거기까지 뿐이었다. 그는,

'황제여, 마음껏 즐기시오. 우리 십상시는 비록 여자를 어떻게 할 수는 없으나 그대보다 더 부자올시다.' 하고 속으로 외쳤다. 또한,

'아들아, 정치는 이 아비가 할 터이니 너는 지금처럼 그렇게만 계속 지내다오. 설령 황제가 비명에 간다 해도 새 황제를 옹립하여 이 권세 천년만년 누리리라'

그렇게 속말을 하며 야릇한 미소를 지었다.

왕미인의 불안

한편 왕미인은 눈만 뜨면 언제나 황제의 몸 위에 있었다.

왕미인이 15세 나이로 제의 측실側室이 된 지 어느덧 7년. 7년 전 왕미인의 아버지는 그녀를 대가로 고관의 요직을 샀다. 모든 것이 돈으로 통하는 세상인지라 아름다운 딸을 가진 자는 누구나 부자가 될 수 있었다. 황제는 궁녀를 상대로 날마다 치정소동을 벌이다 마지막에 가서는 반드시 왕미인을 껴안고 지냈다. 아무리 탐해도 싫증이 나지 않는 것이 두 가지 있었는데 그것은 관직을 팔아 돈을 버는 것과 아름다운 여자를 품는 일이었다.

황제는 왕미인을 품을 때면 '쾌락이란 끝이 없구나. 단지 그 쾌락을 끝없이 즐길 수 있는 시간과 몸이 따라주지 않는 것이 원망스럽도다' 하고 한탄하였다. 황제가 이렇게 생각하는 동안 백성들은 남녀관계는커녕 초근목피로 근근이 연명하고 있었다. 황제는 백성이란 어차피 그런 존재들이라고 여기고 있었다. 그러니 만백성의 주린 창자에서 나는 가여운 소리보다 왕미인의 교태 섞인 신음이 훨씬 중요하였다.

그런 왕미인이 자리에서 일어나면 시녀들이 꽃잎과 향수가 든 통을 가져와 몸을 씻기고 화장을 해 주고 옷을 입혀 주었다. 거울에 비치는 왕미인의 가는 허리와 매끄러운 손발과 긴 목, 눈처럼 흰 살결, 큰 유방, 빛나는 눈동자를 보며 시녀들은 감탄과 함께 질투 어린 눈길을 감추기 바빴다. 왕미인을 질투하다 못해 증오하는 여인이 있었으니 다름 아닌 하황후였다.

황제가,

"그대만은 평생을 안고 싶다."

고 속삭이자 왕미인은,

"저 또한 황제 폐하의 품에 이렇게 안겨 영원히 지내고 싶습니다. 하지만 하황후가 저를 시기하여 저와 아들 협을 해할까 늘 두렵답니다."

하고 얼굴 가득 수심을 드리웠다.

"그게 무슨 소리냐? 설령 그렇다 하더라도 짐이 끝까지 지켜 줄 것이니 아무 걱정 말아라."

황제가 안심시켰으나 왕미인의 불안은 가시지 않았다. 게다가 황제의 몸은 하루가 다르게 쇠약해져 가고 있었다. 저러다 덜컥 자리에 눕기라도 하면……. 결코 안심할 수 없는 상황이었다.

왕미인은 황제의 생모生母인 동태후董太后를 더 자주 찾아뵈었다. 하황후가 낳은 장남 유변劉弁이 있었으나 동태후는 왕미인이 낳은 유협劉協을 더 귀여워하였다. 유변보다 다섯 살이나 어린, 6살에 지나지 않는 유협은 유변보다 총명하였고 왕미인을 닮아 외모 또한 수려하였다. 영악한 왕미인은 동태후를 등에 업고 황제의 어미가 되는 야망을 키워 나가고 있었다.

영제靈帝의 죽음에 의한 세습 다툼

어느 날 황제는 여느 때처럼 궁녀와 노닌 후 왕미인의 방으로 갔다. 그러나 그녀를 안아도 남근이 말을 듣지 않았다. 당황한 황제는 그녀의 옷을 찢으며 짐승처럼 난폭하게 굴다가 지쳐 돌아갔다. 왕미인은 두려움에 떨며 불길한 예감에 사로잡혔다.

며칠 후 황제는 왕미인을 불러 강제로 하반신을 노출시키고 음부에 장형을 넣었다. 장형에는 가죽끈이 달려 있고 가죽끈은 허리에 묶게 되어 있었다. 황제는 열쇠가 달린 기구로 장형이 빠져나가지 못하도록 조치하였다.

"폐하, 제발 이것만은 말아 주세요."

왕미인이 몸을 비틀며 호소했으나 황제는 들은 척도 하지 않았다.

"짐은 이미 남자의 역할을 할 수 없는 몸이다. 너를 더 이상 안을 수 없구나. 이 장형은 나 자신과 같은 것이니 항상 몸에 지녀야 한다. 열쇠는 내가 가지고 있겠다. 필요할 때는 말하마."

장형에는 황제의 이름인 '宏' 이라는 문자가 새겨져 있었다. 몸 한가운데 장형을 단 왕미인은 처음에는 걸을 수조차 없었다. 시녀들의 목욕 시중도 뿌리쳐야 했고 특히 아들 협이 이 사실을 알까 조마조마하였다. 용변을 볼 때면 너무도 수치스러워 홀로 울음을 삼켰다. 황제의 그녀에 대한 애착이 도를 넘어 탐욕적이고 광적인 소유욕으로 변질돼 갔으니 왕미인은 황제를 원망하며 야위어 갔다.

중평 6년(189) 황제가 연회석에서 갑자기 쓰러져 자리에 눕게 되었다. 병이 깊어져 목숨이 위태로워지자 황제는 십상시 건석蹇碩을 불렀다. 건석이 동궁東宮을 내정하실 것을 청하니 황제가 병상에서 대답하였다.

"짐은 협이 태자로 적합하다고 생각하오. 동태후께서도 협을 아끼고 있고 그러니 왕미인이 황후가 되는 것이 좋겠소. 나이는 형 유변이 많지만 그릇이 작고 범용하니 말이오."

십상시들도 유협을 태자로 삼는 데 찬성하였다. 마음이 놓인 황제가 마침내 숨을 거두었다. 유굉은 그 무능 때문에 영제靈帝라 했다. 십상시들이 모인 자리에서 두목 장양이 말했다.

"우리가 유협을 지지하면 하황후와 하진 장군이 가만있지 않을 거요."

"제가 돌아가신 사실을 잠시 감추고, 세습 문제로 제가 보자 한다며 불러들여 죽이는 것이 어떨는지."

십상시 건석이 말했다. 다들 동의하자 하진何進 대장을 부르러 갔다. 궁 안에는 병사들을 잠복시켰다. 그런데 첩자가 이 음모를 하진에게 일러바쳤고 분노한 하진은 5천의 군사와 함께 궁전으로 쳐들어가 십상시에게 외쳤다.

"황제의 승하를 감춘 채 태자를 폐하고 협을 황제로 세우려 들다니! 이런 음모를 꾸미고도 너희가 감히 살기를 바라느냐!"

그러고는 건석을 칼로 베니 장양과 환관들이 모두 머리를 숙이고 사죄하였다.

"장군을 해하려 한 자는 오직 건석뿐이옵니다. 우리는 모두 반대했습니다. 그저 목숨만 살려 주십시오."

이에 하황후가 하진을 타일렀다.

"죄진 자는 건석뿐인가 보오. 다른 자들은 그만 용서해 주지 그래요."

하진은 우유부단한 데다 누이동생을 어려워해 나머지 사람들은 용서하고 말았다. 다만 그 자리에서 태자를 유변으로 바꾸고 황태후 자리에 하황후를 앉혔다. 유협은 발해왕渤海王에 봉하였다 (후에 다시 진류왕陳留王으로 격하시킨다).

유변의 어머니인 하황후는 하층계급 출신이었다. 하지만 키가 크고 피부가 뽀얀 미인인 그녀는 십상시의 추천을 받은 데다, 천한 집안 출신이니 외척이 힘을 쓰지 못할 거라는 동태후의 계산에 힘입어 황후가 된 것이다. 그녀의 오빠인 하진은 원래 돼지 잡는 일로 생계를 유지한 자였다. 누이동생이 태자를 낳자 그 힘으로 관위官位를 얻어 어린 나이에 무관의 최고위 대장군이 되었다. 하진은 이제 한나라의 모든 군대를 통제하고 있었다. 그러나 하황후는 왕미인이 황제의 총애를 받게 되자 그녀를 심히 미워하게 되었다. 귀인貴人도 아니고 미인美人 주제에, 아들을 낳았답시고 저리 사랑을 받다니 용서할 수가 없었다.

왕미인은 하황후의 잔인한 성정으로 볼 때 언제 위험이 닥칠지 몰라 유협과 함께 동태후의 관에 숨은 채 병을 핑계로 아무도 만나지 않았다. 하태후와 하진은 선제先帝의 어머니인 동태후에 대적할 수는 없어 눈엣가시 같은 왕미인과 유협을 당분간 지켜볼 수밖에 없었다.

자식을 지키기 위한 왕미인의 도박

백성들은 나라의 혼란 속에서 흉년과 천재지변과 과도한 세금에 시달리고 있었다. 그뿐 아니라 궁전 증축에까지 동원되면서 피골이 상접한 몰골들이었다. 관리는 뇌물로 모든 일을 해결하니 썩을 대로 썩었고, 이에 뜻 있는 자는 토지를 버리고 유랑민이 되었다. 또는 도적이 되거나 황건적에 들어가 조정 타도를 위한 반란군을 결성하였다. 부패한 조정이었지만 그럴수록 나라를 염려하는 이들도 각지에서 늘어났다.

원소袁紹와 조조曹操도 정의감과 우국의 뜻을 품고 낙양에 왔으나 부패한 조정을 보며 그 원흉이 십상시와 환관들임을 알게 되었다. 정치권력을 장악한 십상시 및 환관들 대 병권을 장악한 하진 오누이의 대립은 더욱 격해졌다.

십상시는 하진을 제압코자 동태후를 선동하였다. 동태후의 조카인 동중董重을 장군으로 삼고 군대를 내려 궁전을 지키게 했다. 동태후 자신도 궁전에 나가 정무를 보았다. 하태후는 권력욕을 내비치는 동태후가 다시 진류왕 유협을 들고 나올까 두려웠다. 이에 자주 연회를 열어 동태후와 왕미인을 초대해 의중을 살폈다.

"여자가 나라 일에 개입하면 흉사가 흔하다는 옛말이 있지 않습니까. 조정의 일은 대신과 원로에게 맡기는 것이 순리라고 봅니다."

하태후의 입에 발린 말에 동태후는,

"태후야말로 오빠 하진의 권한을 믿고 자기 아들을 제로 삼으니 이는 선제의 유언을 무시하는 처사가 아니고 무엇이오. 보시오. 선제는 협을 제로 삼았어요. 우리는 지금 선제의 은혜를 저버린 꼴이 되었소. 돼지 잡던 일족이 어찌하여 나라를 좌지우지하게 되었는지 통탄스러울 뿐이오."

하고 치를 떨며 쏘아붙였다.

왕미인은 두 사람의 살벌한 설전을 들으며 살아도 살아 있는 기분이 들지 않았다.

하태후와 동태후 사이에 설전이 있은 그날 밤, 하태후와 하진은 군대의 중진들을 불러 모았다. 바로, 병권을 쥐고 있는 동중 장군의 관을 포위하고 장군 지위를 반환하라고 윽박질렀다. 동중은 형세를 되돌릴 수 없다고 보고 자살하고 말았다. 하진은 이어서 동태후도 잡아 가두었다. 위험을 느낀 장양 등 십상시는 급히 금은보화를 모아 하진의 친척 중 고위직에 있는 자에게 건네고 보호를 요청했다. 우유부단한 하진은 친척의 말만 듣고 십상시를 계속 중용하였다. 그런 와중에도 하진은 몰래 자객을 보내 동태후를 암살하였다.

동태후라는 큰 배경을 잃어버린 왕미인은 마지막 수단에 호소했다. 동태후와 동중의 먼 친척뻘인 서량의 태수 동탁董卓에게 구원을 청하기로 한 것이다. 왕미인은 아들 유협의 이름으로 피가 밴 밀서를 써서 동탁에게 보냈다.

선제께서 본인의 황위 계승권을 인정하고 나라의 후사를 맡겼으나 하진 장군과 하태후가 범용한 형 유변을 황위에 앉히려고 허위문서를 만들었습니다. 그것을 바로 잡으려고 한 동태후와 장군 동중도 살해되었습니다. 나는 진류왕으로 봉해져서 지금 목숨이 위험합니다. 정치를 맡은 십상시들은 자신의 보신에만 열중하며 나쁜 짓을 일삼고 있습니다. 역적 하 일가를 물리치고 조정을 바로잡아 환관을 배제하고 선제의 뜻을 이어 나가기 위해서는 동탁 장군에게 의지할 수밖에 없습니다. 군을 이끌고 가능한 한 빨리 낙양에 들어오기 바랍니다.

원래 야심을 품고 있던 동탁은 밀서를 받자 이 기회를 놓치지 않고 역적 십상시를 친다는 표문을 들고 병사들을 이끌고 급히 낙양으로 들어왔다.

환관들의 죽음과 유협의 황제 등극

동탁이 대군을 이끌고 온다는 보고를 받은 환관들은 크게 당황했다.

'하진이 우리를 죽이려는 게 틀림없다.'

그렇게 생각한 장양은 하태후의 이름으로 하진을 불러들여 죽이기로 결심했다. 호출을 받은 하진에게, 이는 십상시의 올가미이니 가시면 안 된다고 원소와 조조가 만류했으나 하진은 무시했다. 원소와 조조는 할 수 없이 병사 500을 거느리고 하진을 뒤따라갔다. 그러나 관리가 하진 장군 외에는 들여보내지 말라는 명이라며, 하진이 들어가자마자 궁전문을 닫아 버렸다. 둘은 문 밖에서 대책 없이 기다릴 수밖에 없었다. 장양이,

"하진이 선제의 뜻을 무시하고 동태후를 죽였다!"

고 외치며, 홀로 들어선 하진을 그 자리에서 죽여 버렸다.

조조와 원소는 하진이 돌아오지 않자 큰소리로 장군을 불렀다. 그러자 성안에서 누가 하진의 머리를 던졌다. 분노한 원소는,

"환관이 하진을 죽였다!"

고 외치며 궁 안으로 쳐들어가 십상시를 모조리 도륙하였다.

왕미인은 이 혼란 속에서 재빨리 유협을 데리고 비밀통로를 통해 낙양성을 빠져나가 숲 속에 숨었다.

이튿날 아침 둘이서 성 밖을 서성거리다 '董' 이라는 문자가 새겨진 깃발이 휘날리는 곳에서 무장한 군대를 만났다. 왕미인은 동탁의 군대임을 알아보고 대장으로 보이는 자에게 말을 걸었다.

"대장 이름이 무엇이오?"

동탁은 그녀의 아름다움에 눈이 멍했으나 오만한 태도로 답하였

다.

"서량의 태수 동탁이오."

"우리는 진류왕 유협과 그 어미요. 잘 오셨습니다."

이 말을 듣고 동탁은 말에서 내려 엎드려 절하였다.

"진류왕의 밀서를 받고 이 동탁이 불철주야 달려왔습니다. 이제 안심하십시오. 제가 한을 풀어 드리겠습니다."

"태산처럼 듬직한 장군을 보니 마음이 든든하구려. 자 그만 일어나세요."

동탁은 죽은 동태후가 아꼈다는 유협을 살펴보며 과연 용모가 수려하고 총명함이 얼굴에 씌어 있으니 천자의 자리에 오를 만하다고 바로 단정하였다. 그리고 선제가 가장 사랑했다는 왕미인의, 어떤 사내라도 녹일 만한 미모와 탄력 있는 몸매를 보고는 두고 보기 아깝다고 생각하였다.

동탁은 왕미인과 유협을 수레에 태우고 선두에서 대군을 이끌며 의기양양하게 낙양에 입성하였다. 성내에서는 원소가 십상시와 환관 일족을 다 죽이고 있었다. 동탁이 입성한다는 소식을 듣고 조조와 원소가 나가 보니 대군이 왕미인과 진류왕을 모시고 낙양으로 들어오고 있었다. 그 수는 낙양수비대의 4배나 되었다.

"이게 어찌 된 일입니까. 욕심 많은 돼지가 죽고 열 마리의 까마귀를 잡아 없앴나 했더니 이번에는 살쾡이가 나타났으니."

조조가 불쾌한 얼굴로 말하자 원소도,

"하진과 십상시가 사라지자 군과 정치가 모두 혼란에 빠져 버렸소. 동탁은 속이 검은 자요. 진류왕을 옹호하는 척하며 이 기회에 나라를 빼앗으려 할 것이 틀림없소."

하고 걱정하였다.

동탁은 대군의 위세를 업고 문무백관을 모이게 한 후 옥좌에 유변을 앉히고 곁에 하태후를 앉혔다. 그리고 왕미인과 유협과 함께 신하의 자리에서 황제에게 아뢰었다.

"지금 하진 장군이 죽고 십상시도 사라지고 나라가 매우 혼란합니다. 제게 대장군의 지위를 내려주시면 군을 다스려 바로 혼란을 가라앉히겠습니다."

황제 유변은 어떻게 해야 할지 몰라 어미인 하태후만 바라보았다. 하태후도 달리 방법이 없어 고개를 끄덕였다. 황제가 말했다.

"그대를 대장군으로 삼겠소."

"그러면 대장군의 지위를 인수받고자 합니다."

동탁은 대장군의 지위를 얻자 사위 이유李儒에게 미리 준비해 둔 글을 읽도록 하였다.

"금상폐하는 선제의 유언을 무시하였다. 태자 유협을 즉위시키라는 유언이 허위가 아님에도 불구하고 제위를 찬탈했으니 죄가 있다. 이것을 막은 동태후와 동중을 죽인 죄 또한 크다. 따라서 대장군 동탁은 천명天命과 진류왕의 요청으로 황제를 폐하여 홍농왕弘農王으로 봉하고 진류왕을 황제로 하겠노라."

이유가 다 읽고 나자,

"불복하는 자는 지금 말하시오. 이 자리에서 군법에 따라 처치하겠소."

하고 동탁이 눈을 부릅뜨니 모두 무서워서 한마디 말도 못하였다. 이때 원소가 소리쳤다.

"당신은 역적이오. 황건적 정벌에 실패하고 뻔뻔스럽게 뇌물로 서량 태수 지위를 산 걸 모르는 줄 아시오? 이 살쾡이 같은 자. 어디 죽이려면 죽여 봐라."

"이놈 당장 죽이고 말겠다."

동탁이 칼을 뽑는 시늉을 하자 이유가 말렸다. 명문가의 후손인 원소를 죽였다간 민심이 사나워질 뿐 아니라 궐기의 단초를 제공할 수 있기 때문이었다. 동탁 또한 명성과 직위에 약한 인물로, 일찍이 유비 관우 장비 세 의형제가 황건적 토벌의 공을 세웠을 때에도 관직이 없고 이름을 들어보지 못했다는 이유로 그들을 무시했던 전력이 있었다. 그런 동탁이기에 천하에 명성이 자자한 원소 가문을 함부로 건드릴 수가 없었다.

동탁은 자리를 박차고 떠나는 원소의 뒷모습을 씁쓸하게 바라보고 있었다. 그러나 천하대세는 이미 자신에게로 기울었음을 확신하고 아직도 겁에 질려 있는 문무백관들을 내 말만 잘 들으면 두려워 할 것 없다는 시선으로 훑어보았다. 그리고 이유를 향해 새 황제를 어서 옥좌에 모시지 않고 뭐 하느냐고 꾸짖었다.

이유가 좌우의 부하에게 명하자 부하들은 황제 유변을 옥좌에서 끌어내려 신하의 자리에 앉혔다. 이어서 이유는 하태후의 옷을 벗기고 유변 앞으로 발로 차 앉게 하였다. 동탁은 진류왕을 옥좌에 앉히고 왕미인을 황태후로 삼아 백관에게 축하하도록 하였다.

상국相國 동탁의 만행

동탁은 전 황제와 하태후를 영안궁永安宫에 가두고 사람의 출입을 금하였다. 젊은 황제는 4월에 등극하여 9월에 쫓겨난 셈이다. 동탁에 의해 새 황제가 된 진류왕 유협은 아홉 살 된 소년이었다. 그가 바로 헌제獻帝로 연호를 초평初平이라고 했다. 동탁은 삼공三公보다도 높은 상국相國이 되어 황제의 어전에서도 무례한 행동을 일삼았다. 영안궁에 갇힌 전 황제와 하태후에게는 의복과 음식을 나날이 줄여 가며 그들이 종일 울며 지내게 하였다.

태후가 된 왕미인이 어느 날 동탁을 궁으로 불렀다.

"돼지 백정의 여동생과 홍농왕이 살아 있으니 기분이 별로 안 좋구려. 그들을 죽여 버리지 그러세요."

"그래도 얼마 전만 해도 황제와 태후였던 모자 아닙니까. 문무백관의 눈도 있고."

동탁의 짐짓 예를 갖춘 말에 왕태후가 실소하였다.

"그래도 두려운 게 있소?"

"그래도 나라에 법도가 있는지라…… 차차 생각해 보겠소."

동탁이 망설이자 왕태후가 화를 내며 소리쳤다.

“그대 같은 변방의 장수가 대장군이 되고 상국까지 된 게 도대체 누구 덕이오. 이제는 황제도 태후도 우습게 보이는 거요?”

궁에서 물러난 동탁은 기분이 몹시 언짢았다. 이에 연회를 열어 계집을 끼고 술을 마시며 마음에 안 드는 자 하나를 지목해 그가 채찍에 맞아 죽는 걸 보며 기분을 풀었다. 동탁 눈에는 하태후도 왕태후도 한낱 계집일 따름이었다. 감히 그 누구도 자신에게 이래라저래라 할 수는 없었다. 죽이든 살리든 자기 마음이며 원한다면 살려 달라고 울면서 가랑이 밑을 기게 할 수도 있다고 생각하고 있었다. 그런 동탁이기에 왕태후가 뭐라고 지껄이든 한쪽 귀로 들으며 두 눈은 그녀의 굴곡진 몸을 탐하고 있었던 것이다.

그런데 왕태후가 뭐라고 하지 않아도 하태후와 전 황제를 죽일 기회가 제 발로 찾아왔다. 전 황제가 두 마리의 제비가 뜰에 날아든 것을 보고 지었다는 시 한 편이 동탁 손에 들어왔는데 그 내용이 가관이었다.

푸르른 풀 연기처럼 자욱하고	嫩草綠凝煙
나는 쌍제비 저리도 자유롭구나	裊裊雙飛燕
외줄기 파란 강물 흐르는데	洛水一條青
들판의 사람들 부럽기 그지없네	陌上人稱羨
멀리 푸른 하늘 구름 떠가는 곳	遠望碧雲深

거기가 나 살던 옛 궁전 아닐는지　　是吾舊宮殿
충의를 지킬 어느 뉘 있어　　何人仗忠義
한 맺힌 이 마음 풀어 줄까　　泄我心中怨

살려 두어 음식을 주고 있는 것만 해도 감지덕지해야 할 터인데 이토록 원망하는 마음을 품다니! 동탁은 비위가 상했다. 이참에 후환을 없애야겠다고 결심했다. 전 황제라는 존재 자체가 원소를 비롯한 반동탁세력들이 결집할 구심점을 제공하는 구실이 될 터였다.

동탁은 사위인 이유를 불러 전 황제가 다시는 시 따위를 짓지 못하게 그 입을 영원히 봉하라고 명하였다. 그리고 그 어미에게도 아들과 함께 죽을 수 있는 영광을 주라고 하였다.

전 황제와 하태후를 죽이라고? 이유는 자칫 역사의 죄인으로 낙인 찍힐 그 일을 꼭 제 손으로 해야 하는지 부담스러웠으나 누구의 명령인데 감히 거역하겠나 싶었다. 그리고 어쩜 장인이야 말로 조만간 황제가 되실 분 아닌가. 이참에 큰 공을 세워야겠다고 마음을 다잡았다.

이유는 병사를 데리고 가 하태후와 홍농왕에게 술을 권하며 말했다.

"상국께서 베푸는 술입니다. 건강에 좋은 술이니 드시죠."

공포에 사로잡힌 하태후가 발악하듯 쏘아붙였다.

"그렇게 좋은 술이라면 네가 먼저 마셔라."

이유의 눈이 잔인하게 빛났다.

"잔소리 말고 마시시오."

이유는 하태후의 목을 쥐고 입 안에 강제로 술을 흘려 넣었다. 하태후는 몸부림치다 피를 토하며 숨을 거두었다.

"너도 마셔라."

폐위된 황제 유변은 울며 술을 마시고 죽고 말았다. 여섯 달을 황제로 있었기 때문에 후에 소제少帝라 불렸다.

패륜아 동탁

이유의 보고를 받은 동탁은 잠시 눈을 감고 두 분의 명복을 빈 다음 왕태후에게 갔다.

"홍농왕과 하태후가 술 한 잔을 드신 후 조금 전 편안히 세상을 떠났습니다."

"그랬어요? 거 참 안됐군요. 그 비천한 영혼들이 이 땅에 잠시도 머물지 못하도록 어서 장사를 치르세요."

왕태후는 눈썹 하나 까닥하지 않고 말했다. 동탁은 이대로 가다가는 모든 것이 그녀의 뜻대로 될까 저이 염려가 되었다. 이쯤에서 행동을 취할 필요가 있었다. 꿩 먹고 알 먹고의 방책이 하나 있었다.

"이번 기회에 상을 받고 싶습니다."

"말해 보시오."

"내가 원하는 건 단 하나뿐입니다."

"그게 뭐요?"

"태후의 몸입니다."

동탁은 그 말이 끝나기도 전에 왕태후에게 덤벼들어 옷을 남김없이 벗겨 버렸다. 태후의 하반신에는 선제가 부착한 장형이 가죽띠로 매어져 열쇠가 걸려 있었다.

"이게 대체 무엇이오?"

동탁이 눈을 동그랗게 뜨고 묻자 왕태후는 수치와 분노로 알몸을 부들부들 떨기만 했다.

저항하는 태후를 억누르고 단도로 띠를 자르자 음부에서 장형이 튀어 나왔다. 거기에 선제의 '宏'이 새겨져 있는 것을 보고 동탁이 말했다.

"선제를 위해 정조를 지켜 오다니 훌륭한 일이로다. 그런 망령亡靈보다는 생신生身의 남자 것을 맛보아야지."

왕태후가 놀라 격렬하게 저항하자 동탁은 더욱 몸이 달아올랐다. 태후는 짐승이 된 동탁에게 새벽까지 열 번 이상 범해졌다. 아침이 되어 기가 꺾이고 순해진 왕태후에게 동탁이 정복자의 거만한 태도로 말했다.

"정말 남자를 못 견디게 하는 여자로군. 선제가 장형을 박아 넣은 것도 무리는 아니지. 앞으로는 내가 당신 남편이오. 궁 안에 자유로이 드나들고 천자의 침대에서도 자겠소. 알겠소?"

동탁은 침착하게 장형을 주워서는 잠시 생각한 후 '宏'자를 단도로 깎아 '卓'이라고 자기의 이름을 새겨 넣었다. 그것을 왕태후에게 주며

스스로 음부 속에 끼어 넣도록 하였다.

"앞으로는 내가 없을 때는 몸 안에 이것을 달도록 하시오."

그러고는 열쇠로 잠그고 큰소리로 웃었다.

왕태후는 '卓'자가 새겨진 장형을 보자 너무 분해서 살이 떨렸다. 생각할 틈도 없이 단도를 꺼내 방을 나가는 동탁의 어깨를 뒤에서 찔렀다. 동탁은 비명을 질렀으나 가죽옷을 입은 데다 왕태후의 힘도 약해 상처는 가벼웠다. 동탁은 단도를 뽑아 돌아서서는 바로 왕태후의 심장을 찔렀다. 왕태후는 아들 협의 이름을 부르며 절명하였다. 그녀의 나이 25세였다. 왕태후의 죽음은 누군가의 독살로 처리되었다.

태후는 죽었지만 시신이 너무 아름답고 당돌해 동탁은 그녀를 먹고 싶은 생각이 들었다. 그래서 몰래 요리사를 불러 밀실에서 그녀의 몸을 해부하였다. 그녀의 목을 베어 식탁에 올려놓고 그녀의 장으로 만든 순대를 먹으며 도착적인 쾌감에 잠겼다. 당시에는 기근이 들면 사람고기 먹는 일이 없지 않았다. 또한 문무백관들이 역적이나 배신자의 시신을 씹어 먹기도 하였다. 동탁은 왕태후를 실컷 농락한 후 그녀의 온몸을 요리해 먹었다.

동탁은 그 후에 황제 유협의 조종자로 대권을 쥐고 낙양과 장안에서 난폭한 짓거리를 되풀이하며 악명을 떨친다. 왕태후가 목숨을 걸고 지킨 아들 유협은 기구한 운명의 굴레를 쓴 후, 훗날 위魏에 제위帝位를 양보하게 되는 한제국 마지막 황제가 되었다. 조조의 아들 조비曹丕에 의해 산양공山陽公에 봉해진 후 서기 234년에 죽으니 그의 나이 54세였다. 제위를 선양하였기에 죽은 후 헌제獻帝라고 불리었다.

동탁을 끌어들여 난세를 심화시킨 왕미인, 여포를 부추겨 동탁을 죽이게 해 나라의 기틀을 잡은 초선……. 『삼국지三國志』의 큰 뼈대는 이렇게 가녀린 여성들로부터 비롯된 것이다.

2. 조조와 초선

삼국지에 나오는 여성들 중 가장 유명한 여성은 아마도 초선貂蟬이다. 오늘날로 말하자면 전국구 스타인데, 그 유명세는 중국 4대 미인 중 하나로 꼽히는 그 빼어난 미모에서 비롯된 것만은 아니다. 달도 부끄러워 숨었다는 폐월閉月의 미모 속에 감춰진 지략과 담대함, 그리고 혼탁한 나라를 구하고자 한 간절함이 역사의 물줄기를 바꿔놓았음을 주목할 필요가 있다.

왕미인王美人이 동탁董卓을 끌어들여 가뜩이나 혼란한 나라를 공포의 도가니로 몰고 갔다면 초선은 독재자 동탁을 죽여 새 왕조의 시대를 앞당기는데 초석을 놓은 여인이었다. 그녀가 동탁 앞에서 춤을 추었을 때의 모습을 후세 시인은 다음과 같이 노래하고 있다.

춤추는 미인은 본래 소양궁 궁녀로다 *原是昭陽宮裏人*

그 모습 놀란 기러기처럼 날씬하고 驚鴻宛轉掌中身
동정호 봄물 따라 나르는 듯하다 只疑飛過洞庭春。
양주곡에 맞춰 경쾌하게 춤추니 按徹梁州蓮步穩
또한 바람에 하늘거리는 나뭇가지 같도다 好花風裏一枝新
화당에 향이 풍기어 누를 길 없는 춘정 畫堂香暖不勝春

너무도 짧았던 조조曹操와의 첫사랑. 포악한 동탁의 애첩으로 보낸 서글픈 나날, 단번에 매혹된 여포呂布와의 열정적인 사랑, 그리고 다시 조조에게 되돌아간 기구한 운명의 여인 초선. 그녀는 나라를 위해 동탁을 제거한 구국의 성녀聖女이며 또한 미친 듯한 사랑에 빠지기도 한 지극히 여성스러운 인간이었다. 그녀의 그러한 운명이 시대를 뛰어넘어 우리의 마음을 아프게 하고 또 격정에 차오르게 한다.

어린 시절의 초선

동탁은 권력을 잡은 후 한없이 교만하고 방자해졌다. 장안성長安城에서 250여리 떨어진 곳에 별궁을 짓고, 25만명을 혹사시켜 장안성과 다름없는 높은 벽을 세우고는. 거기에 20년 이상 먹을 곡식을 쌓아두었다. 황금, 보물, 비단이 산더미에다 각지에서 잡아들인 미녀만 1000여 명이였다. 그뿐 아니다. 북지군北地郡에서 투항해온 포로들의 수족을 자르고 눈알을 후벼내고 혀를 뽑고 큰 가마솥에 삶아 죽이는 만행을 태연히 저지르고는 마냥 즐거워하였다. 포로들의 비명이 천지에 진동하니 백관들은 공포에 떨며 식사 중 젓가락을 떨어뜨리기도 했다.

그동안 동탁에게 협조해온 사도司徒 왕윤王允도 더 두고 볼 수 없는 지경에 나라는 이르렀다. 왕윤에게는 양녀가 하나 있었으니 바로 초선이다.

황건黃巾의 난이 일어나자 초선의 양친은 황건적黃巾賊에게 살해되었다. 그녀는 당시 8살로 길거리에서 음식을 주워 먹으며 연명하고 있었다. 그러다 황건적이, 어린 나이에도 미모가 예사롭지 않음을 보고 잡아서 노예로 비싸게 팔아치웠다. 천만다행으로 그녀를 산 자는 당시 예주의 자사刺史로 황건적을 물리쳐 그 명성이 궁중에도 알려진 왕윤이었다. 노예로 끌려가는 그녀의 모습이 하도 처량하고, 처량한 것 이상으로 예뻐 돈을 아끼지 않고 그녀를 사 집으로 데리고 왔다.

"얘야. 이제는 아무 걱정 마라. 여기가 너의 집이라고 생각하고 편히 지내렴."

상가에서 태어나 부유하게 자란 그녀였지만 모든 것이 낯선 데다 두렵기만 해 벌벌 떨며 울고 있었다. 그 모습을 보니 왕윤은 아이가 너무도 가여웠다.

"오늘부터 너는 나의 딸이다. 내가 너를 잘 길러서 좋은 가문에 시집보낼 것이야."

왕윤은 소녀의 낡고 누덕누덕한 옷을 벗기고 물을 데워 씻겼다. 부끄러워하며 몸을 움츠리는 그녀는 믿을 수 없을 만큼 아름다웠다.

길거리에서 노예를 사 양녀로 삼는 것은 의례적인 일이었지만 왕윤은 이 소녀에게 특별히 매혹되는 느낌을 받았다. 그녀는 목이 길고 얼굴이 작고 눈동자에 빛이 있어 매우 영리해 보였다. 코에서 턱으로 예쁘고 균형 있게 갈라져 뻗은 법령, 그 안에서 평행으로 길게 뻗친 인중, 발그레한 뺨과 입이 멋진 균형을 이루고 있었다. 말을 할 때마다 목소리가 방울소리처럼 울리니 귀엽기 그지없었다.

밤마다 그녀는 왕윤의 팔에 안겨 새근새근 잠들었고 그는 그 천진무구한 모습을 보며 행복감에 빠져들었다. 아침에 깨어나면 초선이 양부를 씻기고 시중을 드니 비록 부부는 아닐지나 더없이 행복하게 지내온 두 사람이었다. 후에 동탁의 애첩으로 들어간 후, 질투심에 불탄 여포로 하여금 동탁을 죽이게 하는 사건이 벌어지기 8년 전의 일이다.

황건의 난이 수습되자 왕윤은 투옥되었다. 왕윤이 황건적과 내통했다고 환관이 모함한 때문이었다. 왕윤은 사형선고를 받았으나 황건의 난 때 공을 세운 이들의 탄원으로 목숨만은 건졌다. 왕윤이 무사히 집으로 돌아오자 초선은 기뻐하며 그의 가슴에 뛰어들었다. 밤새 울었는지 눈이 붓고 눈물은 빛나고 있었다.

"애야. 고맙다. 이제는 아무 걱정 없다. 나는 너하고 평생을 같이 할 것이야."

이처럼 두 사람은 아버지와 딸의 정으로 얽혀 있었다.

하진 장군을 거절하는 초선

중평中平 6년(189), 환관을 보호해 온 영제靈帝가 죽자 누이동생인 하태후의 배경을 업고 대장 하진河進이 실권을 쥐었다. 당시 초선은 13세로, 낙양落陽의 장관인 왕윤의 양녀가 된 지 어느 덧 5년이 되었는데 여자다운 매력이 활짝 피어나는 중이었다. 그녀가 연주하는 금琴은 듣는 이의 마음을 녹였고, 그녀가 움직일 적마다 다양하게 연출되는 몸맵시가 사람의 마음을 사로잡았다. 옥처럼 부드럽고 섬세한 흰 살결에다 무용으로 가꾼 날씬한 몸매는 보는 이의 감탄을 자아냈다. 일찍부터 수많은 혼처가 있었으나 왕윤은 그 어느 하나도 받아들이지 않았다. 사람들은 왕윤이 양녀를 데리고 살 생각이라는 소문을 냈다.

대장군 하진도 초선을 보는 순간 바로 매혹되었다. 왕윤의 저택에서는 자주 연회가 벌어졌는데 하루는 술이 거나해진 하진이 용기를 내어, 초선을 자기에게 달라고 떼를 썼다.

"하진 나리. 부탁컨대 그것만은 좀 참아주세요."

말은 그렇게 했지만, 하진과 그녀가 맺어지면 막강한 권력을 손아귀에 쥘 수가 있다는 걸 곰씹고 있었다. 이에 왕윤은 초선에게 하진의 뜻을 넌지시 전했다. 당시의 관습으로는 아버지의 말은 법과 같은 것이었다. 초선은 쓸쓸한 미소를 지으며 이렇게 말했다.

"아버님. 그 남자는 별로 쓸모가 없는 인물입니다. 누이동생 덕에 지금은 온갖 부귀와 영화를 누리고 있지만 덕도 재능도 없고 사실 한심한 인간입니다. 제 아무리 부귀영화가 좋다 해도 그런 사람과 살 수는 없어요."

이에 왕윤이 탄식하며 말했다.

"정말 영리하구나. 네 말이 옳다. 네 뜻을 알았으니 하진 장군은 내가 잘 설득해 돌려세우마. 집 안에 화가 미치지 않게 조심해서 일을 처리해야겠구나."

다행히 이듬해 하진이 환관들에게 살해되니 하나의 악은 사라졌다. 허나 그보다 더 고약한 악이 나타났으니 그것은 바로 서량西諒의 태수太守였던 동탁의 시대가 도래한 일이다.

조조의 과감한 계획

권력을 잡은 동탁의 신임을 얻은 왕윤은 사도司徒의 직무를 갖게 되었다. 그러나 왕윤은 동탁의 폭정을 손 놓고 지켜봐야 하는 고통을 겪고 있었다. 동탁은 막강한 군사력을 배경으로 제멋대로 행동하며 왕미인의 아들이자 유변의 이모제異母弟인 유협을 옹립하고 하태후와 유변을 죽이기에 이르렀다. 동탁의 약탈과 능욕이 도를 넘으니 낙양은 공포의 잿빛으로 물들었다. 왕윤은 미쳐 돌아가는 세상을 바로잡고 싶었으나 구체적인 대안이 떠오르지 않았다. 궁중에 나가서도 제대로 건의도 못하고 깊은 한숨만 쉬고 있었다.

당시 왕윤과는 달리 구체적인 대안을 갖고 동탁에 맞서려고 한 자가 있었으니 그는 바로 조조였다. 조조는 '나에게 칠성검七星劍만 있다면 반드시 동탁을 처치해 버리겠다.'고 큰소리쳤다. 칠성검은 왕윤의 집안에 대대로 내려오는 보도였다. 조조는 황건의 난에서 크게 활약한 바가 있어 낙양에서는 그의 이름을 모르는 사람이 없었다. 왕윤은 그의 날카롭고 자신에 넘치는 눈초리를 보고 그에게 한 가닥 기대를 걸기로 했다.

왕윤은 초선에게 멋진 향연을 준비하라고 일렀다. 이윽고 잔칫상이 차려지고 조조가 초대되어 왕윤과 단 둘이 대작하게 되었다. 차를 나르고 물러나는 초선을 눈여겨 본 조조가 말했다.

"왕윤 나리… 저 여인은 누굽니까?"

여느 사내들처럼 조조도 첫 눈에 초선에게 반한 것 같았다. 왕윤은 불안에 사로잡혔다. 중대사를 앞두고 여자의 꽁무니부터 쫓는 자가 동탁을 과연 처치할 수 있을까?

"저의 양녀올씨다."

"그래요?"

그 순간 조조는 여인에 대한 호기심을 거두고 큰 결단을 앞둔 대장부의 얼굴로 되돌아가 있었다. 이에 왕윤은 안도하였다.

그날 밤 초선이 왕윤에게 아뢰었다.

"저 분은 하늘이 낳은 사람임이 분명합니다. 가문의 배경 없이도 큰일을 할 수 있는 분 같습니다."

이튿날 조조가 다시 왕윤을 찾아왔다.

"어제 본 그 아이…. 이름이 초선이라 했나요. 정말 매력이 넘치더군요."

벌써 이 아이에게 홀딱 반한 모양이었다. 그러나 뒤이어 조조는 전혀 다른 말을 했다.

"저 애를 동탁에게 헌납하는 게 어떻겠소. 저 애가 연주하는 금과 요염한 춤을 보면 놈은 정신을 못 차릴 게 분명하오. 그럼 놈은 분명 연회를 열고 술에 취해 그녀를 안고 깊은 잠에 빠지게 될 것이오."

조조가 양녀의 모습을 유심히 살펴본 이유를 알게 되자 왕윤은 당황하였다.

"초선을 동탁에게 바치라 말이오? 그 포악한 놈에게?"

"아니 바치는 연극을 꾸미자는 거죠. 거사가 성공하면 그때 나리의 딸과 내가 결혼하리다."

"물론 그렇게만 된다면 더 없이 좋겠죠. 하지만 초선이 그 제안을 받아들일련지?"

조금 전까지만 해도 조조라면 사위로 맞고 싶다고 생각했으나 역시 조조는 조조였다. '어찌 할까?' 왕윤이 고심할 때 숨어서 그들의 대화를 엿듣고 있던 초선이 갑자기 튀어나와 외쳤다.

"의부님. 제가 그 역할을 맡겠어요. 걱정 마세요."

그녀의 눈에 강한 의지의 빛이 서려 있었다.

"얘야. 네가 함부로 나설 일이 아니다. 가서 잠이나 자거라."

"아니에요. 이번만은 의부님의 명을 듣지 않겠습니다. 의부님이 그토록 심한 시름에 빠져 있는데 제가 편히 잠을 잘 수 있다고는 생각

마세요. 저는 당장이라도 조조 나리와 함께 동탁에게로 가겠습니다."

"어허 네 뜻이 천근 바위보다 무겁구나. 그럼 초선아…기어이 그리 하겠다면 내 너에게 뒷일을 부탁한다. 이제 나라의 운명이 한 어린 여인의 손에 달려 있을지도 모르겠구나."

그 말과 함께 왕윤은 조조에게

"자 조조 나리, 이제 초선을 동탁에게 데려 가 주시오."

하고 부탁했다. 초선은 입술을 굳게 다물고 조조를 바라보고 있었다. 그것은 사모하는 사람을 바라보는 뜨거운 눈동자이자 그 사랑을 통해 나라를 바로 세우겠다는, 그 나이의 여자로서는 도저히 생각할 수 없는 강렬한 염원의 눈동자였다.

왕윤은 지금까지 그녀와 함께 지낸 숱한 시간들을 생각하고 눈물을 흘리며 말없이 초선을 안았다. 초선은 왕윤의 품에서 소리죽여 울었다.

초선의 매혹적인 춤으로 시작되는 조조의 동탁 암살극

그로부터 열흘 후 왕윤의 집으로 온 조조는 초선을 조심스럽게 안아 말안장에 태웠다. 왕윤은 다시 한 번 그녀가 불쌍한 생각이 들었다. 동탁 암살에 실패하게 되면 조조와 함께 죽어야 하며 성공하면 조조의 부인이 되는 이상한 운명, 스스로 선택한 일이지만 아비로서는 이 두 가지가 다 흡족하지 않았다. 그러나 이제는 어쩔 수 없는 일이다. 조조는 태연하게 왕윤이 준 칠성검을 뽑아, 그 칼에서 빛을 뿜는 7개의 보석을 응시하였다.

"왕윤 나리. 일이 성공하면 이 칼은 내가 가져도 될련지요."

"물론이오. 자 시간이 없으니 어서 칼을 칼집에 넣고 떠나시오."

이미 초선도 칠성검도 다 가진 듯한 조조의 행동이었다. 길을 떠나는 그들의 뒷모습을 보며 왕윤은 이상한 생각에 사로잡혔다. 황건적에게 살해당한 아이의 친아버지처럼 이 아이의 운명도 그렇게 되는 게 아닐까..... 왕윤은 두려움에 떨며 방으로 들어갔다. 자신이 지금 무슨 짓을 하려는 것인가 자책하였지만 손은 이미 종이를 찾고 있었다.

동탁의 인상은 조조가 상상한 것 이상으로 흉악하였다. 날카로운 눈초리에 냉혹함을 느끼게 하는 엷은 입술. 그의 주위에 있는 자들은 하나같이 긴장으로 몸이 경직되어 있었다. 마음에 들지 않는 자를 때려죽이거나, 혀나 눈을 뽑아 버리거나, 손발을 절단하거나, 미인을 데리고 논 다음에 요리해 먹는다는 소문이 결코 헛소문은 아닌 것 같은 인상을 주고도 남을 놈이었다. 사내대장부로 불리는 조조 같은 인간도 그를 보기가 무섭게 기가 죽어 정신을 잃을 것만 같았다. 조조는 잠시나마, 왕윤에게 큰소리치며 보검까지 빌려 여기 온 것을 후회하였다. 넓은 방에는 침묵만이 가득했다. 이윽고 정신을 차린 조조가 동탁에게 말했다.

"오늘 이 검으로 멋진 검무劍舞를 보여 드리고자 하나이다."

"검무라니?"

"네. 제가 오늘 금을 기막히게 잘 타는 낙양 제일의 미녀를 데리고 왔습니다."

그러자 조조의 뒤 멀찌감치 서 있던 초선이 고개를 들었다. 요염한 웃음을 짓고 있는 초선을 본 순간 동탁은 눈을 크게 떴다. 일찍이 보지 못한 미모였다. 손만 까딱하면 달려와 품에 안길 궁녀들이 널려 있지만 그녀는 다른 그 누구보다 달랐다. 동탁은 꿀꺽 침을 삼켰다. 비대한 살이 욕망으로 떨리고 있었다. 동탁은 짐짓 태연한 척 조조에게로 눈을 돌렸다.

"그럼 어디 자네의 검무 솜씨를 한 번 볼까."

넋이 나갈 듯한 초선의 금 연주에 맞춰 검무를 활달하고도 멋지게 추고 난 조조는 초선과 함께 동탁이 마련한 잔칫상에 앉았다. 동탁은 시종일관 초선만을 바라보고 있었다. 살인마의 어두운 눈이 욕정으로 이글거렸다 .

술을 한 잔 올린 조조가 낮은 소리로 말했다.

"마음에 드시는지요? 장군께서 마음이 있으시다면 곁에 두시지요."

"그게 진심인가?"

"네. 초선도 동탁 나리라면 매우 기뻐할 것입니다."

그야 당연하지 생각하며

"그럼 술부터 한 잔 따르라고 해보라." 하고 말했다.

초선은 부끄러운 듯 고개를 숙인 채 동탁에게 다가가 섬섬옥수纖纖玉手를 들어 술을 따랐다. 그녀가 술을 따르자 술마저 그녀의 체취를

담은 듯 입 안에서 더없이 향기로운 냄새를 풍겨왔다. 동탁은 오감이 다 만족하여 조조에게로 고개를 돌리고 말했다.

"고맙군. 자네 오늘은 우리 집에 머물지 그러나. 자 이 잔부터 받게."

"네. 황공합니다."

잔을 들이켜면서 조조는 '오늘밤이 네놈의 마지막이 될 것이다'라고 속으로 외쳤다.

보름달이 너무나 밝았다. 날을 잘못 택한 건가.

그러나 곧 마음을 다잡았다. 오늘 반드시 끝장을 내야 했다. 다음 기회는 없다고 봐야 했다. 술에 잔뜩 취한 동탁은 장안의 최고 미녀를 헌상한 조조를 거듭 치하한 후 비계덩어리 몸에 초선을 꿰차고 침실로 들어갔다. 많이 취한데다 지나치게 흥분을 불러일으키는 초선의 위에서 조급하게 행위를 마치고 난 동탁은 곧 깊은 잠에 든 듯했다. 객실을 빠져나간 조조는 미리 눈여겨 봐둔 동탁의 침실로 접근해갔다. '이제 곧 동탁의 머리가 굴러 떨어지고 초선 너는 나의 여자가 될 것이다' 조조는 호위병들을 피해 동탁의 침실로 그림자처럼 스며들어갔다. 그 순간 으스스한 기분에 사로잡혔다.

"왔느냐."

동탁이 눈을 크게 뜨고 웃고 있었다.

당황한 조조를 즐거운 듯 바라보는 동탁의 손에는 한 장의 종이가 쥐어 있었다.

왕윤이, '조조의 속마음을 알 수 없으니 오늘밤 조심하라'는 밀서

密書를 이미 동탁에게 보내 놓은 것이다. 조조가 실패할 경우 초선도 죽게 되리라는 어버이다운 염려에서, 우선은 그녀를 살리고 보자는 조급한 마음이 그렇게 시킨 것이다. 영문을 모른 채 절망적인 얼굴로 쳐다보는 초선을 외면하며 조조가 외쳤다.

"동탁, 오늘은 날이 아니구나. 하지만 나 조조 기필코 다시 오겠다. 그때는 동탁 너 돼지의 목을 따 주마."

"이런 미친 놈!"

조조는 이번에는 무섭게 초선을 노려보았다.

"네 년이 저 돼지를 깨워 나를 기다리게 한 거냐. 요망한 것이 눈치도 빠르구나. 어디 돼지머리와 함께 한 번 잘 살아 보거라."

이렇게 외치고 조조는 날쌔게 침실에서 사라졌다. 초선이 뭐라고 말하기도 전이었다.

"멍청한 놈. 날 죽이는 게 그렇게 쉬운 줄 아나. 초선아 저 놈 말 들었지. 널 저주하다니 제 정신이 아닌 놈이다. 하여튼 이제부터 너는 나의 곁을 떠나지 마라. 그래야 네 양부도 늘그막에 편안히 지내지. 조조놈은 내가 씹어 먹고 말 테니 염려 놓거라."

초선은 그래도 무섭다는 듯 동탁의 품안을 파고들었다. 눈에는 눈물이 맺혀 있었다. '어디 잘 살아 보거라'고 한 조조의 말이 원망스러워서가 아니었다. 행여 공모의 의심을 받게 될까봐 임기응변으로 한 말임을 모르지 않기 때문이었다. 그녀를 노려보던 눈 속에 서린 안타까움과 연모戀慕의 빛을 초선은 놓치지 않고 있었던 것이다.

"조조님 부디 무사히 벗어나세요. 언젠가 만날 날이 오겠지요. 오늘 당신의 그 말씀 그 어떤 사랑의 달콤한 말보다 더 내 가슴을 울리는군요."

동탁의 부하들이 사방으로 뛰어다니며 조조를 잡으려고 애썼으나 조조는 용케 변장을 하고 빠져나가 그날 안에 낙양을 벗어났다.

呂布의 등장

후궁에는 미녀가 800명이나 대기하고 있었다. 그러나 동탁은 침소에 틀어박혀 초선의 몸만 미친 듯 탐닉하였다. 조조의 예에서 보듯 언제 누가 암살하러 올지 모르는 상황이었지만 그런 위험을 무릅쓰고라도 그녀를 탐하고 싶을 만큼 그녀는 사람을 미치게 하는 여자였다.

왕윤은 동탁에게 조조의 습격을 피하셨다니 천만다행이라고 겉치레로 아뢰었다. 밀서를 보내 암살을 모면케 한 왕윤의 충정을 동탁은 치하하며 앞으로도 나를 위해 열심히 일해 달라고 당부하였다. 왕윤은 원하지 않게 동탁의 오른팔이 되어야 했다. 도읍을 낙양에서 장안으로 옮긴 후에도 그 관계는 변치 않았다. 왕윤은 모든 것을 체념하였다. 동탁을 거역할 수도 없고 초선을 되찾아 올 수도 없었다. 특히 초선은 절망적인 심정으로 나날을 보내고 있었다.

암살이 실패한 그날 밤 이래로 초선은 조조가 자기를 구하러 오기만을 기다렸다. 조조가 전국의 제후들에게 반동탁연합反董卓聯合의 격문을 보내 군사를 일으키고 있다는 소식을 듣고 초선은 다시 희망에 부풀었다. 조조의 무공이 사방에 퍼져 나가는 소식을 듣고 그녀는 때가 멀지 않았음을 확신했다. 그러나 장안으로 가는 동탁을 추격했던 조조의 군대가 그만 참패하고 말았다. 초선은 밤마다 동탁의 무거운 몸에 깔려, 압사되는 듯한 고통의 나날을 보내야만 했다. 패퇴를 거듭한 반동탁연합군이 마침내 해산되자 초선은 희망을 저버리고 있었다.

그런 그녀에게 삶의 보람이 있다면 그건 여포呂布였다. 그녀가 처음 여포를 만난 것은 수도가 아직 낙양에 있던 무렵으로 반동탁군과 동탁군이 격돌하기 며칠 전의 일이었다. 그 날 동탁의 명으로 초선은 장군들 앞에서 악곡을 연주하였다. 전투 전에 장군들의 사기를 고무하기 위한 것이었다. 모두 그녀의 미모에 사로잡혀 연주를 들으며 정신을 잃는 가운데 여포가 나타났다.

"여쭙니다. 곳곳에서 전투가 치열한데 동탁 나리께서 도통 전투에 나서지 않으시니 그 연유를 묻고 싶습니다. 나라가 위급한 이 때 한낱 여자에게 넋이 빠지신 겐지."

여포는 동탁 앞에서도 당당했다. 머리털을 3으로 가르고 그 위에 사자의 모습이 그려진 투구를 썼는데 붉은 군복에는 야수들이 싸우는 그림이 그려져 있었다. 그가 우뚝 서서 소리를 지르자 감히 나서는 자가 없었다.

"어서 대답하시오. 동탁 나리!"

"허어, 유능한 장수들이 모두 나섰거늘 내가 그들의 공적功庸을 뺏어야 옳단 말이냐?"

동탁은, 스스로 생각해도 명답을 말했다는 듯 거만하게 웃었다.

"그래서 누가 나리께 확실한 승리를 가져다주었습니까?"

오만하리만큼 당당한 목소리로 여포가 외쳤다.

옆에 있는 장수가 초선에게 "저분이 여포요." 하고 속삭였다. 초선도 여포의 소문은 익히 들은 바 있었다. 낙양을 점령한 동탁과 부자의 연을 맺고 양부養父 정원丁原을 죽인 사나이. 야수처럼 전쟁터를 뛰어다니니 모든 장수들이 두려워하는 자. 이 세상에서 그처럼 강해 보이는 인간을 초선은 처음 보게 된 것이다. 여포의 그 힘차고 늠름하고 거대한 모습을 보며 초선은 갑자기 유두乳頭가 돌덩이처럼 굳어지는 것을 감지했다. 동탁에게서는 경험하지 못한, 처음으로 성욕이라는 걸 느끼는 순간이었다. 뒤이어 부끄러움과 강한 자책의 염이 그녀를 사로잡았다. 그러나 유두는 여전히 딱딱했고 이제는 몸의 어딘가가 젖어오는 느낌마저 들었다.

"아니지…. 내겐 그보다 머리가 훨씬 뛰어나고 교양 있는 데다 멋진 시를 읊는 조조가 있거늘…. 대체 내가 무슨 생각을 하고 있는 거지. 그리고 내 몸은 도대체 어떻게 된 건가."

초선의 갈등과 뜻하지 않은 육체의 반응과는 관계없이 장내의 긴장감은 높아만 갔다. 왕좌에 앉은 동탁의 다소 언짢은 듯한 표정을 무시하고 여포는 다시 소리를 질렀다.

"저에게 적토마赤兎馬를 주면 저 혼자서라도 적군 20만쯤은 섬멸해 드리겠소!"

초선은 속으로 생각했다. 이 남자 정말 멋지구나. 아무리 적토마라지만 혼자서 20만 병사를 무찌를 수는 없지. 그러니 죽는 것은 뻔한 일. 그래도 그는 해 볼만 한 일이라고 진지하게 생각하고 있어. 조조는 도망의 선수인데 여포는 투쟁의 선수로구나…. 정말 양극이야. 초선은 적토마를 타고 달리는 여포의 모습을 상상했다. 그의 가슴에 안겨 숲속을 달린다면 얼마나 멋질까.

동탁이 몸을 앞으로 내밀고 눈썹을 조금 올린 채 미소를 지으며 말했다.

"여포. 내 너에게 적토마를 내릴 테니 마음껏 전쟁터를 달려보라."

이 말을 듣자 여포는 고개를 크게 끄덕이고는 빠른 걸음으로 연회장을 나가버렸다. 여포는 이곳에 들어온 후 초선과 눈이 마주친 적이 없었다. 반면 초선은 여포만을 처음부터 끝까지 쳐다보며 계속 감탄하고 있었다. 동탁은 초선의 마음 속 미묘한 동요는 눈치조차 채지도 못하고 그녀에게 말했다.

"초선아. 저 놈은 아주 단순하고 순수하지만 난폭하고 강하기로도 천하제일인 여포라는 녀석이다. 보기만 해도 늠름하지 않느냐."

여포를 이용해 동탁을 치려는 초선의 비책

남자 가운데 남자다운 여포가 있고 말 가운데 으뜸가는 적토마가 있다. 활통을 등에 메고 손에는 긴 창을 든 여포가 바람처럼 빠른 적토마를 타고 적진으로 쳐들어가는 장쾌한 모습! 관운장關雲長과의 멋진 대결과 곳곳에서의 여포의 활약에 대해, 환도한 장안에서 동탁의 품에 안겨 들은 바 있는 초선은 때때로 여포를 생각하며 감회에 젖고는 하였다. 반동탁연합군이 괴멸되고 조조의 반격군이 참패한 것은 오직 여포의 공적으로 봐야 했다. 희망의 싹이 짓뜯긴 곳의 상처가, 여포를 생각할 때마다 치유되어가는 것을 초선은 느꼈다. 동탁의 무거운 몸 아래서도 초선은 여포를 생각하며 행복감을 맛보았다. 조조에 대한 연정과는 또 다른 연모였다. 한 마디 말도 주고받은 적 없건만 초선은 여포에 대한 그리움으로 온몸이 타들어가고 있었다. 이성은 조조를 사랑하라고 말하고 있었으나 본능은 여포를 추구하고 있었다.

초선은 동탁의 허락을 받고 오랜만에 왕윤의 집으로 돌아갔다. 그즈음 왕윤은 동탁의 폭정에 하늘을 우러러 비통해하며 참담한 시간을 보내고 있었다. 그나마 동탁의 애첩이 된 초선이 잠시 다니러 오니 부녀의 정을 다시금 확인하며 작은 위안을 받고 있었다.

하루는 모란정牡丹亭 근처에서 길게 탄식하는 인적이 있어 초선이 다가가보니 왕윤이었다.

"아버님, 밤이 늦었사온데 어이 주무시지 않고 이리 나와 계시는지요. 무슨 근심이 있으신 게옵니까"

왕윤은 과년한 딸 초선을 바라보았다. 그녀의 나이 어느새 16세, 동탁 같은 돼지가 갖기엔 그 재주와 용모가 너무나 아까운 아이였다.

초선의 말을 듣고 왕윤은 다시금 깊은 한숨을 쉬었다.

“초선아, 네가 이렇게 나오는데 내 어찌 입을 다물고 있겠느냐. 이 나라의 운명이 어쩜 한 여인의 손에 달려있을지도 모르겠구나.”

나라의 운명이… 그 말은 예전에도 들은 바가 있었다. 조조와 함께 동탁에게 가기 전의 일이었다. 초선은 다시 때가 온 것을 알았다.

“우선 화각으로 가자.”

화각畵閣에 이르자 왕윤은 초선을 자리에 앉히고 갑자기 절을 했다. 초선이 깜짝 놀라 꿇어앉았다.

“대감, 어찌 이러십니까!”

“초선아. 네 정녕 이 나라의 백성들을 불쌍히 여긴다면 나를 도와줄 수 있겠느냐.”

왕윤의 눈에서 눈물이 솟아났다. 초선도 그 눈물의 뜻을 아는 듯 눈시울이 붉어졌다.

“이미 말씀드린 바 이 몸 나라 일에 소용이 된다면 백 번 만 번 죽어도 사양치 않겠습니다.”

“그래. 내 모두 말하마. 알다시피 지금 백성들은 말할 수 없는 고통에 시달리고 있다. 동탁이라는 놈이 호시탐탐 천자의 자리를 노리는 데도 조정의 문무백관文武百官은 그저 눈치만 보고 있구나. 이제 방법은 하나밖에 없는 것 같다. 잘 들어라. 동탁에게는 여포라는 양자가 있는데 둘 다 보기 드문 호색한이다. 맞불을 놓아 산불 끄듯 연환지계連環之計를 쓴다면 희망이 없는 것도 아니다. 우선 너를 여포에게 보여 주었다가 다시 동탁에게 돌려보낼 것이다. 무슨 뜻인 줄 알겠느냐?”

"미련한 년이지만 어찌 대감의 뜻을 모르겠나이까. 걱정 마시고 제게 맡겨 주세요. 제가 두 장수의 눈을 멀게 하여 거꾸로 세상을 밝히겠나이다."

왕윤은 초선을 지그시 바라보았다. 대견하기도 하고 가엾기도 했다. 왕윤은 탄식하며 속말을 했다. '내 이러려고 너를 키운 게 아니건만 난세가 너를 요구하는구나. 네가 두 사람 사이를 이간하여 여포의 손으로 동탁을 죽이게만 한다면 그 날로 천하가 바로 잡히련만….'

"의부님. 그럼 이제 여포 장군을 부르세요."

"알겠다. 하지만 여포는 여간 난폭한 자가 아니다. 조심해야 할 거야."

"그만큼 단순하다는 얘기이기도 합니다. 저에게 맡겨두세요."

동탁에게 그토록 시달리면서도 여전히 총명한 초선의 눈동자를 보고 왕윤은 탄식과 함께 안도를 하였다.

"의부님, 기억나십니까. 우리가 여기서 나라를 위해 조조와 계획을 짠 것을요."

"오, 그랬지. 허나 조조가 먼저 칼을 뽑았지만 그는 실패했다. 그 뒤로 나는 또다시 너를 위험에 빠뜨리게 될까봐 두려웠다. 해서 그때 우리가 계획한, 동탁을 암살하는 일은 잊기로 한 것이다. "

"아니에요. 아버님. 지금이야말로 기회입니다. 일전에 여포를 보고 바로 계책이 떠올랐어요. 이참에 여포 장군의 손으로 동탁을 없애버리고 싶습니다. 아버님께서는 그저 여포만 이리로 불러오시면 됩니다."

하지만 동탁의 양아들 여포가 과연 응할 것인가? 초선이 동탁의 애첩인 건 천하가 다 아는 사실인데 여포가 이를 무시 할 수 있겠는

가. 그러한 왕윤의 속을 꿰뚫어본 듯 초선이 말을 이었다.

"사실 저는 여포 나리를 사모하고 있습니다. 사모하는 사람의 손으로 짐승에게서 벗어나고 싶습니다. 그러니 동탁을 두려워하지 마세요. 우리의 뜻대로 되도록 제가 일을 꾸미겠습니다."

뭐라고? 여포를 사모한다고? 어허 여자의 마음은 어찌 이리 알 수가 없는가. 왕윤은 탄식을 하였다.

"묻겠다. 조조에 대한 그리움은 없느냐."

"그는 옛남자일 뿐입니다. 개의치 마시어요."

왕윤은 그만 입을 다물었다. 여포의 어떤 매력이 초선을 사로잡았는지 알 수가 없었다. 하지만 동탁보다는 인간미가 있는 것 같기도 하지. 여인이 사나이에게 미치니 더 이상 무슨 도리가 있겠나. 초선의 너무나 확고한 결심과 흔들리지 않는 눈동자를 보고 왕윤은 할 수 없다는 듯 고개를 끄덕였다.

그래, 어쩜 진짜 기회가 온 것인지도 모르겠구나. 아무리 눈에 넣어도 아프지 않을 딸이지만 나라의 운명보다 더 중히 여길 수는 없지. 내가 어리석었어. 동탁에게 밀서 따위를 보내 조조가 그를 죽일 수 있는 천우天佑의 기회를 날려 버리게 하다니. 아, 나야말로 사소한 부녀의 정 때문에 나라를 망치고 있는 소인배구나. 심한 자책 속에서 왕윤은 이번에야 말로 자신의 운과 나라의 운명을 제대로 걸어보기로 했다.

3. 초선과 여포

초선의 검무로 싹튼 여포의 연심

동탁의 애첩이 된 초선이 잠시 휴가를 얻어 집에 다니러 오자 초선의 의부이자 한나라의 사도司徒인 왕윤王允은 초선과 함께 여포呂布를 이용하여 동탁을 제거하기로 한다. 이에 여포의 저택으로 왕윤의 사자가 달려갔다. 여포는 칠보로 장식된 황금 관을 쓰고는 적토마를 타고 왕윤의 저택으로 갔다. 여포가 오자 얼굴에 화색이 도는 초선을 보고 왕윤은 몰래 한숨을 쉬었다.

"왕윤 나리. 어인 주안상입니까."

여포는 느닷없는 환대에 뭔가 미심쩍은 얼굴을 하였다. 왕윤은 준비해 둔 말을 늘어놓았다.

"장군의 용기는 한나라의 자랑거리입니다. 전투에서 대승을 하고 변경까지 안정시키니 사방에서 장군에 대한 칭송이 자자합니다. 이 나라에 장군을 당할 자 그 누가 있겠습니까. 허니 이 늙은이가 경의를 표하는 것은 당연하지 않습니까. 진작 이러한 자리를 마련했어야 했는데 그간 결례가 컸습니다."

그 말을 듣자 여포는 기분이 매우 좋아졌다. 왕윤이 시녀에게 신호를 보내자 초선이 나타났다.

"부르셨어요, 아버님."

오늘따라 유독 멋지게 차려입은 그녀였다.

"아... 이 여인이 바로 댁의 따님이었군요. 처음 본 것이... 벌써 2년이 지났소…. 그때도 아름다웠지만 지금은 이루 말할 수 없이 아름답습니다. "

"저를 기억해주시니 소녀 기쁩니다. 그날처럼 오늘 밤도 장군을 위해서 이 초선이 검무를 보여드리겠습니다."

초선이 손에 칼을 들고 다시 나타났다. 여포는 깜짝 놀랐다. 왕윤은 땀에 젖은 손을 꽉 쥐었다.

"검무라니…. 기대되는구려…."

스스로 의식하지 않아도 그녀의 모습과 표정에는 요염함과 순진함이 뒤섞여있었다. 때로는 요염하게 때로는 과감하게 초선은 자기가 지닌 모든 기교를 선보이며 춤을 추었다. 한번 씩 칼끝이 여포를 향할 때도 여포는 까딱하지 않고 술을 마시고 있었다. 초선은 춤에 열중하면서도, 조조를 만났을 때 자신이 추었던 검무를 떠올렸다. 냉혹하고 재치 있는 조조에 비해 여포는 통이 크고 상대적으로 정이 넘쳐흐르는 듯 느껴졌다. '조조님 죄송합니다…. 이제 저는 약속을 지킬 수 없게 되었습니다…. 당신을 믿고 기다릴 수 없는 상황이 되어버렸습니다.' 그녀는 춤추며 눈물을 흘렸다. 왕윤의 얼굴이 파랗게 질렸다. 그 눈물의 의미를 왕윤도 여포도 알 리가 없었다. 검무를 마친 초선이 결심한 듯 입을 열었다.

"여포 나리. 저를 데려가 주세요. 저는 이미 나리를 심중에 두고 있습니다. 동탁 곁으로는 다시 돌아가고 싶지 않습니다."

여포는 당황하였다. 주군인 동탁의 애첩이 자기를 마음에 두고 있다? 동탁이 이 말을 들으면 그는 초선을 죽일 것이다. 이것이 그녀의 진심일까?

"오늘은 제가 과음한 것 같소이다… 왕윤 나리 그럼 이만 실례하겠습니다."

여포는 그 말끝에 적토마에 올라탔다. 왕윤과 초선은 둘 다 온몸이 땀으로 흠뻑 젖어 있었다. 왕윤은 긴장으로, 초선은 춤과 격정적인 심정으로 그리 된 것이었다.

여포가 왕윤의 표정을 제대로 살폈더라면 여포를 이용해 동탁을 제거하려는 초선의 계획은 꼬리를 잡혔을지도 모른다. 고문이라도 하면 왕윤도 자백할 수밖에 없을 것이다. 하지만 어리석은 여포는 그럴 생각을 할 머리가 없었다. 물론 초선이 여포를 사모하는 건 사실이었다. 초선으로서는 동탁도 제거하고 여포도 얻는, 그야말로 두 마리

토끼를 한꺼번에 얻는 일이었다. 무엇보다 기울어가는 한나라를 재건하고 백성을 고통 속에서 구해내는 일이었다.

초선과 왕윤의 계획은 이제 다음 단계로 넘어간다.

초선만 얻을 수 있다면

왕윤은 동탁에게 편지를 보냈다. 이번에는 조조를 조심하라고 한 일전의 그 밀서와는 다른 성격의 편지였다. 말하자면 은밀한 초대였다. 동탁은, 그렇지 않아도 초선이 왕윤의 집으로 간 지 여러 날이 되어 무척 궁금하던 차였다. 초선이 없는 틈을 타 눈여겨 둔 몇몇 궁녀를 겁탈하듯 품어 보았으나 초선만한 여자가 없다는 사실만 새삼 확인했을 따름이었다.

편지에서 초선의 달콤한 향취가 풍겨오는 것만 같아 동탁은 지체 없이 왕윤의 저택을 방문하였다. 수레에서 내린 동탁은 무장한 100여 군사의 호위를 받으며 대문 안으로 들어섰다. 동탁이 자리에 앉자 왕윤은 동탁의 공덕을 찬양하기 시작했다. 풍류소리가 울려 퍼지는 가운데 산해진미山海珍味와 좋은 술이 연이어 나왔다. 왕윤은 동탁이 한나라의 뒤를 계승하게 될 것이라고, 천문학의 건상乾象을 살핀 결과임을 과시하며 말했다. 동탁은 그 말을 듣고 자기는 그것을 바라지 않는다고 겸손을 떨었지만 눈빛은 음흉하게 빛났다. 왕윤은 동탁의 도의道義와 패기로 그 뜻이 이루어질 것이라고 다시 추켜세웠다.

동탁은 마지못한 척, 천명天命이 자기에게 돌아오면 왕윤에게도 거기에 어울리는 자리를 주겠다고 약조하였다. 왕윤이 그 때를 놓치지 않고 초선을 부르니 악사들의 현금 연주소리가 은은히 울려오는 가운데 초선이 나타나 매우 미묘하고 교태어린 춤을 추었다. 춤이 끝나자 동탁은 초선에게 가까이 오라고 하였다. 초선은 오랜만에 보는 낭군에게 다가가서 머리를 숙였다. 동탁은 그녀의 뛰어난 미모와 자신에 대한 그리움에 불타는 듯한 눈동자를 보고 다시금 넋이 나간 채, 그 비대한 몸 어딘가에 행복이라는 게 밀려오는 느낌을 받았다. 돼지도 행복을 추구하는 것이다.

"왕윤 사도. 나는 정말 복 받은 사람인 것 같소. 당신 같은 인재에다 초선과 같은 절세미녀를 곁에 둘 수 있으니 말이오. "

"동탁 나리. 초선이 매우 피곤한 것 같습니다. 들어가 쉬라고 해도 괜찮겠습니까."

"아니오. 그녀는 나와 함께 지금 성으로 돌아가야 하오. 요즘 여포가 이곳에 드나든다는 말을 언뜻 들었소. 하하 나 이 동탁이 걱정이 좀 되는구려. 여포 이 친구가 내 시녀와 정을 통한 전과가 있어서 하는 말이오."

시녀와의 치정癡情 사건은 여포가 어전에서 동탁의 호위를 맡고 있을 때의 일이었지만 이 말을 듣는 초선의 얼굴은 금세 어두워졌다. 그것을 혐오감의 표출로 본 동탁이 웃으며 말을 이었다.

"걱정할 것 없다. 그 녀석이 아무리 단순무식해도 내 여자에게 손

댈만한 바보는 아니니까."

동탁이 어젯밤 초선을 데리고 돌아갔다는 소식을 들은 여포는 바로 적토마를 타고 왕윤에게로 달려갔다.

"왕윤 나리. 어제의 일은 대체 어찌된 것이오."

"어찌되다니요. 태사께서 스스로 찾아 온 것 뿐이온데…."

여포의 낭패한 모습을 보고 왕윤은 얼버무렸다.

"설마 쓸데없는 이야기를 하지는 않았겠죠."

흥분한 여포가 다그쳤다.

"나도 초선도 아무 말도 하지 않았소. 동탁 태사야 말로 여포 장군이 초선에게 마음이 있는 게 아닌가 걱정하더이다."

"뭐라고요? 초선이 무슨 말을 하기 전에 당장 내 뜻을 장군에게 알려야겠소."

이렇게 말하고 여포는 질풍처럼 사라졌다. 초선의 앞날을 생각하자 왕윤은 매우 우울해졌다.

'이러다 내 딸과는 영영 이별이 되겠구나.'

여포가 왕윤의 집에서 나올 무렵 초선은 동탁의 품에 안겨있었다. 쾌락에 젖은 척 신음을 내던 그녀가 탄식하며 말했다.

"저번에… 여포 장군이… 오셨을 때… 사실 사랑을 고백 받았습니다."

"뭐라고?"

동탁은 그 절구통 몸을 멈추고는 어서 고하라고 재촉했다.

"그것뿐입니다. 그 말에는 응할 수 없다고 전했습니다. 여포 장군은 제가 동태사의 애첩인 것 때문에 괴로워했습니다."

"그래? 흠 알겠다. 내 오늘은 몹시 피곤하구나. 그만 쉬거라."

의외로 동탁은 추궁을 멈추었다. 초선은 알고 있었다. 동탁의 가슴에 질투의 뜨거운 불길이 타오르는 것을.

여포가 동탁의 처소로 가보자 아니나 다를까 동탁 곁에 초선이 붙어 있었다. 젖은 눈동자에서 방사되는 눈빛이 여포의 몸을 녹여내듯 휘감아왔다. 그 요염한 눈길을 털어버리 듯 입구에 우뚝 선 채로 여포가 동탁에게 말했다.

"나리께서 오해하는 일이 없었으면 합니다. 저는 동태사께 거듭 충성을 맹세코저 왔습니다."

"물러가라. 오늘은 아무 말도 하고 싶지 않다."

여포는 동탁의 심상치 않은 기색을 보고 불안한 마음으로 돌아섰다.

며칠 후 초선은 여포에게 〈여포 나리. 저를 영원히 가져보지 않겠습니까〉 하고 단도직입적으로 편지를 보냈다. 단순한 여포에게는 구구절절 설명보다도 강렬한 한 마디가 통할 거로 보였던 것이다. 만약 여포가 거절하면 왕윤 부녀의 목숨은 이미 저 세상으로 간 거나 다름없었다. 동탁은 배신을 절대 용서하지 않는 인간이었다. 얼마 전 사도 장온張溫이 원술袁術과 내통했다고 사람을 시켜 무고하고는, 연회석에서 그를 잔인하게 죽인 동탁이었다. 동탁은 그 시체를 요리하여 문무백관과 나누어 먹고 나머지는 개에게 주었다.

한편 여포도 굳이 동탁을 쳐야 할 이유가 없었다. 동탁이 죽으면 각지에서 반동탁파의 제후들이 일어설 것이고 그 전에 동탁의 부하들이 난을 일으킬 것이 뻔했다. 그러면 자신도 매우 위험해진다. 여포는 초선을 손에 얻는 일과 이 위험을 저울질하였다. 초선이 조조나 동탁 앞에서도 검무를 한 것을 알고 있는 여포로서는 그녀를 손에 넣는 것은 그들에 대한 승리이기도 했다. 수많은 전투에서 승리한 여포지만 사랑의 전투에서만은 초짜였다. 그러기에 사모의 정이 한 번 거세게 일어나자 그 불길은 모든 우려들을 잠재우며 활활 타올라 꺼질 줄 몰랐다. 여포는 생각했다. 초선을 위해 동탁을 죽여야겠구나. 허나 워낙 목숨이 걸린 일인지라 아직은 주저하고 있었다.

여포를 부추기는 초선

어느 날 동탁이 편찮다는 말을 들은 여포가 문병 차 들르자 동탁은 잠에 빠져 있고 초선이 침실에서 눈물을 떨구고 있었다. 여포는 가슴이 터지는 듯하였다. 잠에서 깨어난 동탁은, 여포가 침상 뒤를 주시하고 있고 거기에 초선이 서 있는 것을 보고는 화를 내며 소리쳤다.

"이놈, 내 애첩을 넘보아 어쩌려는 거냐! 다시는 이곳에 오지 마라."

동탁은 감미로운 쾌락에 젖는 시간을 잠시도 낭비할 수가 없었다. 동탁은 초선을 맞은 후부터 아예 정사를 돌보지 않았다. 동탁이 조금만 몸이 아파도 초선은 잠은커녕 허리띠도 풀지 않고 정성껏 돌보는 시늉을 하여 동탁은 거기서 헤어날 수가 없었다. 여포는 분을 참은 채 그 자리를 물러섰다. 돌아오는 길에 동탁의 사위 이유를 만나 억울한 사정을 털어놓았다. 이유는 그 길로 동탁을 찾아갔다.

"천하를 손에 넣으실 태사께서 어찌 하찮은 일로 여포를 책망하십니까. 여포의 마음이 변하면 천하대사를 그르칠 수도 있습니다."

"그럼 나보고 어쩌라는거냐."

"내일 여포를 불러 금은보화를 내리시고 달래시죠."

다음날 동탁은 여포를 불러 위로하였다. 동탁이 마지못해 사과하고 금품을 하사하자 여포는 기분이 다소 풀렸으나 마음은 이미 초선에게 가 있었다.

어느 날 동탁이 헌제獻帝와 대담하는 틈을 타 여포는 동탁이 거주하는 승상부丞相府로 말을 몰았다. 후당에 꿈에 그리던 초선이 있었다. 초선은 후원 봉의정鳳儀亭에 가 기다리라고 속삭이고는 얼마 후 옷을 갈아입고 왔다. 초선이 여포의 가슴에 안기며 울먹였다.

"저는 왕 사도의 친딸은 아니지만 친딸처럼 아낌을 받으며 자랐습니다. 그런데 장군을 만나 뵙고 사모하게 되어 평생 장군을 모시리라는 소원을 품었는데 동탁 태사께서 이 몸을 다시 더럽혔습니다. 이 초선은 그저 죽고만 싶습니다. 이제 다행히 장군을 뵈었으니 더 이상

바랄 것이 없습니다. 더는 장군을 모실 수 없으니 장군님 앞에서 목숨을 끊고자 합니다."

초선은 갑자기 난관을 붙잡고 연못에 뛰어들려고 하였다. 여포는 다급하게 초선을 붙들고 애간장이 타는 심정으로 속삭였다.

"나도 그 마음을 알고 있소. 진작 말을 나누고 당신의 심정을 헤아렸어야 하는데 다 내 잘못이오."

"초선에게는 하루가 일 년처럼 깁니다. 저를 불쌍히 여기신다면 속히 구해주세요."

초선이 슬프게 바라보니 여포의 가슴은 불타는 듯했다.

"지금은 잠시 몰래 빠져나온 것이오. 의심을 살지 모르니 우선은 돌아가야겠소."

"장군님께서 이처럼 남의 눈을 두려워하신다면 제 눈은 햇빛을 볼 수 없게 될 것입니다."

여포는 초선을 달랬다.

"나에게도 생각이 있으니 두고 보오."

여포가 급히 가려하자 초선이 앞을 가로막고 말했다.

"장군께서 천하의 영웅이라는 소문이 이 궁 안에서는 자자합니다. 전쟁터에서 우레와 같이 지른 소리는 어디 갔습니까. 그 명성을 가지고 이 세상에서 무엇이 두렵단 말입니까."

그녀의 눈에서 눈물이 펑펑 쏟아졌다. 여포는 부끄러워서 얼굴이 붉어졌다. 여포는 다시 말에서 내려 초선을 품에 안고 위로하였다. 두 사람은 서로 껴안은 채 떨어지지 않았다.

한편 동탁은 주위에 여포가 보이지 않자 수상쩍은 생각이 들어 급히 헌제와 작별하고 승상부로 돌아왔다. 승상부 앞에 여포의 적토마가 메어있는 것을 보고 문지기에게 여포가 돌아왔느냐고 물었다.

"네 장군께서는 후당으로 가셨습니다."

동탁이 후당으로 갔으나 여포가 보이지 않았다. 초선도 보이지 않았다. 시첩이 초선 아씨는 후원에서 꽃구경을 하고 있다고 아뢰었다. 동탁이 그곳에 가보니 여포와 초선이 서로 부둥켜안고 있었다. 분노한 동탁이 고함을 지르자 놀란 여포가 뒤를 돌아보고는 민첩하게 달아났다. 비대한 동탁은 그를 따를 길이 없었다. 화가 난 동탁이 창을 던져 여포를 죽이려 했으나 날랜 여포는 그 창을 받아 땅에 내던졌다. 동탁은 여포를 쫓아 뒤뚱대며 달려가다 후원 문 밖에서 한 사내와 부딪쳐 나가 자빠졌다. 동탁과 부딪친 자는 모사 이유였다. 이유는 동탁을 일으켜 세워 서원으로 모시고 갔다.

"여포 이놈이 나의 계집을 희롱하다니! 그놈은 죽어 마땅하다."

"태사님께서 잘못 생각하고 계시는 겁니다. 초선으로 말하자면 하나의 계집에 지나지 않습니다. 여포는 태사님을 지켜주는 심복입니다. 이왕 이렇게 된 김에 초선을 여포에게 주면 여포는 그 은혜에 감동하여 목숨을 바쳐 태사님을 도울 것입니다."

동탁은 이 말을 듣고 곰곰이 생각을 하였다.

'그것도 일리 있는 말이군. 잘 생각해 봐야겠다.'

이유가 돌아가자 동탁은 초선을 불렀다.

" 너는 왜 나 몰래 여포와 정을 통하느냐?"

초선이 억울하다는 얼굴로 말했다.

"제가 후원에서 꽃구경을 하는데 갑자기 여포 장군이 나타난 것입니다. 여포가 '나는 동탁 태사의 아들인데 왜 나를 피하려 드느냐?' 하고 소리치며 덮치려 했습니다. 분하고 두려워 연못에 몸을 던져 죽으려 하는데 붙드는 바람에 억지로 그의 품에 안기게 되었습니다. 그때 태사님이 갑자기 나타나신 것입니다."

"...... 정녕 그러냐? 이왕지사 이렇게 된 거 내 너를 여포에게 주려고 한다. 네 생각은 어떠냐?"

초선은 눈물을 하염없이 쏟았다.

"저는 태사님의 것인데 갑자기 그런 말씀을 하시다니..... 그럴 바에야 죽어버리겠습니다."

초선이 벽에 걸린 칼을 집어 자기 목을 찌르려하자 동탁이 놀라 칼을 빼앗고 초선을 달랬다.

"내가 농담 삼아 해 본 말이다."

초선은 동탁의 가슴에 얼굴을 묻고 흐느꼈다.

"태사님. 이것은 이유의 모략입니다. 그는 여포와 친한 사이라 태사님의 체면은 아랑곳 않고 저를 선물처럼 주고받으려는 겁니다."

"어찌 내가 너를 아무에게나 주겠느냐."

"태사님이 소첩을 불쌍히 여기고 사랑해주셔도 이제는 이곳에 머물기 어렵게 되었습니다. 언젠가는 여포가 해를 가해 올 것입니다."

"염려마라. 내가 누구냐. 나는 동탁이다."

다음 날 이유가 동탁을 찾아왔다.

"오늘 초선을 여포에게 보내시지요."

"어찌 초선을 그 녀석에게 내주겠느냐. 부자지간임을 고려해서 저번 일은 용서해 주겠다는 말이나 전하라."

"태자님, 초선에게 너무 깊이 빠지면 안됩니다."

"그럼 네 놈은 네 부인을 여포에게 줄 수 있겠느냐. 초선의 일을 더 이상 거론하면 네 놈의 혀를 뽑겠다."

이유는 불길한 예감에 탄식을 하며 돌아섰다.

동탁 정벌

동탁이 초선을 데리고 미오성郿塢城으로 가겠다고 명을 내리자 문무백관이 모두 허리를 굽히고 전송하였다. 초선을 실은 수레가 멀어져가자 여포는 언덕 위에서 수레바퀴가 내는 먼지를 보며 분개하였다. 이때 여포의 등 뒤에서 말을 멈추는 소리가 들려왔다. 돌아보니 사도 왕윤이었다.

"이 노부가 몸이 불편해서 며칠간 장군을 뵙지 못했습니다. 오늘 태사님께서 미오로 가신다기에 나와 봤는데 오히려 장군을 뵙게 되었군요. 한데 어찌 한숨만 쉬고 계십니까."

"왜겠습니까? 사도님의 따님 때문이지요."

이에 왕윤은 시치미를 떼고 말했다.

"그럼 아직 왕윤이 제 여식을 놓아주지 않았나요."

"흥, 그 늙은이 혼자 재미 보기 바쁘죠."

"어허, 안타까운 일입니다. 집으로 가서 자세한 이야기를 하십시다."

여포는 왕윤을 따라 그의 저택에 갔다. 이윽고 주안상이 나오고 술이 취하자 여포는 봉의전에서 있었던 일을 자세하게 늘어놓았다.

"태사가 장군이 사랑하는 여자를 놓아주지 않는다니 난감하군요. 그러나 세상 사람들은 태사보다는 오히려 장군을 비웃을 겝니다."

왕윤의 말에 여포는 얼굴이 벌겋게 달아올랐다.

"두고 보시오. 내가 동탁을 죽여서라도 초선을 되찾고 말겠소."

"장군 말조심 하십시오. 그러다가 우리 모두 큰 화를 입게 될 거요."

"대장부가 모욕을 당하면서까지 남의 밑에 있을 수는 없지 않소."

"하긴 장군처럼 능력 있는 분이 동태사 밑에 있을 필요가 있겠소만."

여포의 마음이 이미 정해졌음을 왕윤은 알 수 있었다.

여포가 돌아가자 왕윤은 심복 중에 활 잘 쏘는 무사 손서孫緖와 황완黃琬을 불러 이 문제를 의논하였다. 손서가 먼저 말했다.

"듣자니 주상께서 병환에서 회복되셨다 합니다. 말재간 있는 자 하나를 동탁에게 보내, 주상께서 의논할 일이 있다 한다고 전하죠. 한편으로는 천자의 밀서를 여포에게 내리게 하여 대궐문 안에 군사를 매복시켰다가 동탁이 들어올 때 주살하는 것이 어떨는지요."

이에 황한이 물었다.

"그럼 누구를 보내는 것이 좋을까요."

"여포의 고향 친구 이숙李肅이 어떤지요. 그는 동탁이 좋은 벼슬을 주지 않자 앙심을 품고 있습니다. 그를 보내면 동탁은 그의 말을 따를 겁니다.

왕윤이 여포를 불러 의논하니 여포도 동의하였다. 이숙을 불러 여포가 말하였다.

"이숙, 지난날 공께서 나더러 정원丁原을 죽이고 동탁의 편이 되라고 하지 않았소. 그런데 지금 동탁이 백성을 못살게 굴지 않소. 그러니 공께서 조서詔書를 만들어 미오로 가 동탁에게 입궐하라고 전하시오. 그런 다음 복병을 매복시키고 입궐하는 동탁을 주살해 문무백관과 만백성의 시름을 덜어주는 게 어떻겠소."

이숙이 이에 답했다.

"나도 그 역적놈을 제거해야 한다고 오래 전부터 생각해왔소. 다만 뜻을 같이 할 동지가 없었는데 장군이 그런 뜻을 가지셨다면 기꺼이 그 일을 해야지요."

"성공하면 큰 벼슬을 얻게 될 것이오."

다음 날 이숙은 수십 기병을 이끌고 미오로 가 천자의 조서를 가지고 왔다고 알리고 동탁에게 정중하게 고개를 숙였다.

"무슨 조서인가."

"아마도 천자께서 문무백관 앞에서 태사님께 재위를 물려줄 뜻이 있어 이 조서를 내리신 듯합니다."

이 귀가 솔깃할 말에 놀라 동탁은 다그쳐 물었다.

"거기에 대한 왕윤의 의견은 어떤가?"

"왕 사도께서는 대찬성이십니다. 태사님이 오시기만 기다리고 있습니다."

"간밤에 용이 내 몸을 감싸는 꿈을 꾸었는데 오늘 이런 기쁜 소식을 듣는구나."

동탁은 심복 이각李傕과 곽사郭汜에게 정병 3천으로 미오를 지키라고 이르고 바로 장안으로 들어갈 준비를 하였다. 초선에게 궁궐에 간다고 알리고 수레를 타고 장안을 향해 떠났다. 중도에서 동탁을 태우고 가던 말이 갑자기 울부짖더니 말고삐가 끊어지고 재갈이 벗겨졌다. 동탁이 이숙에게 물었다.

"혹시 불길한 징조는 아니겠지."

"태사께서 한나라의 재위를 받게 되시니 옛것을 버리고 새것을 맞이하는 징조입니다."

그 꿈의 해석이 그럴듯하여 동탁은 매우 기뻤다. 동탁이 승상부에 오르자 여포가 축하 인사를 드렸다. 동탁은 '내가 등극하게 되면 너는 천하의 군사를 거느리는 자가 될 것이다'라고 뻐기듯이 말했다. 이 말에 여포는 감사를 표하였다.

다음 날 동탁이 측근들을 거느리고 대궐문에 들어서니 수많은 군신들이 예복을 입고 늘어서 그를 맞이하였다. 이숙은 10명의 군사만 수레를 따르게 하고 나머지는 궐문 밖에서 기다리게 하였다. 동탁이 둘러보니 왕윤을 비롯한 여러 장수들이 보검을 손에 들고 전문에 서 있었다. 동탁은 놀라 이숙에게 물었다.

"왜 보검을 들고 있느냐."

이숙은 대답 대신 동탁의 수레를 전문으로 밀어 넣었다. 이때 왕윤의 고함을 쳤다.

"역도가 왔다. 무사들은 어디 있느냐!"

그러자 100여명의 무사들이 창과 칼을 휘두르며 나타났다. 동탁은 예복 밑에 갑옷을 입고 있어 칼로는 갑옷을 뚫을 수가 없었다. 한 무사가 동탁의 팔을 찌르자 동탁은 수레에서 굴러 떨어지면서 큰 소리로 여포를 불렀다. 여포가 수레 뒤에서 뛰어나와

"여기 역적 동탁을 죽이라는 천자의 조서를 가져왔다."

하고 외치며 긴 창으로 동탁의 급소를 찌르자 이숙이 그의 머리를 베어버렸다. 문무백관이 일제히 환호성을 질렀다. 동탁의 시체는 지나치게 살이 쪄 군사들이 그의 배꼽에 심지를 박고 불을 붙이자 기름이 지글지글 끓어 땅바닥에 넘쳐흘렀다. 지나가는 백성들이 머리를 발로 차고 시체를 마구 짓밟았다.

왕윤의 죽음

여포는 왕윤의 명을 받고 군사 5만을 거느리고 미오로 갔다. 여포는 먼저 동탁의 재산부터 몰수하였다. 금은보화와 비단 등 갖가지 보물이 헤아릴 수 없이 쏟아져 나왔다. 몰수한 재물을 왕윤에게 바치자 왕윤은 그것을 군사들에게 나누어주었다. 동탁이 그렇게 간단히 처치된 후 1000명 가까운 후궁의 여인들은 능욕당하고 보물이 있는 궁전에서는 병사 간에 경쟁이라도 하듯 약탈전이 벌어졌다. 이 지옥에서 초선은 여포의 힘으로 화를 면할 수 있었다. 피와 시체의 아비규환 속에서 두 사람은 뜨겁게 포옹하였다.

"초선아, 오늘 너는 정말로 아름답구나…."

여포답지 않은 이 말에 초선은 능욕의 현장에서도 철없이 깔깔대고 웃었다. 그날 밤 초선은 평생 처음으로 사랑하는 사람과 잠자리를 하였다. 아침 일찍 여포는 여태 꿈을 꾸고 있는 초선을 남겨놓고 밖으로 나갔다. 동탁의 잔당을 완전히 소탕해야 했다. 잠에서 깨어난 초선은 여포가 보이지 않자 말을 타고 그를 찾으러 나섰다. 한참 후 그녀는 여포를 찾았고 여포는 이상한 얼굴로 그녀를 내려다보았다.

"나리. 저도 함께 싸우겠습니다."

대답도 기다리지 않고 초선은 적토마에 올라타 여포의 등에 바짝 붙었다. 그녀의 굳은 결의에 행복해진 여포는 말없이 적토마를 달리게 하였다. 동탁군을 무찌르고 여포의 군은 산으로 숨어 들어간 이각, 곽사의 군과 싸웠다. 여포와 초선은 결전 이외의 경우에는 항상 붙어 지냈다. 서로 어루만지고 도취되는 끝없이 달콤한 시간이었다. 그러나 초선은 이 행복이 오래가지 않을 것 같은 불길한 예감에 사로

잡혔다.

한편 왕윤도 동탁파를 소탕하는 일에 앞장섰다. 초선은 장안의 의부가 걱정이 되었다.

"나리, 대감님의 안위가 걱정이 되어 견딜 수가 없습니다."

"나도 그러하니 어서 장안으로 가야겠다."

여포는 초선을 안은 채 적토마를 타고 장안으로 향했다.

여포가 달려갔을 때는 이미 장안은 불바다가 되어 있었다. 이각과 곽사가, 동탁을 죽인 왕윤이 서량西涼의 모든 백성을 죽이려 한다는 소문을 퍼뜨려 장안은 불바다에 아수라장이었다. 그 와중에 기동대가 나타나 왕윤을 처형하고 말았던 것이다. 의부의 죽은 모습을 본 초선은 너무나 슬픈 나머지 눈이 바짝 말라 눈물조차 나오지 않았다. 강직한 성격 때문에 모함과 오해도 많이 받았지만, 누가 뭐라 해도 한족의 부흥을 위해 목숨을 바친 의부였다.

여포와 조조와 초선, 사랑과 전투

장안을 떠난 지 2년, 여포는 영토가 없는 장군의 몸으로 군사를 이끌고 방랑하였다. 동탁을 없애고 왕윤까지 희생당하며 초선과 여포가 공을 세운 대가는 그 무엇도 없었다. 그에 비해 조조는 동탁의 죽음으로 세력을 회복하고 황건적을 쳐 그 잔영을 자기 군에 편입시켜 진동장군陳東將軍이라는 명칭을 조정에서 받게 되었다. 조조의 군사는 10만을 넘었다. 초선은 조조에 대한 애증으로 괴로워하다가 분연히 일어나 하나의 계략을 세웠다. 우선 여포의 곁을 떠나 방랑생활을 빙자하여 조조에게 갔다.

초선은 갖은 계책을 써가며 몰래 여포를 돕고자 하였다. 그러다 여포에게 기회가 왔다. 조조가, 살해당한 부친의 보복을 위해 연주兗州를 떠나 서주徐州로 쳐들어간 것이다. 천하평정의 라이벌이고 사랑의 경쟁자인 여포는 이 틈을 타 연주를 빼앗았다. 전승의 축하연 때 초선은 장군들 앞에서 감격의 눈물을 흘리며 검무를 추었다. 광야를 떠돌며 방랑하던 여포와 장군들도 눈시울을 붉혔다. 지금까지의 숱한 고생이 보답을 받는 기분이었다.

한편 조조는 연주가 공격당했다는 보고를 받고, 서주 태사 도겸陶謙을 도우러 온 유비의 화친 서신을 받은 김에 급히 연주로 돌아갔다. 서주에서 돌아온 조조군에게 부하들이 패배하여 여포는 영토와 성을 잃게 된다.

최후의 전투 때 초선은 여포의 적토마에 매달려 조조군과 싸웠다. 전황이 점점 불리해지자 초선은 여포를 설득했다.

“이번 전투에서 조조의 목적은 저를 취하는 것입니다. 저를 여기 버리고 가면 조조는 싸움을 멈출 것입니다.”

“무슨 소리냐. 내가 어찌 너를 두고 혼자 살아남기를 바라겠느냐.”

여포는 결국 초선과 함께 도망쳤다. 그러나 상황은 더 불리해졌다.

설상가상으로 극도로 약체화한 그를 원소袁紹까지 공격해왔다. 초선은 마지막 희망으로 유비의 땅으로 도망치라고 여포를 설득하였다.

"유비는 덕이 있으니 나리를 도울 것입니다."

결국 서주로 도망쳐 여포는 다시 근거지를 마련할 수 있었다. 그후 여포는 서주를 빼앗고 유비는 조조에게로 도망친다.

여포는, 원술의 대군 20만을 피해 서주 근처 소패성小沛城에 든 유비를 다시 물리쳤다. 그러나 성내의 백문루白門樓의 싸움에서 조조군에게 패하였다. 그 전에 여포에게는 마지막 활로가 있었다. 조조에게는 전쟁을 오래 끌 수 없는 두 가지 이유가 있었는데, 하나는 도시를 비워 놓는 위험, 또 하나는 인마人馬와 양식의 수송이 어려운 겨울이 다가온 것이었다. 군량미를 치면 여포의 군에 길이 열릴 수가 있었다. 그러나 성을 떠나는 것은 위험하였다. 성 안에서 누가 배반할지 모르기 때문이다. 초선은 여포에게 매달려 이 전투를 만류하였다.

"전투는 장군의 영역입니다. 제가 간섭할 일은 아닙니다."

"그렇소."

"거듭 말씀 드리지만 저를 조조에게 넘겨주고 도망가세요".

그녀는 더 이상 말하지 않았다. 그의 결단의 순간을 방해하고 싶지 않았다. 결국 여포는 초선을 포기하지 않기로 한다. 성을 사수하기로 한 것이다. 그 순간 초선은 여포의 천명이 여기서 끝나리라는 것을 깨달았다. 자신의 운명도 마찬가지였다. 그날 밤 초선의 침소에 조조의 밀서를 가지고 온 사자가 있었다. 〈*여포는 이제 끝장이다. 나에게 돌아오라.*〉 초선은 수고했다고 말하고, 허나 조조의 부름에 응할 수 없노라며 사자를 돌려보냈다. 그러자 병졸로 변장하여 그 근처에 와 있던 조조가 들어섰다.

"나요. 우리에게는 아직 남은 시간이 많소. 나와 함께 갑시다."

혼란에 빠진 초선은 멍하니 있었다. 조조를 따라 나서는 것이 가당키나 한 일인가. 초선이 움직이지 않자

"생각할 시간을 주겠소, 눈이 내릴 때 데리러 올 거요."

하고 조조는 돌아갔다.

초선은 조조의 말뜻을 곰곰이 되새겨 보았으나 움직이지 않았다. 며칠 후 여포군에게는 패망의 눈이, 초선에게는 절망의 눈이 내렸다. 그 와중에 여포에게 불만을 품은 신하들 가운데 배신자가 나왔다. 적토마를 도적맞은 채 잠자다 결박된 여포는 성 밖으로 끌려가 처형되었다.

처형당하기 전에 여포는 조조에게 '나는 기병을, 그대가 보병을 인솔하여 힘을 합쳐 싸우면 천하에 두려울 것이 없을 것이다' 라며 목숨을 구걸했다. 조조는 그 순간 매우 망설였으나, 유비가 여포는 의부인 정원과 동탁을 연이어 죽인 자이니 또 다시 배반할 것이라고 하자 결국 여포를 교살했다. (주인을 잃은 여포의 적토마는 조조가 관우에게 주었다는 이야기가 있으나 관우가 적토마를 탄 걸 보지 못했다는 이야기도 있다)

'아. 그리운 여포님.'

눈만 감으면 함께 적토마를 타고 달리던 여포의 체온이 몸에서 되

살아난다. 그 소리. 냄새, 몸이 닿는 감각. 추억 속의 여포는 언제나 순하고 당당했다. 갑자기 달콤한 꿈을 깨뜨리는 소리가 수면을 깨고 메아리쳤다. 한 때 그리웠고 이제는 가증스러운 초선의 첫 남자…. 조조였다. 조조는 한 번 마음먹은 것은 기필코 취하는 인간이었다. 하지만 이제는 늦었다고 초선은 생각했다. 사랑하는 사람을 잃은 지금 내게 무슨 삶의 보람이 남아있단 말인가?

초선은 결국 마지막 선택을 한다. 독을 탄 술을 마시고 피를 토하며 쓰러졌다. 조조는 그 싸늘한 몸을 안고 말없이 눈물을 흘렸다. 이 기묘한 운명…. 병사들은 그녀가 여포에게 바친 사랑에 감격하여 적과 동지를 가리지 않고 눈물을 흘리며 두 사람을 제사지냈다.

초선이 없었더라면 조조가 일찍이 항전抗戰을 계속 하지 않았을는지도 모르며 동탁이 제국을 세울 수 있었을지도 모르며 그러면 삼국지의 역사는 크게 달라졌을 것이다. 조조는 사람 보는 눈에 빈틈이 없었다. 관운장을 유비에게 돌려보낼 때, 조조는 관운장의 그 의리가 후에 가장 어려웠던 적벽전赤壁戰에서 자신을 구해주리라는 것을 꿰뚫어 보고 있었다. 그런 조조였지만 초선이 여포의 여자가 되어 자신에게 칼을 겨눌 줄은 꿈에도 몰랐던 것이다.

'한 여인의 마음을 얻는 것이 천하를 얻는 것보다 힘들단 말인가'

초선을 잃었지만 이후로도 조조의 시대는 계속되었다.

4. 곽사의 부인의 질투

동탁董卓이라는 한 지방군관이 갑자기 권력을 쥔 것이나 그의 부장에 지나지 않는 이각李傕이 천자를 자기 군에 끌어 들여 장안 일대를 혼란에 빠뜨린 것도 후한말 동란의 시대가 아니고서는 상상조차 할 수 없는 일이었다.

이각, 곽사, 장제, 번주의 무리는 동탁이 죽자 재빨리 몸을 피한 후 장안에 사람을 보내 상소문을 올리고 항복할 터이니 죄를 사해줄 것을 청했다.

왕윤은 이 상소문을 받고 코웃음을 쳤다. 동탁의 죄가 모두 그들의 죄이므로 사면은 불가하다고 선언했다. 사자가 이 사실을 이각 무리에게 알리자 그들은 도망갈 궁리부터 하였다. 그때 모사 가후賈詡가 나섰다.

"우리가 군사를 버리고 흩어지면 지방장관들이 수수방관할 리 없습니다. 우리를 붙잡아 당장 중앙에 넘길 것입니다. 그러면 다 죽게 되니 이참에 병마를 모아 동탁의 원수를 갚는다는 구실로 장안에 쳐들어가는 게 좋을 것입니다."

모두 여기에 찬성하고 묘안을 세웠다. 동탁을 죽인 왕윤이 서량西涼의 백성들을 다 죽이려 한다는 유언비어를 퍼트리기로 한 것이다. 이 유언비어가 백성들을 혼비백산케 해 다시 모여든 무리가 10여 만에 이르렀다.

내 남편을 유혹하다니

이각李傕과 곽사郭汜는 군사를 이끌고 장안성에 들어가 불을 지르고 금은보화를 약탈하였다. 이각과 곽사가 헌제獻帝를 시해하려 하자 장제가 말렸다. 이각, 곽사, 장제, 번주 등의 무리가 헌제를 협박하자 천자는 그들이 원하는 대로 벼슬을 줄 수밖에 없었다. 이각은 날이 지기를 기다려 동탁의 장례를 치르려 했으나 시신은 벼락을 맞아 형체도 없게 되었다. 하늘 또한 동탁이라면 그 시신조차 꺼린 모양이었다.

이각과 곽사가 대권을 손아귀에 쥔 후 백성들에게 가한 잔악한 행위는 이루 말로 표현할 수가 없었다. 헌제는 눈물을 글썽이며 호소했다.

"짐은 두 역도에게 말할 수 없는 수모를 받았소. 그놈들의 목을 벨 수만 있다면 얼마나 좋겠소."

이에 태위太尉 양표楊彪가 아뢰었다.

"신에게 한 가지 계교가 있습니다. 우선 이각 곽사 두 놈을 싸우게 하고 조조에게 밀명을 내려 그놈들을 소탕토록 지시를 내리시면 조정이 편안해질 것입니다."

"무슨 수로 그 두 놈을 싸우게 한단 말이오?"

"곽사의 아내는 질투가 매우 심한 여자입니다. 그 질투심에 불을 지른다면 그들은 서로 개처럼 싸울 것입니다."

헌제는 고개를 끄덕이며 조조에게 밀서를 보내라고 명했다. 어전에서 나온 양표는 그의 아내를 은밀히 곽사 집에 보냈다. 양표의 아내는 곽사의 부인에게 선물을 주고 친교를 맺은 후 이렇게 속삭였다.

"곽 장군께서 이각의 부인과 은밀히 정을 통한다는 소문이 자자합니다. 이 사실을 이각이 알면 큰일이 날 터이니 무슨 수를 써서라도 부인은 두 사람이 만나지 못하도록 해야 합니다."

"그게 사실입니까?"

"장안이 다 아는 사실을 부인만 모르고 계신 겁니다."

"아...부인께서 말해 주지 않았다면 나는 아무것도 모를 뻔했구려. 그년이 평소에도 여우처럼 구는 걸 보고만 있었건만... 내 결단코 꼬리를 잡고 말겠어요."

곽사의 아내는 양표의 아내에게 수없이 감사를 표했다. 며칠 후 곽사가 이각의 집에서 열리는 연회에 간다며 외출하려 하자 처가 가로막았다.

“이각은 성미가 사납고 믿을 수 없는 자입니다. 두 영웅은 한 자리에 설 수 없는 법, 그가 음식에 독이라도 섞게 되면 제 신세는 어떻게 되겠습니까.”

곽사가 연회에 참석하지 않자 저녁 늦게 이각의 시녀가 술과 안주를 가져왔다. 곽사가 음식을 먹으려하자 처가 말렸다.

“밖에서 온 음식은 드시지 마십시오.”

부인이 그 음식을 부엌으로 갖고 가 몰래 독을 탄 후 개에게 던져주었다. 개는 그것을 먹고 발광하다 그 자리에서 죽었다. ‘이각. 이놈이?’ 곽사는 분노로 두 눈이 이글거렸다.

이제부터 적이다

다음부터 이각의 초청을 계속 거절한 곽사는 더 이상 핑계가 없어 마침내 이각의 연회에 참석했으나 집으로 돌아와서는 속이 메스꺼워 먹은 음식을 모두 토했다.

“음식에 독을 넣은 게 분명해요.”

부인이 그럴 줄 알았다는 듯 말했다. 곽사는 살기가 등등한 얼굴로 외쳤다.

“내가 그 놈과 함께 대사를 도모하고 있거늘, 권력을 독차지하려고 감히 나를 죽이려 하는구나. 내가 선수를 쳐 놈을 먼저 죽여 버리겠소.”

곽사는 수하의 군사를 이끌고 이각의 집으로 쳐들어갔다. 이각은 이 소식을 듣고 크게 분개하였다.

“곽사란 놈이 하룻강아지 범 무서운 줄 모르는구나.”

이각 역시 수하의 군사를 몰고 곽사를 치러 나갔다. 두 장수가 거느린 군사는 수만에 이르렀으며 이 혼전 가운데 도적떼가 약탈을 하고 사람들을 마구 죽였다. 이후 이각과 곽사는 50여일을 계속해서 싸웠는데 이 와중에 헤아릴 수 없이 많은 사람들이 죽어나갔다. 이각과 곽사는 이르는 곳마다 백성의 재산을 빼앗고 노약자와 어린이까지 죽이고 장정들을 붙잡아 화살받이로 이용하니 그들의 군세는 오합지졸의 집단이 되어 결국 망하고 말았다. 이리하여 동탁의 무리들은 소탕되었다.

5. 조조를 패배시킨 추씨

주지육림酒池肉林의 장제張濟의 관館

조조는 예주豫州로 향한 유비와 여포를 치기 위해 급히 출전 준비를 하였다. 그 때 한중 장제張濟의 조카 장수張繡가 완성宛城에 진출하여 모신 가후의 건의로 유표와 동맹을 맺고 도읍지로 쳐들어오려 한다는 소식이 들려왔다. 화가 난 조조는 장군 하후돈夏侯惇을 앞세워 15만 병사를 이끌고 완성으로 진격하였다. 가후가 '조조의 군세가 강해 방어할 도리가 없습니다. 항복하는 것이 무난합니다' 하고 진언하자 장수는 싸우지 않고 항복하였다.

장수의 완성에 입성한 조조군은 성 안을 상세하게 조사하였다. 병사兵舍, 무기고, 말간, 식량창고, 각료들의 거주지를 모두 조사해 그

세부사항을 파악해 두었다. 조조는 "성내에 불온한 움직임은 없는가?" 하고 본진에 모인 각 부대장에게 물었다.

"항복한 장수의 모신 가후가 신고한 무기, 식료, 기마, 보물을 모두 정리해 서류로 갖추어 놓았습니다."

곽가郭嘉가 보고를 했다.

"정말 멋진 개성입니다."

순욱荀彧이 말했다.

"장수 그 자가 나에게서 헌제를 빼앗아 천하를 통일하겠다고 떠들어댔다며? 그 못난이… 그 자의 아저씨라는 장제놈이 이각과 곽사에게 붙어 장안의 백성들을 도륙하고 헌제를 빼돌리려다 제 명에 못 죽었으면 됐지 뭐하러 자기까지 아저씨의 뒤를 잇겠다는 건가? 한심한 놈."

조조가 웃으며 말했다. 그러나 곽가와 순욱은 조조의 말을 반만 수긍하는 태도였다. 조조 진영의 젊은 인재인 곽가와 순욱 두 사람은 사실 장수보다는 장수의 모신 가후를 두려워하였다. 비록 항복을 해왔으나 그의 무서운 재능에 순욱은 등골이 오싹했다. 곽가도, 적이지만 그를 존경할 정도였다. 이번 조조의 개성도 가후의 진언에 의한 것으로, 항복 후의 일처리도 빈틈이 없을 것으로 둘은 생각하고 있었다.

"다른 보고가 없다면 장수가 마련한 환영연으로 가보지."

조조가 그 말끝에 일어서서 연회장으로 가니 장군들이 모두 따랐다. 연회가 한창 무르익을 때 조조의 장남 조앙曹昂과 조카 조안민曹

安民은 서로 가만히 눈짓을 보냈다. 조앙은 22세, 조안민은 20세의 혈기왕성한 젊은이들이었다. 둘은 연회석을 슬그머니 빠져나와 낮에 봐둔 곳, 즉 장수가 비밀리에 드나드는 관으로 향하였다. 문지기가 있었으나 감히 둘을 제지하지 못하였다. 관 안에 들어간 조안민은 미소를 지으며 말하였다.

"가후가 여긴 보고하지 않은 것 같군."

"보고했을 리가 없지. 여기는 장제가 남겨 놓은 주지육림의 관이니까."

조앙이 투구를 벗으며 대답하였다. 두 사람의 시선 끝에는, 아편에 취해 몽롱해진 수백 미녀들이 거의 나체로 노래하며 춤추고 있었다. 둘은 옷을 벗어 던지고 마음에 드는 여자들을 차례차례 겁탈하였다. 여자들은 전혀 저항하지 않고 오히려 자진해서 몸을 바쳐왔다. 젊은 두 사람은 동이 틀 때까지 각자 20명 이상의 미인을 골라 데리고 즐겼다.

"이 세상에 이처럼 성적 기교가 뛰어난 여자들이 있다니 정말 놀랄 일이군."

조앙이 혀를 내두르자 조안민도 수긍하였다.

"이곳이야 말로 극락 아닌가. 시중을 드는 악사들은 여자들을 쳐다보지도 않는군."

조안민의 말에 나체의 한 여인이 대답하였다.

"저 남자들은 모두 환관입니다. 여기서 일어나는 일은 절대 지껄이지 않지요. 혀를 다 뽑아버렸으니까요."

두 젊은이 앞에 나타난 미녀

아침나절에도 두 사람은 장제의 관에 머물렀다. 그들은 사흘을 관 밖으로 나가지 않고 차례로 몰려오는 부드러운 육체들을 애무하였다. 둘이서 노곤해진 몸을 쉬게 할 겸 술을 마시고 있을 때 눈이 부실 정도로 아름다운 반라의 여인이 두 미녀를 양 쪽에 끼고 나타나 이렇게 말하였다.

"마음에 드셨나요, 젊은이들. 이 곳 여자들을 한 번 안고 나면 다른 곳 여자들은 고깃덩어리로 느껴진답니다."

그러자 두 미녀가 조앙과 조안민에게 다가와 둘의 다리 사이로 손을 뻗어 희롱하였다. 둘이서 미녀들을 쓰러뜨리려 하자 미녀들은 이를 가볍게 제지한 후 입술과 혀로 그들을 공격하였다. 너무나 묘한 성적 기교에 놀라 조앙이 여인에게 물었다.

"너희는 도대체 누구냐?"

"나는 장제의 부인이고 이 두 여인은 나의 시녀입니다."

처음에 말을 걸어왔던 반라의 여인이 두 미녀를 대신해 대답했다.

조안민이 멍하니 있자 장제의 미망인 추씨鄒氏가 말했다.

"우리는 기녀가 아닙니다. 다만 한 남편만을 위하여 봉사하죠. 이 관에 오는 남자는 우리 남편이거나 남편이 될 수 있는 남자뿐이지요. 그 사실을 알고 오셨겠죠."

"우리는 조조의 아들 조앙과 그 조카 조안민입니다. 이제 부인을 상대해도 되겠지요."

둘이 추씨의 탄력 있는 몸을 함께 쓰다듬으니 마치 그녀의 살 속으로 온 몸이 스며드는 듯하였다.

“저에게 두 남편은 필요 없어요. 한 분으로 정하세요.”

둘은 얼굴을 마주 보았으나 서로 양보할 기색이 없었다. 그래서 추씨는 선수를 쳐 두 젊은이를 완전히 정복해 버렸다.

“조조 나리께서 이곳을 아시나요?”

추씨가 물었다.

“아니오”.

조앙이 고개를 저었다.

“조조 나리는 천하제일의 영웅으로 지금 이 성의 주인이 되었지요. 이곳도 완성의 것이니 진짜 주인이 여기 와야 하지 않겠어요?”

“그럼 우리더러 조조 나리를 모시고 오라는 건가요?”

조카 조안민이 말했다.

“글쎄요. 오늘의 일을 조조님께서 조만간 알게 되지 않을까요.”

두 사람은 꿈에서 깨어나 관 밖으로 나갔다. 성 안에서는 연일 연회가 개최되어 모두들 반쯤 취한 상태였다. 해서 두 사람이 사라진 건 문제가 되지 않았다. 두 사람은 오후 늦게 시치미를 떼고 연회에 참석하였다. 조조가 옆에 있는 장군에게 뭐라고 속삭이는 것을 보고 조안민이 그에게 묻자 ‘나리께서 이 성에 멋진 여인이 없느냐’고 물었다는 것이다. 조안민은 ‘조조가 그 관을 알게 되면 호통을 치겠지. 추씨가 나보단 조앙을 고른 것 같은데 그녀를 빼앗길 바에는 차라리 나리에게 헌납해야지’ 하고 생각하고 조조의 귀에 대고 속삭였다.

"나리, 어제 밤 성 안을 돌아보니 장수의 관 한 구석에 이 세상 인간이 아니라고 여길 정도의 아름다운 여인이 있었습니다. 알고 보니 죽은 장수의 처 추씨라고 하던데요."

그 순간 조조의 눈빛이 변했다.

"그래? 어디 그녀가 있는 곳으로 안내해보라."

그 색향色香으로 천하를 흔들다

조조는 조안민을 따라 관으로 갔다. 조안민이 먼저 안으로 들어가, 추씨에게 조조가 온 것을 알리고 맞이할 준비를 시킨 후 당부했다.

"우리가 여기서 지낸 며칠간의 일은 말하지 마세요."

"여기서 무슨 일이 있었나요?"

추씨가 웃으며 대답하자 조안민은 안심하고 조조를 안으로 모셨다. 추씨는 조조를 매우 정성스럽게 받들었다. 조조는 그녀의 아름다움에 정신을 잃었다.

"가히 절세가인이구나. 네가 원한다면 온갖 호강을 다 시켜주겠다."

"나리는 천하의 영웅, 저는 남편을 잃고 눈물로 지새우는 몸입니다. 나리가 그렇게 말씀하시니 너무나 기쁘나이다. 이렇게 와 주신 나리야 말로 제 남편이나 다름없습니다."

추씨의 어투는 정절한 부인과는 아주 달랐다. 조안민은 그녀가 자기가 상대할 수 있는 여자가 아님을 깨달았다. 조조는 사람들을 다

내보내고 그녀와 잠자리에 들었다. 그녀의 몸은 조조의 몸에 찰싹 붙어 온 몸을 흡수하는 듯하였다. 낙지의 흡반처럼 달라붙으니 조조는 지상 최대의 행복을 느꼈다.

"정말 믿을 수 없도다. 수백 명의 여자와 잤지만 이런 명기名器는 처음이로구나."

조조가 이렇게 중얼대자 추씨는 부끄러운 시늉을 하며 온몸을 가볍게 꼬집었는데 그것은 조조에게는 말할 수 없는 쾌감이었다.

"잠자리를 같이 한 이상 저는 나리의 것, 다른 여자와 비교하지는 않겠죠."

"참 귀여운 소리로구나. 정말 예쁘고 애교로 넘치는구나."

조조는 새벽까지 추씨와 수없이 사랑을 나누었다. 그 사랑은 사흘이나 계속 되었다. 그 후엔 추씨 측근의 미녀 둘이 가세해 셋이서 조조를 꼼짝 못하게 하였다. 이야말로 조조가 일찍이 경험하지 못한 최상의 육체적인 쾌락이었다.

"이 기술은 장제가 가르쳤느냐?"

너무나 만족한 조조가 물었다.

"네. 저에게 사랑의 108기技를 다 가르쳐 주었답니다."

"흥. 그는 전술은 나만 못해도 이 면에서는 나의 스승이로구나."

조조는 추씨의 끝없는 매력에 놀라 주위의 맹장을 모두 물러가게 하였다.

"나는 이 관에서 잠시 머물 것이다. 그 동안 108기를 나에게 다 실현해 보라. 그것들을 다 맛보기까진 아무도 얼씬못하게 해야겠구먼.

천하제일의 장수 전위가 양손에 창을 들고 버티고 서 있으니 아무 걱정이 없도다."

한편 조앙은 추씨를 잊을 수가 없어 관을 찾아왔다가 조안민이 밖에서 호위병처럼 서 있는 걸 보고 안에 조조가 와 있음을 알게 됐다. 조앙은 조안민에게 '왜 아버님께 이곳을 가르쳐 주었느냐'고 화를 냈다.

"어차피 알게 될 터인데… 의심 받기 전에 알린 것뿐이야."

"추씨는 내 여자야!"

조앙이 그렇게 소리쳐도 조안민은 아무 말도 하지 않았다. 천하의 영웅이자 아버지인 조조에게 감히 덤벼들기야 하겠는가 싶었다.

조조를 미치게 한 추씨의 성 기교

조조는 열흘을 관에 머물렀다. 조조는 추씨에 빠져 전쟁에 대한 것은 다 잊어버렸다. 그 동안 추씨는 단 한 번도 똑같은 기교를 쓰지 않고 때로는 소녀들과 함께, 때로는 자극적인 의상으로, 때로는 이상한 장소를 만들고, 때로는 여러 개의 도구를 써 108가지의 기교를 차례차례 선보였으며 조조는 새삼스럽게 이 세상에 태어난 행복을 맛보았다. '내가 온 세상을 무력으로 정복한 것보다 이것이 더 보람이 있다'고 그는 외쳤다.

조조가 관에 묵고 있는 것은 비밀이었지만 이처럼 오랫동안 얼굴을 보이지 않자 소문이 퍼져나가 성 밖에 있는 장수의 귀에까지 들어갔다. 장수는 화가 나 낯빛이 변했다.

'조조 녀석 나를 우습게 알아도 정도가 지나치군.'

비록 항복하기는 하였지만 장수에게 추씨는 아저씨의 부인이었다. 그 뿐 아니라 그의 숙부 장제가 죽은 후 추씨는 사실 장수의 측실로 있었던 것이다. 장수도 추씨의 성적기교에 사로 잡혀 있는 터라 그 천국의 시간을 결코 조조와 나눠 가질 아량은 없었다. 모신 가후는 장수의 뜻을 알고 계책을 세웠다.

'성 밖에 너무 오래 진陳을 치고 있어 도망치는 병사가 많고 단속이 어려우니 성 안의 본진本陣 주위로 진을 옮기고 싶다'고 조조에게 청을 넣어 보라고 진언했다. 관 밖을 지키고 있는 전위典韋로부터 장수의 편지를 전해 받은 조조는, 추씨가 제공하는 황홀경 속에서 무심코 이를 허락하였다. 가후는 장수의 군사 5만을 성내에 들어오게 하여 추씨의 관을 멀리 포위하게끔 병사兵舍를 세웠다. 가후는 관 앞에 우뚝 서 있는 태산 같은 전위를 먼발치에서 지켜보았다.

'조조는 독 안에 든 쥐지만 관 앞에 서 있는 전위가 문제구나. 잘못 건드렸다가는 우리가 당할 터. 우선 저 놈이 가지고 있는 창부터 빼앗아야 하는데.'

다음날 가후에게 추씨의 편지가 왔다.

'제가 오늘 문지기가 정신을 잃게 만들겠어요.'

가후는 추씨의 관을 습격할 준비를 갖추라고 전군에게 명하고 전위의 모습을 살폈다. 저녁이 되자 추씨의 시녀 둘이 술과 음식을 들고 전위에게 다가왔다.

"조조님께서 드리는 것입니다. 좀 쉬시라고요."

전위는 조조에게 감사하고 두 미녀가 주는 술을 마시고 음식을 먹었다. 실컷 먹고 마시게 한 다음에 두 미녀가 옷을 완전히 벗고 몸을 비틀며 양 곁에서 춤을 추자 전위는 너무나 황홀하고 피곤하여 그만 잠이 들고 말았다. 갑자기 병사들의 외침 소리가 들려 전위는 잠에서 깨어났다. 수백명의 병사가 관으로 돌입하려 하고 여기저기서 불길이 치솟았다. 전위는 창이 사라진 걸 보고 부하의 칼을 빼앗아 닥치는 대로 적을 무찔렀다.

전위가 하도 칼 솜씨가 뛰어나 군사들은 감히 접근하지 못하고 멀리서 활을 쏘아 그를 쓰러뜨렸다. 조조는 아편과 술에 취한 채 추씨의 108 성적기교 중 최후의 것을 제공받으며 별천지를 거닐다 갑자기 깨어나 성내의 소동을 이해하였다.

'장수 이놈이 배반을 했구나. 나의 목숨은 여기서 끝장인가.'

조조가 모든 것을 체념하고 죽음을 각오하고 있는데 조카 조안민이 이끄는 100명의 기동대가 장수의 군대를 돌파하여 관으로 들어왔다.

"나리, 빨리 탈출하셔야 합니다."

조조는 조안민의 등에 업힌 채 호위병들에 둘러싸여 겨우 관을 빠져나왔다. 손과 발에 상처를 입은 조조는 애마마저 추격군의 화살을 맞고 쓰러졌으나, 어느새 달려온 조앙의 말에 올라타 함께 달아나니 간신히 죽음만은 면했다. 뒤도 돌아보지 않고 도망치다 한참 후에 정신을 차린 조조는 조앙이 말을 멈춘 채 벌겋게 단 얼굴로 추씨의 행방을 묻자 의아해졌다. 그제야 사태가 제대로 이해되었다. 장수 놈을 미쳐 날뛰게 만든 이 모든 사태의 원인은 바로 추씨였던 것이다.

“추씨는 나를 섬겼다. 자진해서 몸을 의탁했지. 한데 네 이상한 얼굴 꼴을 보니 네가 나보다 먼저 그녀와 놀아났구나.”

“놀아난 게 아닙니다. 우리는 서로 사랑했습니다.”

“사랑? 네가 사랑을 알아?”

대노한 조조가 조앙의 창을 빼앗고 그를 말에서 밀어내려 하자 조앙이 칼을 뽑아 들었다. 추씨 생각에 정신이 반 나간 상태에서 자신도 모르게 방어적으로 한 행동이었으나 조조는 ‘이놈도 미쳤나’ 생각하며 창으로 칼을 떨어뜨리려 했다. 그 와중에 그만 조조의 창이 조앙의 심장을 찌르고 말았다. 조조가 조앙을 안아들었을 때는 이미 조앙은 죽어가고 있었다.

“아버님... 소자는...”

이 말 끝에 조앙은 숨을 거뒀다. 그가 못다 한 말이 무엇이건 간에 이제는 아무 상관이 없었다. 아들이 추씨와 놀아났든 사랑이란 걸 했든 그건 문제가 아니었다. 눈앞에서 아들이 죽고 만 것이다. 그것도 자신의 손으로.

조조는 죽은 조앙의 말을 타고 포위망을 빠져 나와 성 밖에 진을 치고 있는 하후돈夏侯惇의 부대로 갔다. 한편 우금于禁은 조조의 군사가 도망쳐 오고 있는 것을 알고, 호를 파고 사수들을 사방에 배치하여 장수를 공격하기 위한 준비를 하였다.

우금의 예측대로 장수의 군세는 둘로 나뉘어 쳐들어왔다. 진영을 갖추고 대기하고 있던 우금은 사수들을 격려하여 활을 쏘고, 장수의 군사들이 허둥대자 총공격을 하였다. 우금의 도움으로 겨우 목숨을 건진 조조는 상처투성이 몸을 이끌고 헌제를 모시고 있는 허도로 돌아갔다.

며칠 후 두문불출하는 조조의 방으로 곽가와 순욱이 조앙과 조카 조안민의 죽음을 애도하러 왔다. 조조는 마음이 심히 심란하였다. 아들과 조카의 죽음도 죽음이지만 전위가 죽은 것이 더 비통하였다. 그처럼 술이 취한 상태에서도 100군데나 상처를 입어가며 필사적으로 자신을 구해낸 전위, 그런 충신과 용사를 어디 가서 또 구해온단 말인가. 조조가 한 신하의 죽음에 그토록 비통해하자, 신하를 아끼는 마음이 자식에 대한 애정보다 더 한 걸 보고 과연 조조는 통이 큰 인간이라고 모두가 감탄하였다.

조조를 패퇴시킨 추씨의 책략

조조를 죽일 수 있는 기회가 거의 완벽했으나, 조조군을 패퇴시킨 걸로 만족한 장수는 다시 완성의 주인이 되어 추씨의 관에 들어갔다. 장수는 추씨가 조조와 관계를 맺은 것이 꺼림칙해 그녀의 몸에 손을 대려 하지 않았다. 두 사람 사이에 냉랭한 기운이 이는 것을 본 가후가 추씨가 혼자 있을 때 다가가 말했다.

"마님. 성을 열고 조조를 받아들여 조조가 마님의 포로가 되게 한 점, 그리하여 조씨 일족의 의를 상하게 하여 조조를 혼내 준 계략이 성공하였습니다."

"하지만 나의 남편 장제의 원수는 갚지 못했습니다."

"조조에게는 아직도 천운天運이 있나 봅니다. 천하는 혼란하고 앞으로 조조가 잡을지 원소가 잡을지 모르지만 제가 보기에 장수는 그럴 만한 인물은 못됩니다. 그는 우둔하고 성미가 급해 왕이 될 그릇이 못 되죠. 저는 이긴 자를 받들지 않고 앞으로 이길 수 있는 자를 받들고자 합니다."

이 말을 듣고 추씨가 가후에게 말했다.

"그럼 천하의 추세가 결정될 때까지 기다릴까요? 그러나 나는 왕인 남자보다는 지금 내 눈 앞에 있는 남자를 받들겠어요. 어차피 남편의 복수는 실패했으니까요".

"그가 누굽니까?"

추씨는 깔깔 웃더니 옷을 남김없이 벗고 가후를 잠자리로 끌고 갔다. 가후는 조조가 왜 그녀에게 미쳐 있었는지 차 한 잔 마실 시간만에 알게 되었다. '아 계책이고 뭐고 이 여자는 몸 자체가 이미 계책이로구나' 하고 가후는 탄복하였다.

장수는 이후 조조와 화해하고 그의 부하가 되어 전장에서 죽는다. 가후도 조조와 화해했으며 조조가 죽자 그의 아들인 가목賈穆도 위나라의 중신이 되었다. 추씨는 이름을 바꾸고 가후와 평생 즐겁게 지냈다.

6. 서서의 어머니

유비의 참모를 탐내는 조조

서서徐庶는 유비의 군사로 3년을 지냈으나 피치 못할 사정으로 후반 생은 위의 조조 밑에서 일하게 되었다. 그는 유비에게 공명을 추천한 인물이고 그야말로 유비의 패업 달성에 크게 공헌한 자이다. 본래 이름은 복福으로 가난한데다 신분이 낮은 집안 출신이었다. 젊은 시절에는 무술을 즐기고 의협심이 강해 불쌍한 사람을 곧잘 도왔다. 못된 짓 하는 자를 혼내주려다 그만 죽인 적도 있었다. 권력가에게 미움을 받아 얼굴에 흰 흙가루를 바르고 산발한 채 미친놈 행세를 하며 지냈고 유비를 만난 후부터 선복單福이라고 불리었다.

서서가 관리에게 검문을 당하였을 때 이름을 말하지 않았기 때문에 그는 수레 위 기둥에 묶여 시장으로 끌려갔다. 동료가 와 그를 풀어주어 겨우 도망쳤다. 그 후 검술로 남을 돕는 데는 한계가 있다고 보고 학문에 열중하게 되었다. 처음 학당에 갔을 땐 그가 깡패라고 생각하고 서생들이 상대해 주지 않았다. 그러나 그는 겸허한 마음으로 동료들을 대하고 아침 일찍 일어나 청소를 하는 등 솔선수범했다. 어려운 사람들을 돕겠다는 마음으로 시작한 경학經學을 곧 누구보다도 잘 이해하게 되었다. 동탁 토벌의 싸움이 시작되자 신야新野로 가 공명의 참모가 되었다. 공명이 서서의 재능을 높이 샀다.

공명은 〈직무를 수행하는 자는 항상 남의 의견을 물어 참고로 해야 하며 자기와 다른 의견도 검토하는 자세를 갖춰야 한다. 그렇지 않으면 위험에 처하기 쉽다. 서서는 겸손하면서도 남의 장단점을 지적해 고쳐주고 도와주므로 그를 모범으로 삼으라〉 하고 신하들에게 말했다.

한편 조조는 서서의 계책에 걸려 패전한 장수 조인曹仁에게 '싸움은 지는 수도 있고 이기는 수도 있다. 헌데 유현덕에게 병법을 조언하는 인재가 있다는데 그가 누구냐'고 물었다.

그러자 모사 정욱程昱이 대답하였다.

"그는 어려서부터 칼싸움을 즐겨 지난 중평 말년에 친구의 원수를 갚아주려다 사람을 죽여 관리에게 잡혔습니다. 동료의 도움으로 도망친 후 학문에 뜻을 두고 고명한 스승을 찾아 다녔습니다. 이윽고 학문이 뛰어난 경지에 이르러 사마휘 같은 분과 담소를 나눌 정도가 되었습니다."

이 말을 들은 조조는 긴 한숨을 쉬며 탄식했다.

"아깝도다. 왜 그렇게 뛰어난 인물이 유현덕에게 가 있나…. 그런 인물을 맞상대하는 건 쉬운 일이 아니다. 무슨 대책이 없는가."

"서서는 효성이 지극한 자입니다. 일찍이 아버님을 여의어 지금은 늙은 어머님만 계십니다. 승상께서 사람을 보내 그의 어머니를 극진히 대하고 차후 어머니의 서신을 보내면 그는 틀림없이 승상을 찾아뵐 것입니다."

이에 조조는 서서의 노모를 극진히 대접한 후 이렇게 말했다.

"자제분의 재주가 매우 뛰어나다는 말을 들었습니다. 지금은 유현덕 곁에 있으나 우리에게 온다면 황제께 말씀드려 큰 인물로 키우겠습니다. 노모께서 친히 자제분 앞으로 편지를 써 주시면 어떻겠습니까."

조조는 부하에게 지필묵을 가져오게 했다 서서의 노모가 '유비는 어떤 분이냐'고 묻자 조조는 '그는 소인배로 쓸모없는 인간이라 자식이 그의 곁에 있는 것은 아까운 일'이라고 하였다. 이 말을 들은 노모는 큰 소리로 조조를 꾸짖었다. 그리고 유비를 칭찬하였다. 뿐 아니라 벼루를 집어 들어 조조의 얼굴에 대고 던졌다. 옆에 있던 정욱이 급히 말리고 조조에게 아뢰었다.

"저 노모를 이곳에 잡아두고 서서가 몸 둘 바를 모르게 만드시죠. 그는 효성이 지극한 자라 더 이상 유현덕을 보필하지 못할 것입니다. 그런 후 멋진 계략을 써 그가 승상을 보필토록 해보지요."

조조는 서서의 노모를 별당에 모시라고 하였다. 그 후 정욱은 날마다 서서의 모친에게 문안을 드리고 서서와 자기는 친구라고 거짓말을 하였다. 정욱의 흉계를 모르는 노모는 고맙다는 편지를 정욱에게 보냈다. 이 편지를 받은 정욱은 그녀의 필적을 본 따 가짜 편지를 만들어 신하를 통해 신야에 있는 서서에게 편지를 전했다.

서서가 급히 편지를 펼치자 그 내용이 다음과 같았다.

〈그 동안 네 아우도 세상을 떠나고 나는 무척 외로웠다. 그런데 조조 장군이 사람을 보내 나를 허도로 데려왔다. 네가 조정을 배반했다며 나를 옥에 가두었다. 다행히 정욱이 나를 보호해 줘 목숨만 겨우 부지하고 있단다. 네가 장군에게 귀순하지 않으면 죽음을 면할 수 없다고 하는구나. 그것도 그렇고 너도 무척 보고 싶으니 이 편지를 받는 대로 나에게 돌아오너라.〉

아들을 꾸짖는 늙은 어머니

어머니의 편지를 읽은 서서는 눈물을 흘리며 그 편지를 가지고 유현덕에게 갔다.

"조조가 저의 노모를 허도로 끌고 가 옥에 가뒀습니다. 이제 죽이려 까지 합니다. 어머니가 불쌍해서 아니 갈 수가 없습니다. 여기 머무르며 나리에게 봉사하고 싶은 마음 간절하오나 노모께서 이 지경에 있으니 널리 용서해 주시기 바랍니다."

이 말을 들은 유비는 눈물을 흘리며 말했다.

"모자의 정은 천륜이거늘 어찌 끊을 수 있겠소. 비록 노부모를 뵈려 간다 하더라도 기회를 보아 다시 돌아와서 나를 도와주기 바라오."

신하들이 서서가 조조 곁으로 가는 것을 막고자 하였으나 유비는 노모를 죽게까지 하면서 그를 여기에 둘 수는 없다고 하였다. 날이 밝자 장수들은 성 밖에 술상을 마련하여 서서와 이별의 정을 나누었다. 연회가 끝나고 서서가 말에 오르자 유비는 서서의 손을 쥐고 이별을 안타까워하였다. 서서는 눈물을 흘리며 유비에게 말했다.

"제가 마음이 매우 어지러워 꼭 말씀 드려야 할 걸 잊을 뻔했습니다. 양양성襄阳城에서 30리 밖에 있는 융중陸中에 가시면 뛰어난 선비가 한 분 계십니다."

"그대가 뛰어나다고 할 정도면 보통 인물이 아니겠구려. 그렇다면 그를 만나도록 해주시오."

"그 분은 불러서 올 분이 아닙니다. 나리께서 직접 찾아가셔야 합니다. 나리께서 그분을 손에 넣을 수만 있다면 장차 큰 뜻을 이룰 수 있을 것입니다."

"그 분의 존함이 어떻게 되오?"

"그 분은 낭야의 양도陽都 출생으로 성명은 제갈량諸葛亮이라 하며 자는 공명孔明입니다. 그들 형제가 사는 집 부근에 와룡臥龍 이라는 큰 언덕이 있어 자기 호를 와룡이라고 지었다 합니다. 나리께서는 당장 수레를 몰고 융중으로 가십시오. 그분만 측근에 두면 천하를 다스려 나갈 수 있을 터이니 걱정을 놓으실 겁니다."

이 말을 끝내고 서서는 유비와 마지막 작별을 하였다. 말을 타고 달리던 서서는 불현듯 한 생각이 떠올랐다.

'만일 유비가 와룡을 찾아가도 와룡이 만나기를 거절한다면?'

걱정이 돼서 그는 말머리를 융중으로 돌렸다. 서서가 공명의 초가로 들어서자 공명은 무척 반가워했다. 서서는 공명에게 자신의 사정을 이야기하고 유비가 찾아오면 평생 닦은 재능을 그를 위해 발휘해 달라고 간절히 부탁하였다.

서서가 허도로 온다는 말을 듣고 조조는 곧 순욱荀彧, 정욱程昱 등의 참모들을 불러 정중히 맞이하라고 명했다. 이윽고 서서가 오자 조조는 반갑게 그를 맞이하고 말했다.

"이제 여기 오셨으니 노모님과 함께 행복하게 지내시고 나도 역시 가르침을 받겠소."

서서는 조조에게서 물러나 어머니를 만나러 갔다. 목 메인 소리로 어머니를 부르자 어머니는 그 목소리를 듣고 크게 놀랐다.

"네가 어쩐 일로 여기에 왔느냐."

"신야에서 유비 나리를 돕고 있다가 어머님의 편지를 받고 급히 달려 왔습니다."

어머니는 주먹으로 책상을 치며 아들을 심하게 꾸짖었다.

"가문을 더럽힌 네가 강호를 돌아다니다 마침내 철이 든 줄 알았는데 이게 어찌 된 일이냐. 충과 효는 동시에 행할 수 없는 일이다. 왜 위조된 편지 한 장에 속아 경솔하게 옛 주인을 버렸느냐. 이제 악명을 얻게 되었으니 정말로 어리석구나. 네가 이제 조상을 욕되게 했으니 이 일을 어찌 하면 좋으냐."

땅에 엎드려 모친의 이 꾸중을 듣고 있던 서서는 고개를 들지 못했다. 서서의 어머니는 아무 말 없이 아들의 곁을 떠났다. 조금 후 누군가가 달려와 울먹이며 아뢰었다.

'노부모께서 대들보에 목을 매고 자살하셨습니다."

서서가 놀라서 뛰어가 보니 이미 어머니는 세상을 떠난 후였다. 그 모습을 본 서서는 주먹으로 땅을 치고 통곡하다 기절해버렸다. 서서는 어머님을 운구하여 허도의 남쪽에 장사지내고 3년상을 치렀다. 그 동안 조조가 수많은 선물을 보내왔지만 단 하나도 받지 않았다.

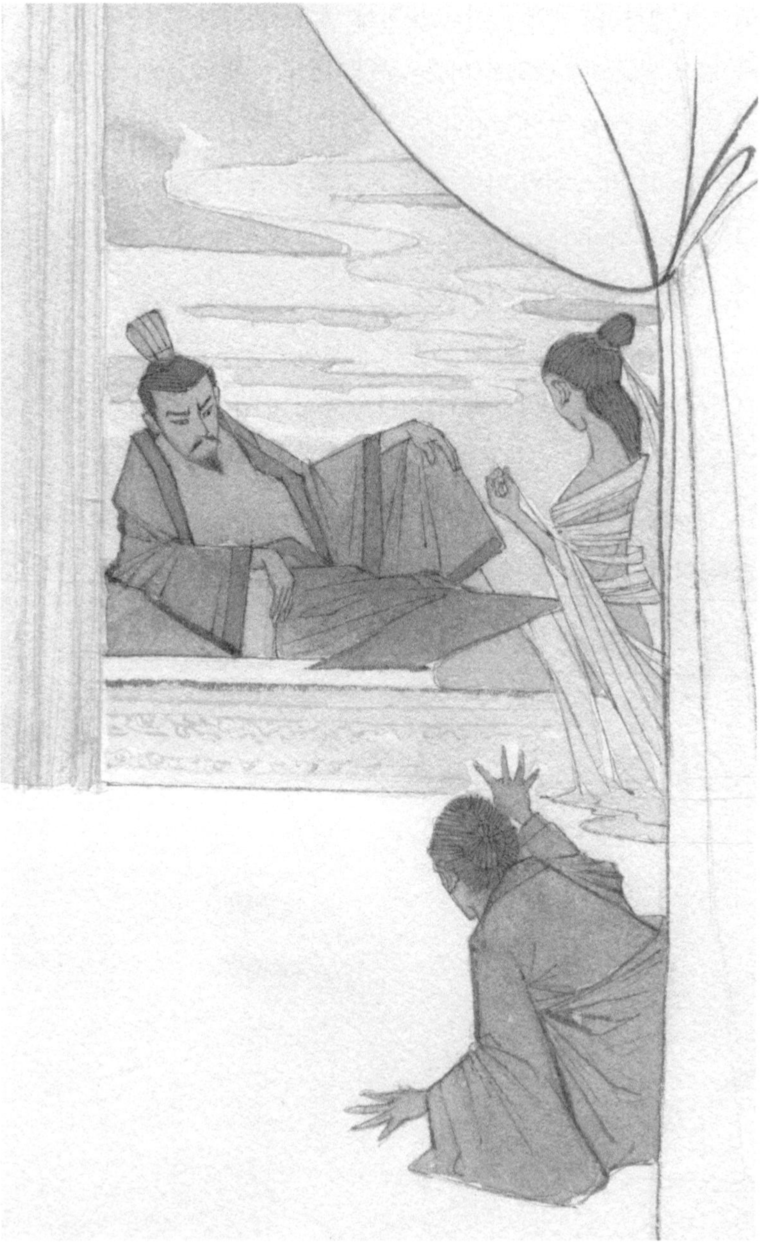

7. 조조, 조비, 조식 모두가 사랑한 견씨

관도대전

헌제를 옹호한 후 마음껏 권력을 휘두르는 조조曹操에 대해서 위협을 느낀 하북의 패자 원소袁紹는 군사 70만을 거느리고 조조군 섬멸에 나섰다. 참모인 전풍田豊이 "지금은 싸울 때가 아니니 조용히 때를 기다려야 한다"고 충고하였으나 원소의 노여움만을 샀다. 참모 저수沮授도 "적은 소수이지만 정병입니다. 지금은 방어태세로 적의 병량이 소모되기를 기다릴 때입니다." 하고 간했으나 역시 원소의 노여움을 샀다. 라이벌 공손찬公孫瓚을 패퇴시키고 하북의 4개 주를 거느리는 100만 군세의 최고 통치자로서 원소는 조조의 7만 군대를 우습게 볼 여유가 있었다.

원소의 70만 군사는 남하하여 관도에 자리를 잡았다. 조조군이 비록 정병이라 하지만 10분의 1 병력으로는 원소의 대군을 감당할 수 없었다. 참모 순욱荀彧이 "원소의 군은 수는 많지만 오합지졸이고 아군은 정병이니 승부는 단숨에 결정지어야 합니다." 하고 진언하였다. 조조는 이 의견을 채용하였다. 조조는 하후돈夏侯瓔, 조홍曹洪에게 각기 3천의 군을 주어 적진으로의 돌입을 명하였다.

원소의 참모 심배審配는, 조조군의 움직임을 미리 알고 석궁대 1만을 양측에 배치하고 중앙에 사수 5천을 두어 일제히 대응하였다. 이 전투에서 조조군은 거의 전멸하였다. 단기전을 바란 조조이지만 적진에 침입하는데 실패하였다. 원소는 조조진의 정면에 수십 개의 작은 산을 만들었다. 산 위에 진을 치고 사수들이 조조군의 진영을 향해 쏴댔다. 조조는 막료를 소집하여 대책을 강구하였다.

참모 유엽劉曄이 '진지와 산을 부수기 위해 발석차發石車가 필요하다'고 제안했다. 발석차란 지렛대의 원리로 거대한 돌을 퍼붓게 하는 신무기였다. 조조는 수백 개의 발석차를 만들어 원소군의 진지와 산을 공격하였다. 진지와 산은 삽시간에 무너져 내렸다. 이에 당황한 심배는 조조군의 진영 내에 땅굴을 파고 나가 공격로를 확보하고자 하였다.

여기에 유엽은 진영의 전면에 참호를 파서 항도를 저지시켰다. 그때 초계를 서던 부장이 원소군의 간첩을 잡았다. 심문을 하자 간첩은 한맹韓猛이 병량을 싣고 오기로 되어 있어 그 연락을 위해 본영에 간다고 자백했다. 조조는 한맹을 습격하도록 하고 원소의 구원대와 결전을 벌이라고 명하였다.

한편 원소는 진중의 북서 방향에서 불이 난 것을 발견하였다. 도망쳐 온 병사로부터 수송대가 조조군의 기습을 받아 병량이 타버렸음을 알고 장합張郃과 고람高覽을 보내 조조군의 퇴로를 폐쇄하였다. 한편으론 순우경淳于瓊에게 2만의 병사를 주어 병참기지가 있는 오소烏巢로 파견해 식량의 증발과 수송의 역을 맡겼다.

조조도 병량이 부족하여 허도를 지키는 순욱에게 양식을 수송하도록 사자를 파견했으나 원소의 막료 허유許攸에게 잡혀버렸다. 허유는 젊었을 때 조조와 친한 사이였으나 원소에게 가 막료가 된 자이다. 조조의 편지를 읽은 허유는 바로 원소에게 가 "조조의 군량이 바닥이 났으니 이때 허도를 급습하면 점령할 수 있습니다. 병량이 부족한 조군을 포위하면 그들은 그대로 자멸할 것입니다." 하고 진언하였다.

원소는 허유의 계에 대해 "조조는 책략이 뛰어나므로 이 편지는 우리를 유도하기 위한 계략이다."라고 반대하였다. 게다가 원소는 심배가 보낸 편지를 읽었는데, 그 편지엔 허유가 구주에서 상인으로부터 뇌물을 받은 일, 그의 아들이 무거운 세금으로 사복을 채운 내용이 적혀있었다. 원소는 이것을 보고 노발대발하였다.

목숨이 위험해진 허유는 원소의 진에서 도망쳐 나와 조조에게 투항하였다. 조조는, '원소가 허유의 계책대로 허도를 급습했더라면 참패할 뻔 했는데 하늘이 도왔다'고 기뻐하였다. 그리고 허유에게 원소를 칠 수 있는 계략에 대해 물었다. 허유는 "원소는 무기, 병량의 전부를 병참기지인 오소에 저장하고 있습니다. 기지의 수장인 순우경은 술 마시기 좋아하는 놈이라 수비는 허점투성이입니다. 그 허점에 대해 자세히 조사하고 치면 됩니다." 하고 설명했다.

조조는 그의 계략을 채용, 오소를 기습키로 하고 스스로 5천 정병을 이끌고 공격의 선두에 섰다. 한편 원소의 참모 저수는 진중에서 천문을 보다가 금성이 역행하는 것을 보고 원소에게 "금성이 역행하는 것은 야습의 징조이므로 오소의 경비를 강화해야 한다."고 진언했다. 이 와중에도 술과 여자에 빠져 있던 원소는 〈엉뚱한 미신〉이라고 그 말을 일소에 붙이고 말았다.

조군의 기습 부대는 오전 2시경에 오소의 기지에 도착하였다. 수병에게 기지를 도우러 왔다고 속이고 문을 열게 하였다. 그러자 조조의 병사들이 산더미처럼 쌓인 병량과 무기에 불을 지르고 당황하는 수비병들을 마구 죽였다. 수비대장 순우경은 술에 취한 채 막사에서 자고 있다가 조군의 군사에게 체포되었다.

원소는 북방의 오소에 불기둥이 오르는 것을 보고 병참기지가 붕괴되었음을 알게 되었다. 기지 구원을 위해 출진 준비를 할 때 참모 곽도郭圖가 "조군이 오소를 급습했으니 그의 본진은 허술할 것입니다. 적의 본진을 급습해야 합니다"라고 진언했다. 원소는 교현橋玄에게 조조의 본진을 급습하라고 명하였다. 원군이 본진에 이르자 좌에서 하후돈, 우에서 조인, 정면에서 조홍의 군세가 모두 3방향에서 나타나 원군은 패하였다.

본진 강습이 실패하여 입장이 불리해지자 곽도는 패전의 책임을 장합과 고람에게 뒤집어 씌워 “그 둘이 이전부터 조조에게 항복하려 했다.”고 보고했다. 원소가 화가 나 두 사람을 송환코자 하자 그들은 목숨의 위험을 느끼고 조조에게 투항하였다. 이에 원소군의 병력은 극감하고 사기는 땅에 떨어졌다. 조조는 장합과 고람을 선두로 해 야습을 하기로 하고 그날 밤 삼경 세 방향에서 원소군의 진영에 돌입하였다.

조조가 이어 허위정보를 퍼뜨리자 여기에 놀란 원소는 셋째 아들 원상袁尙에게 5만의 군사, 신명辛明에게 5만의 군사를 주어 여양黎陽으로 급히 보냈다. 조조는 이것을 알고 전군을 나누어 일제히 공격했다. 원소군은 이에 완전히 붕괴되었다. 원소는 본진에 돌아와 심한 병이 들었다. 건안建安 7년(서기 202년) 마침내 원소는 피를 토하며 죽는다. 조조의 가장 강력한 맞수이자 명문 귀족의 후손으로 높은 인망과 막강한 군세와 인재를 거느리고 그 자신 천하의 패권을 쥘 수도 있었던 원소는, 젊은 시절의 무용과 식견을 유지하지 못하고 자만과 독선에 빠져 조조에게 대패함으로써 자신뿐 아니라 일족 모두가 괴멸케 되는 단초를 제공하였다.

조조 부자 앞에 선 업성의 두 여인

건안 9년 (서기 204년) 7월, 마침내 조조는 대규모의 군대를 끌고 원소의 본거지인 업성鄴城을 함락했다. 14살 때 부친 조조를 따라나선 후 3년에 걸쳐 원소군과 싸워 온 장남 조비曹丕는 매우 흥분하였다. 10배가 넘는 원소의 대군을 물리치고 중원을 제패한 기쁨에 정신을 잃을 정도였다. 성안을 둘러보던 조비는 원소의 사저에서 두려움에 떨고 있는 한 미인을 발견하였다. 머리카락은 흩뜨려지고 얼굴은 때가 묻었으나 감출 수 없는 큰 눈동자는 매우 아름다웠다. 그 미색에 놀라 조비가 물었다.

"그대는 누구인가?'

"그녀는 제 둘째 아들 원희袁熙의 처 견씨甄氏입니다."

견씨의 미모에 정신이 팔려 미처 그 존재를 알아채지 못했던 한 중년여인이 어느새 다가와 말했다.

"그럼 당신이?"

"네 제가 바로 원소의 처 유씨입니다."

"이거 뜻밖이군요. 당신을 보니 당신이 총애해 마지않는 셋째 아들 원상袁尚의 미모에 대해 하는 얘기가 과장은 아닌가 보오."

"칭찬인가요?"

"잡아서 참수하기엔 아까운 미모란 뜻이오."

이 말을 들은 유씨는 새파랗게 질렸다. 지금은 업성을 떠나 있는 원상을 잡아 참수하겠다는 건지, 자신을 참수하겠다는 건지, 아니면 둘 다 참수하고 말겠다는 건지 알 수 없었으나 극도의 두려움이 밀려왔다. 원소의 아내로서 최고의 권력에 온갖 호사를 누리며 신하나

첩의 목숨 따위는 파리 목숨처럼 여겨왔던 유씨는 이제 17살 애송이 앞에서 벌벌 떨며 목숨을 구걸하는 신세가 되었다.

"그런데 당신의 며느리 또한 그냥 두고 보기 아까운 미모군요."

조비의 이 말에 유씨는 한가닥 희망의 빛을 보는 듯했다.

"마음에 드시나요?"

"마음에 든다면 내게 주기라도 하겠다는 거요?"

"여부가 있나요. 여자는 때로 정복당하는 욕망에 시달리기도 하죠. 더구나 상대가 천하를 호령하는 조조 나리의 장남이라면 그 누가 거부할 수 있겠어요?"

조비는 며느리를 팔아서라도 목숨을 유지해보려는 유씨의 노골적인 속셈을 알아채고 씁쓸한 미소를 지었다. 견씨는 그저 오돌 오돌 떨고만 있었다. 그런데 어찌 된 일인지 그녀는 조비보다는 유씨를 더 두려워하는 것 같았다.

유씨는 견씨와 조비의 손을 잡고 규방으로 안내했다. 조비는 견씨의 매력에 견딜 수가 없어 그녀의 옷을 벗기고 그대로 어색하게 껴안았다. 그녀는 유씨에게 원망 섞인 표정을 지으며 할 수 없다는 듯 그에게 몸을 맡겼다. 조비로서는 최초의 여인 경험이었다. 다음날 아침 유씨는 입성한 조조에게 인사를 드렸다.

"아드님이 우리를 지켜주어서 이처럼 목숨을 건졌습니다. 감사의 뜻으로 견씨를 젊은이의 부인으로 바치고 싶으니 허락해 주십시오."

조조는 아들이 벌써 마음에 들어 하는 여자가 생긴 것을 보고 매우 놀랐다.

"나이는 몇이요."

"22살입니다."

"아들보다 5살이나 많군. 어디 데리고 와 보게."

유씨가 견씨를 조조 앞으로 데리고 와 인사를 시키자 조조는 물끄러미 쳐다보더니

"정말 내 아들은 여자를 볼 줄 아는구나."

하고 중얼댔다.

원소군과의 전투가 이어지며 대장 원소는 병사하였으나 세 아들 장남 원담袁譚, 차남 원희, 삼남 원상과 조카 고간 등 넷은 각기 자신의 영지에서 전투 준비를 하고 있었다. 특히 장남 원담과 삼남 원상은 서로 원소의 후계자를 자처하며 영토를 두고 내분을 일으키고 있었다. 상황에 따라 원담은 조조에 붙었다가 원상과 연합하는 등 매우 어지러운 행태를 보이고 있었다. 조조는 사분오열된 원소의 자식들을 치기 위해 조비를 불러 말했다.

"너도 부인을 얻었으니 남자가 된 것이다. 원소의 아들들과 전투를 해 공도 세워야 할 게야. 네가 원희의 처를 빼앗은 이상 원희를 살려 둘 수는 없다. 네 손으로 그를 없애라."

하고 말했다. 그가 원희를 처치하면 조조는 원소의 세 아들 중 가장 강적인 원상을 손수 처치할 계획이었다.

조조는 원소의 관에 머물러 있었다. 밤이 되어 만찬회가 벌어지자 조조는 유씨를 불러 술을 따르게 했다.

"전 처의 아들이라고는 하지만 남편의 아이인데, 보신을 위해 적과 결혼시키다니 대단한 여자로구나."

"여자란 혼자서는 살 수 없는 법입니다. 보살펴 주어야 할 분이 필요하죠. 살아 있다 해도 여자 하나 지키지 못하는 남편이 무슨 가치가 있겠습니까."

그러면서 유씨는 조조에게 몸을 기대었다. 조조는 처소로 가 유씨의 옷을 벗기고 가슴을 만지면서 말했다.

"원소가 여자를 아는군."

"나리의 뜻대로 하세요."

유씨의 눈에 눈물이 고였다.

"그런데 지금 이 눈물은 무슨 뜻이오? 그대야말로 피도 눈물도 없는 여자 아닌가. 남편 원소가 죽은 후 그의 애첩 다섯과 그 일족을 잔혹하게 죽였다고 들었소만."

조조는 끓었던 욕망이 사그라들며 차갑게 식는 것을 느꼈다. 온갖 적을 물리치고 대군도 몰살시킨 바 있는 그이건만 여자의 잔혹함에는 좀체 익숙해지지 않았다. 유씨가 긴장한 얼굴로 대답했다.

"제가 어찌 그리 하겠습니까. 밑의 사람들이 한 일입니다."

"글쎄. 오늘은 좀 젊은 여인을 안고 싶으니 나를 견씨 방으로 안내해 주겠소?"

견씨의 침상으로 간 조조

유씨는 할 수 없이 조조를 견씨의 방으로 데리고 갔다. 잠들어 있던 견씨는 잡자기 조조가 찾아오자 매우 놀랐다. 조조는 견씨의 어깨를 부드럽게 감싸 안으며 같이 자리에 들자고 하였다.

"안되옵니다. 저는 이미 아드님의 처이온데…"

견씨가 벌벌 떨면서 말하자 조조는 말없이 그녀의 옷을 벗기고 완력으로 그녀를 정복해 버렸다. 견씨는 처음에는 다소 반항을 하였으나 사내를 이겨내지 못하고 그냥 몸을 맡겼다. 오랫동안 남자의 맛을 보지 못했는지 그녀의 몸은 움츠리고 있으면서도 그 속은 뜨거웠다. 조조는 추씨 이후 처음으로 온몸이 녹는 듯한 열락을 느꼈다. '조비 녀석 운도 좋군.' 약간의 질투심과 함께 깊이 만족한 조조가 품 안에 든 견씨의 귓볼을 만지며 말했다.

"그런데 너처럼 잘난 여자가 왜 세 형제 중 제일 못난 원희와 결혼했나. 무슨 이유라도 있는가."

견씨는 망설이더니 사실을 털어 놓았다.

"저는 본래 원소 나리가 좋아해 주었습니다. 그런데 저 유씨가 질투가 심해서 나리를 들들 볶았지요, 나리는 유씨의 협박에 못 이겨 그만 아들 원희에게 저를 주었답니다."

꼼짝없이 조조와 견씨가 정사하는 광경을 지켜보고 있어야 했던 유씨의 안색이 변했다.

"그럼 그렇지. 역시 원소의 여자였구나. 원소나 그 아들도 여자를 즐겁게 해 줄 주변머리가 못 되는데 너의 몸은 그래도 남자를 즐겁게 해 줄줄 아는구나. 너는 앞으로 나의 여자다. 물론 아무에게도 그런 말을 하면 안 되지."

정사를 마음껏 즐긴 후 조조가 자리에서 일어나자 견 씨는 그의 손을 잡고 청이 있으니 들어달라고 하였다.

"무슨 청이냐?"

"저 유씨를 죽여주세요. 무서운 여자입니다. 원소의 애첩들을 아주 잔인하게 죽인 여자죠. 이제 저도 죽이려 들 것입니다. 제발 저 여자를 죽여주세요."

"네 말이라면 못 들어 줄 거 없지."

조조는 새파랗게 질린 유씨의 목을 잡고 방 밖으로 끌고 가 형우形牛를 불렀다.

"이 여자는 나를 농락하고 원소의 복수를 한답시고 틈을 타 나를 죽이려 했다. 밖으로 데려가 목을 쳐라."

유씨는 비명을 지르며 발광을 하였으나 형우가 목을 쳐 죽였다.

"이제 나와 너의 관계를 아는 사람은 없구나."

그 후 조조는 조비가 원정에 나가 돌아올 때까지 매일 밤 견씨와 잠자리를 같이 하였다. 젊은 조비는 그것도 모르고 견씨가 그리워 그녀를 만나러 왔으나 2~3일 체류하고는 다음 전지로 가야만 했고 그가 가고 나면 조조가 그녀의 방으로 왔다. 어느 날 조조는 정사를 마친 후 견씨에게 말했다.

"그대의 아름다움이 남자를 끌어당기도다. 아들이 이 일을 알게 되면 나를 죽이려 들지도 모른다. 하지만 도저히 그대 곁을 떠날 수 없다. 그러니 그대가 말 한마디만 잘못 해도 천하의 추세가 바뀔 수도 있지…. 정말 망국의 미녀로다."

"그럼 제가 살아 있는 것이 죄인가요?"

"죄이건 아니건 살아서 나를 즐겁게 하라. 내가 그대에게 원하는 건 그것이 전부이다."

아버지가 누군지 알 수 없는 아이를 낳다

이듬해 견씨는 아들을 낳았으니, 바로 조예曹叡다. 조조는 손자 조예를 몹시 귀여워했다. 건안 12년(서기 207년) 9월 원소의 아들 삼형제 중 3남 원상, 차남 원희의 목이 조조에게 보내졌다. 이 둘은 중국 동쪽 요동 태수遼東太守 공손강公孫康에게 구원을 청하였으나 조조를 두려워 한 태수가 두 사람의 목을 베어 바친 것이다. 이리하여 7년에 걸친 원씨 일족과의 싸움이 끝나고 중원은 조조의 것이 되었다.

전 남편 원희의 죽음을 안 견씨는 슬프게 울었다. 남편이 있는 몸으로 적장의 여인이 되어 그 아들과 결혼하고 아이까지 낳았으니 왜 아니 슬프겠는가.

조조는 원소 일족을 멸한 그 위세를 떨치기 위해 업의 서북쪽에 동작대銅雀臺를 세웠다. 그 후 조조는 조비를 미워하고 총명한 조식曹植을 사랑하였는데, 이 조식 또한 천하절색 견씨를 오랫동안 짝사랑하였다.

어느 날 조조의 귀에 조예가 조조의 아들이라는 소문이 들려왔다. 그 때문에 견씨를 멀리 하게 되었다. 일설에는 견씨가 조비의 여자가 되기 전 이미 원희의 아이를 임신한 몸이었다는 얘기가 있다. 이럴 경우 얘기는 더욱 복잡해진다. 아무튼 견씨가 32세 때 조조는 그녀보다 젊은 여자를 사랑하게 되고, 조비도 황후와 측실을 두고 그녀를 멀리 하였다.

균열이 생긴 조씨 가家

그 후부터 조비는 냉정한 인간이 되었으니, 세 동생 중 아버지의 장례에 늦게 왔다고 4남 조웅曹熊을 자살하게 만들고 차남 조창曹彰은 전선에 보내 죽였다. 견씨는, 원소의 유산을 형제가 서로 탐내 싸우다 조조에게 패한 사실을 돌아보며 조비 형제들의 분란을 염려했다. 마침내 견씨는 미쳐서 발광하다 조비로부터 자살을 명받고 39세에 죽고 조비도 5년 후 재위 7년 만인 39세에 세상을 떠났다. 위魏의 제 2대 황제 조예趙叡가 그 자리에 앉게 되었다.

8. 피리 부는 여인 채염과 조조

평범하지 않은 조조의 기질

조조는 어린 시절에는 방탕아였다. 공부는 별로 하지 않고 요령을 부리며 남을 속이는 걸 재미있어 하기도 했다. 청년시절에는 유명한 인물감정가 허소許劭에게 자신을 평해달라고 부탁하여, '치세治世의 능신, 난세亂世의 간웅' 이라는 유명한 평을 들었다. 조조는 이 소리를 듣고 크게 웃었다고 한다. 조조의 담대한 성격이 엿보이는 부분이다.

조조는 20세 때 효렴孝廉으로 천거를 받아 낙양落陽의 경비를 맡으며 공무를 매우 엄격하게 처리하였다. 황건적이 들고 일어서자 황궁의 금위군 통솔자인 기도위騎都尉가 되고 이후 전군교위典軍校尉를 역임한다. 동탁이 권력을 잡자 반동탁연합군을 결성한 조조는, 동탁이 낙양을 불태우고 장안으로 천도한 후 황건적 잔당을 몰아내고 세력을 확장하였다. 이때 항복한 청주淸州의 병사 30만을 수용하여 전력을 크게 강화하였다. 이각, 곽사의 난을 진정시키고 후한의 마지막 황제 헌제를 옹호하여 허도許都를 수도로 정한 조조는 주변의 여러 세력을 제압하고 실력을 길러 중원에 큰 거점을 만들었다. 그리하여 그의 주위에 유능한 참모가 모여들기 시작했다.

예술가를 아낀 조조

조조는 여포, 원술 등 각지의 군웅들을 차례차례 평정해 나갔다. 서주의 여포를 물리치고 유비를 익주로 몰아낸 조조는 그 이전부터 대립하고 있던 원소와 중원의 지배를 놓고 다툰다. 백마, 관도의 싸움에서 승리한 조조는 마침내 중원을 지배하고 원소가 죽은 후 그 자식들을 차례로 무찌르고 하북 지방을 차지하게 된다. 이제 그는 후한의 중심인물로서 궁전을 지배하게 된다. 인재들이 모이고 그들의 진언을 받아들여 정치에 큰 성공을 이루었다. 이어서 그는 천하통일을 향해 나아갔다.

조조는 유표劉表의 형주荊州를 노렸다. 유포가 죽고 후계자를 둘러싼 내분이 일어나자 조조는 형주를 침공하였다. 유언서 위조로 새 태수가 된 유종劉琮은 싸우지도 않고 조조에게 항복한다. 조조는 유종을 청주자사青州刺史로 봉하고 임지로 가는 그를 우금于禁에게 명해 죽였다. 형주를 손에 넣은 조조는 신야성의 유비를 습격하지만 유비는 유표의 장남 유기劉琦가 지키는 강하성으로 피신했다.

장강 이남 진출을 노린 조조는 형주 분할을 미끼로 손권에게 유비를 토벌할 것을 요청한다. 조조는 원소로부터 빼앗은 병사에 형주의 항복한 군을 합해 83만의 대군을 이루었다. 조조는 이것을 100만 군대라 칭하고 오의 손권을 위협하였다. 오는 이에 굴하지 않고 대항하였다. 오의 군세는 겨우 3만, 동맹관계에 있는 유비의 군사를 합해도 4만에 이르지 못하였다. 조조는 안심하고 오를 칠 수 있다고 보았으나 당시의 조조군은 네 가지 약점이 있었다. 북국은 아직 완전히 평정되지 못한 데다 조조를 적대시하고 있었고, 마초馬超가 수도를 공격할 우려가 있었고, 북방출신의 조조 군사는 수전水戰에 약한데다 원소와의 오랜 전투로 피곤에 지쳐 있었다. 인마人馬의 식량도 절대 부족했다. 게다가 적군 주유와 공명의 계략이 뛰어났다. 조조는 마침내 황개黃蓋의 고육의 계苦肉之計 방통龐統의 연환의 계連環之計에 넘어가 대패하고 만다.

조조는 패기와 투지를 잃지 않고 허도로 퇴각하여 체제 확립에 힘썼다. 우선 숙적인 마초의 군사를 격퇴하고 위신을 되살렸다. 조조는 삼국지에 나오는 인물 가운데 가장 뛰어난 존재로 비단 전투에 능하였을 뿐 아니라 참모를 잘 쓰기로도 정평이 나 있었다. 또한 학문에도 깊이가 있어 그의 손자병법孫子兵法 해설은 오늘날에도 탁월한 병법서로 남아있다. 그 밖에 그는 시를 좋아하고 뛰어난 예술가를 아꼈다.

조조의 예술적 능력을 높이 평가할 수 있는 이야기는 많지만 그 중 전장으로 가는 도중 악기를 능숙하게 다루는 채염蔡琰과의 관계를 다룬 장면은 매우 감동적이다.

피리 부는 명랑한 소녀

중국의 서 동관에서 수십 킬로 떨어진 곳에 풍성한 숲이 있다. 그 숲에 둘러싸여 있는 장원은 남전이라 부르는 지방의 유명한 토지로 채옹蔡邕의 영지다. 그는 그곳 영주인 동시에 문호이자 교양인으로서 추앙받고 있었다. 한때는 한나라 조정에서 불러들여 높은 지위에도 있었다. 그러나 어리석은 황제를 둘러싼, 사리사욕에 눈먼 환관들의 모함으로 감옥생활까지 하였다.

그가 간언할 때마다 여러 문무백관이 시기 어린 모함을 하니 마침내 장원으로 내쫓긴 것이다. 젊은 조조가 그런 그를 따르며 어느 날 물은 적이 있다.

"영주님의 장원은 사방이 흉노족 등 적대국으로 둘러싸여 있는데도 항상 평화로우니 그 비결이 무엇입니까"

채옹은 웃으며 대답했다.

"어느 태수가 오든 예의를 지킨다네. 이민족에 대해서도 왕이건 관리건 친교를 맺으며 적개심을 내비치지 않지. 그리고 상대가 어려울 때는 기꺼이 도와주되 나 자신을 위해선 부탁을 하지 않네. 이 모든 것이 영민들과 채씨 일가가 살아남기 위해서이네. 대대로 장원의 영주들이 땅을 지켜온 방식대로 나도 그렇게 해오고 있네."

조조는 이 말에 감동을 받았다. 힘으로 상대를 누르려는 자신과는 생각 자체가 달랐던 것이다. 채옹에게는 15세가 된 채염蔡琰이라는 귀여운 딸이 있었다. 조조는 한 때 그녀를 좋아했다.

"조조님은 '치세의 능신. 난세의 간웅'이라는 평을 받았는데 지금 우리가 살고 있는 이 시대는 난세인가요. 치세인가요."

하고 채염이 조조를 만났을 때 장난기로 물은 적이 있다.

"난세에 가까운 치세라고나 해 두지."

이 답에 그녀는 다시 깜찍하게 대꾸했다.

"그럼 맹덕 나리께서는 지금 간웅이 되어가고 있군요."

그러자 조조는 껄껄 웃었다. 이어 조촐한 연회가 벌어지자 그녀는 호가胡笳를 연주하였다.

"그건 이민족의 피리인가."

조조가 물었다.

"흉노의 악사가 준 건데 음색이 매우 아름답답니다. 언젠가는 나도 곡을 만들어보고 싶습니다."

그녀의 눈은 선율처럼 반짝였다.

결혼식에서 약탈된 신부

시대는 난세가 되었다. 조조는 천하평정의 야심을 품고 군사를 일으켜 제를 받들고 중원의 세력들을 타파하여 이름이 알려졌다. 채염은 20살이 되자 아버지의 권유로 한 성실한 호족의 젊은이 위중도衛仲道와 결혼하게 되었다. 혼례가 있는 날 축하하러 온 영민들을 밀어제치며 흉노의 거친 패거리 수십 명이 무기를 들고 나타났다. 채옹이 급히 나와 물었다.

"무슨 일인지요. 보시다시피 오늘은 결혼식 날입니다."

말썽을 두려워 한 채옹이 종이에 돈을 싸서 주자 그들은 그것을 세어보고 주머니에 넣었다.

"우리도 축하하러 왔소이다. 호가를 잘 분다는 그 아가씨나 좀 보여 주시오."

주위에서 "영주님, 관리를 부르세요. 저들이 무슨 짓을 할지 모릅니다."

하고 간했으나 채옹은 고개를 저었다.

"아니오, 자칫 일을 키울 수도 있소. 잘 달래서 보내야 하오."

아버지가 곤경에 처한 모습을 본 채염은 제 발로 나와 흉노들에게 고개 숙여 절을 하였다.

"축하해주러 오셔서 정말 감사합니다. 간단한 음식도 준비되어 있습니다. 관에는 사람이 꽉 차 들어갈 수 없지만 정원에 음식을 차려 올리겠습니다."

“참 멋진 여자군. 이 동네 사나이와 결혼하기는 아깝지 않나? 우리 왕에게 바치면 큰 상을 받을 게야.”

우두머리 남자가 부하들에게 신호를 보내자 모두 덤벼들어 그녀를 잡아끌고 갔다. 딸을 납치당한 채옹은 그 자리에서 기절하였다. 그 남자들은 산에 살며 말장사를 하는 거친 흉노족이었다.

결국 채염은 흉노족의 2인자인 좌현왕左賢王 앞으로 끌려갔다. 좌현왕이 두목에게 말했다.

“우리에게 알리지도 않고 멋대로 말장사를 하다니. 전원 죽을 각오가 되어 있느냐.”

두목은 머리를 조아리고 채염을 바치며 선처를 구했다.

“앞으로는 말장사를 하지 않겠습니다. 용서해 주십시오. 이 한나라 여자는 좌현왕께 바치는 선물입니다. 부디 받아주십시오.”

좌현왕은 놈들의 천한 태도가 마음에 들지 않았다. 그녀가 총명하고 예뻐서 측실로 삼았으나 놈들은 다 처형해버렸다. 채염은 좌현왕의 사랑을 받으며 두 아이를 낳게 되었다. 흉노들과 거친 생활을 하면서 고향 전원의 생활이 그리워 가끔 눈물을 흘렸다. 그래서 망향의 염을 품고 고향을 그리며 곡을 작곡하여 피리로 불었다.

조조의 마음을 사로잡은 채염의 노래

그런지 몇 년 후 조조가 있는 도시 허도에서 유행하고 있는 노래가 있었다. 한의 정승 조조는 누가 작곡한 노래인지 알고 싶었다.

"참으로 슬픈 노래입니다. 결혼식 날 납치당해 흉노 좌현왕의 측실이 된 채염의 곡이라고 합니다."

신하가 아뢰었다. 조조는 그녀가 대문호 채옹의 딸임을 알고 크게 놀랐다.

그 후에도 그녀의 곡은 도시에 퍼져 특히 호가십팔박胡笳十八拍이라는 18곡이 사람의 마음을 감동시켰다. 그 곡을 들을 적마다 조조는 그녀를 가련하게 생각하는 기운이 강해졌다.

그처럼 밝고 명랑하던 소녀가 이처럼 슬픈 곡을 작곡한 연유를 안 조조는 좌현왕에게 사자를 보내 채염을 천금에 사겠다고 하였다. 놀란 것은 좌현왕이었다. 왕이 그녀를 불러 물어보았다.

"어찌하여 한나라 정승을 알고 있소?"

"조조 나리를 어릴 적 아버님 때문에 알게 되었습니다."

"하긴 당신의 아버님은 한나라의 대문호였으니 문인을 유독 존중하는 정승이 친교를 왜 아니 맺었겠소. 그런 정승께서 특별히 부탁하니 내 어찌 천년만년 그대를 잡아둘 수 있겠소."

채염이 말없이 눈물만 흘리고 있자 좌현왕이 다시 말했다.

"가시오. 돈은 받지 않겠소만 아이들은 두고 가오. 정승께 안부나 잘 전해주오"

천하를 호령하는 조조가 원하는데 어찌 거절할 수 있으랴.

좌현왕은 돈은 받지 않고 정중하게 그녀를 돌려보냈다. 채염이 돌아왔을 때 아버지 채옹은 이미 이 세상 사람이 아니었다. 동탁의 죽음을 탄식한 죄를 물어 왕윤이 채옹을 붙잡아 죽인 것이다. 채옹이 좀 더 살았더라면 그가 저술하고자 했던 한 나라의 역사에 관한 보다 풍부한 기록이 전해져 왔을 것이다.

채염이 남긴 마지막 수수께끼

채염은 조조의 알선으로 동사董祀라는 관리와 결혼하였다. 아들이 태어나자 그녀의 얼굴에도 이전의 웃는 모습이 되살아났다.

채옹의 뒤를 이어 채염은 장원을 잘 가꾸었다. 그러던 어느 날 남편이 일 보러 나간 사이에 원정 도중의 조조가 방문하였다. 그녀는 황급히 조조를 맞아들였다.

"그대의 피리소리를 듣지 않고 그냥 지나칠 수가 없구려. 내 진작 그대가 처한 일을 알았더라면 더 빨리 손을 썼을 터인데 미안하오."

채염은 수많은 전쟁을 치르고 난관을 헤치며 오늘의 위치에 오른 한 영웅의 모습에서 그 옛날 고향의 장원에서 만난, 젊은 시절의 수려했던 조조의 모습을 떠올리고 아련한 아픔에 휩싸였다. 그때 조조는 자신의 철없는 응석을 귀엽다는 듯 받아주곤 했지. 그런 시절을 기억하고 있는지 조조는 채염을 애틋한 시선으로 바라보고는 슬며시

고개를 돌려 방안을 둘러보았다. 이상한 것이 눈에 띄어 조조가 물었다.

“저것이 무엇이오.”

“조아曹娥의 비碑입니다. 후한 4대 소제少帝 때 조한이라는 무용을 잘 하는 무당이 있었습니다. 어느 해 5월 5일 술에 취해 춤을 추다 배에서 떨어져 죽었습니다. 당시 그의 딸 조아는 14살이었는데 7일간 울다가 물속에 뛰어들어 아버지의 시체를 등에 이고 밖으로 나왔습니다. 현령縣令의 도상度尙이 약관 20세의 수재 한단순邯鄲淳을 시켜 그녀의 효행을 비문에 남기게 하였습니다. 그 비는 무덤 옆에 세워졌습니다. 아버님 채옹도 빛이 바랜 글자를 알아볼 수 없어 손으로 더듬어 읽고는 비 뒤에 8개의 문자를 크게 썼습니다. 후세 사람들이 그것을 돌에 새겨놓은 것이 이 척본입니다.”

‘황견유부 외손제구黃絹幼婦 外孫齏臼…. 이것이 무슨 뜻일까.’

아무도 그 뜻을 풀지 못하자 양수가 풀려 해 조조도 같이 생각하였다.

“이것은 은어로군. 나는 풀었네.”

조조는 8개의 문자를 4로 나누어 황견은 색이 있는 포이므로 절絶이고 유부는 소녀의 뜻이라 묘妙라고 풀어내자, 양수는 외손은 딸의 아이이므로 호好이고 제구는 신맛이 나는 음식을 담은 그릇이라 사辭라고 풀었다. 이에 절묘호사 絶妙好辭 아주 묘하고 좋은 말가 되니 모두 조조와 양수의 기지를 찬양하였다.

조조가 채염에게 피리 한 곡을 청하자 그녀는 최근에 작곡한 조아의 곡을 불었다. 조조는 그 애절한 노래 가락 속에서 그녀의 과거의 비참함과 두고 온 자식들에 대한 그리운 마음을 엿들을 수 있었다. 조조는 그녀의 집을 나와 전쟁터로 갔고 그 후 두 사람은 다시 만나지 못했다.

고한행苦寒行

北上太行山　북쪽 태행산에 오르면
艱哉何巍巍　몹시도 험한 절벽
羊腸阪詰屈　언덕길 워낙 꾸불꾸불해
車輪為之摧　차바퀴 부러져 깨진다.
樹木何蕭瑟　길가의 나무 소슬하고
北風聲正悲　북풍 소리 서글프다.

熊羆對我蹲　곰이 우리를 보고는 웅크리고
虎豹夾路啼　호랑이는 길을 막고 울어댄다
溪谷少人民　골짜기에 사람도 거의 없는데
雪落何霏霏　눈은 쉬지 않고 내린다.
延頸長嘆息　목을 뻗치고 돌아보며 한숨짓고
遠行多所懷　먼 길에 생각만 많아진다.

我心何怫郁　이 마음 몹시 우울하고
思欲一東歸　동쪽으로 가기를 바라지만
水深橋梁絶　물은 깊고 다리는 무너져
中路正徘徊　길가에 서서 헤매도다.
迷惑失舊路　길가에서 길도 잃고
薄暮無宿棲　해는 지는데 머물 곳도 없다.

行行日已遠　행군길 멀기만 한데
人馬同時飢　사람도 말도 함께 굶주려
擔囊行取薪　망태를 메고 땔감을 찾아
斧冰持作糜　얼음을 깨고 죽을 끓인다.
悲彼東山詩　슬프도다. 〈동산〉의 시
悠悠令我哀　그 절실함 어찌 다 말하랴.

9. 기녀 출신으로 조조를 감복시킨 변황후

조조曹操는 건안建安 초(196년) 정부인丁夫人을 폐하고 첩이었던 변卞씨를 정처正妻로 삼는다. 정부인이 키우던 조조의 맏아들 조앙曹昂이 장수張繡와의 전투에서 조조를 보필하다 죽자 조조를 원망하여 둘 사이의 관계가 소원해진 것이 결정적 계기가 되었다. 정처가 된 변씨는 조조의 두 아들을 키우며 그녀 자신 또한 조비曹丕, 조창曹彰, 조식曹植, 조웅曹熊 네 아들을 낳는다.

그녀는 기녀妓女 출신으로, 조조가 25세에 한창 관운이 트일 때 첩으로 삼은 여자였다. 그녀는, 조조가 도주 중 동탁董卓의 부하에게 죽임을 당했다는 소식을 원술袁術로부터 듣고 조조의 측근과 장수들이 흩어지려 하자 소문에 불과하다며 이를 말린 적이 있었다. 후에 조조는 자신의 부하들이 건재한 걸 보고 변씨가 보통 여인이 아님을 알게 된다.

변황후卞皇后는 기녀 출신이지만 화려한 것과는 거리가 멀었다. 수를 놓은 의상을 입지 않고 보석을 몸에 달지 않았다. 식기도 검은 칠바른 질박한 것을 사용하였다. 조조가 멋진 보석, 목걸이, 귀걸이를 갖고 와 맘에 드는 것을 택하라고 하자 손을 대려 하지 않았고, 거듭 청하면 마지못해 기껏 중품 이하의 물건만을 받았다. 조조가 이상하게 여겨 그 이유를 묻자 그녀는 이렇게 대답하였다.

"상품의 물건을 고르는 것은 욕심이 많은 사람이 하는 짓이고 너무 하품의 물건을 고르면 천하게 보이지요. 그래서 항상 중 정도의 물건을 고릅니다."

또 그녀는 친척이 찾아오면 크게 반기지도 않고 '윗사람의 은혜를 입으려고 하는 것은 옳지 못하다'고 타일렀다. 그녀의 이러한 태도가 조조의 마음에 들었으며 그의 사상에도 지대한 영향을 주었다. 조조는 언제나 변황후를 높이 평가하였다. 기녀 출신이라고 업신여기는 사람도 많았으나 그녀의 과거를 전혀 문제 삼지 않았다. 조조가, 부하의 출신성분보다는 유능한 면을 중요시 하는 태도는 바로 그녀에게서 배운 것이다. 현처賢妻형의 영민한 여인, 조조의 부인이라면 그것으로 족한 것이었다. 그녀가 낳은 조비曹丕가 정식으로 조조의 후계자로 정해지자 궁녀들이 몰려와 축하하였다.

"이번에 아드님께서 태자太子가 되시니 천하 만인이 기뻐하고 있습니다."

그러자 변황후는 "아, 여러분. 내 아들은 나이가 되어 후계자가 된 것 뿐입니다. 나의 교육이 뛰어나서 그런 것도 아니고 오직 나이 때문에 후계자가 된 것이죠. 그것은 아무것도 아니지만 당연하기도 합니다. 나는 기쁘다기보다 그저 마음이 편할 뿐이오." 하고 말했다. 이 말을 들은 조조는 크게 만족했다.

궁녀들의 입을 통해 부인의 이러한 언행을 여러 차례 전해들은 조조는 '화가 날 때 노기를 겉에 드러내지 않고 기쁠 때에도 자기의 위치를 잃지 않는 그 태도야 말로 나의 스승이다. 나도 그 태도를 본따 언행을 한다면 큰 실수가 없을 것이다.' 하고 생각하였다.

궁녀나 재상들이 제 아무리 축하를 해도 그저 미소를 지을 분 평정심을 조금도 잃지 않는 그녀. 이처럼 어느 때나 부인이 평정심을 잃지 않고 자기를 대해준 것, 이것이 조조로 하여금 여러 면에서의 인생의 성공을 가능케 하였다. 부인의 이러한 태도를 바탕으로 모든 일이 원만하게 이루어짐에 따라, 그의 전술적인 능력과 시적詩的인 능력이 크게 자라나고 인간다운 멋진 풍모를 지니게 된 것이다.

천재시인 조조의 고뇌의 시편들

조조는 삼국지 안에서도 인물 중의 인물일 뿐 아니라 그의 일곱 자식들도 변황후의 개성을 본받아 조조와 더불어 뛰어난 시인이 되었다. 아래에서는 조조의 시적 천재성에 대해서 잠시 보기로 하자.

오늘날 전해지고 있는 조조의 시 30여편은 그 특징상 세 종류로 나뉘어진다.

첫째는 정치가로서의 이상을 순수하게 토로한 것이다.

단가행 短歌行

對酒當歌 : 술 마시며 노래하자.
人生幾何 : 인생은 무엇인가.
譬如朝露 : 비유컨대 아침 이슬과 같도다.
去日苦多 : 지나간 나날은 고통도 많구나.

慨當以慷 : 뜨거운 정 타오를 제
憂思難忘 : 괴로운 걱정 잊기 어렵다.
何以解憂 : 무엇으로 걱정을 덜 것인가.
唯有杜康 : 나 오직 두강杜康=술 이름이 있을 뿐

青青子衿 : 그대 푸르고 푸른 서생의 복장
悠悠我心 : 가슴 아프도록 그리운 이 마음
但為君故 : 다만 그대 있기에
沈吟至今 : 지금 생각에 잠긴다.

呦呦鹿鳴 : 은은하게 사슴이 울고
食野之苹 : 떼를 지어 들의 풀 뜯어 먹는구나.
我有嘉賓 : 좋은 때가 나에게 오면

鼓瑟吹笙 : 금 울리며 피리 불고 접대하리라.

明明如月 : 밝게 달처럼 빛나는 그 사람들
何時可輟 : 언제고 다시 만나리라.
憂從中來 : 가슴에 스며든 수심의 실은
不可斷絕 : 끊어 버릴 도리가 없다.

越陌度阡 : 밭의 고랑을 밟고 지나서
枉用相存 : 오직 서로 찾아 헤매도다.
契闊談讌 : 오랜 친구를 만나게 되면
心念舊恩 : 술잔 나누며 옛 은혜를 간직하도다.

月明星稀 : 달이 밝아 별빛 흐려질 무렵
烏鵲南飛 : 까마귀 까치가 남쪽을 향해 날아가는구나.
繞樹三匝 : 그런데 나무 사이를 돌며
何枝可依 : 몸 둘 가지를 찾아 헤매이는구나.

山不厭高 : 산은 흙을 쌓아 높아지고
海不厭深 : 바다는 물을 받아 깊어진다.
周公吐哺 : 옛날의 주공처럼 인재를 맞이한다면
天下歸心 : 천하 민심이 돌아오리라.

이 단가행短歌行은 조조의 시 가운데 가장 유명한 것이다. 조조는 자기를 배반한 자나 큰 죄를 지은 자라도 유능하기만 하면 맞아들여 환대하였다. 그는 잠자리를 찾아 헤매는 새처럼 인재를 구하였다.

둘째로 신선神仙에 대한 동경을 그린 시가 있다.

정렬精列

厥初生　: 생명은 원래
造化之陶物: 조물주가 빚어낸 것으로
莫不有終期: 종말의 때가 있다.

莫不有終期: 종말의 때가 있다.
聖賢不能免: 성현도 이를 벗어날 수 없다.
何為懷此憂: 어찌 이 인생을 걱정하겠는가.
願螭龍之駕: 바라건대 용이 되어 하늘을 날고
思想崑崙居: 곤륜궁에 생각을 맡기도다.

思想崑崙居 : 곤륜궁에 뜻을 두어도
見欺於迂怪: 뜻하는 바는 너무나 멀고
志意在蓬萊: 다시금 본래 산에 마음 끌린다.
志意在蓬萊: 본래 산에 마음 끌려도

周孔聖徂落: 주공 공자의 성스러움 없고
會稽以墳丘: 우禹도 지금 회개의 무덤에 잠든다.

會稽以墳丘: 우공도 회개의 무덤에 잠든다.
陶陶誰能度: 인간세를 누가 마음껏 누릴 수 있을까.

君子以弗憂: 군자는 근심 않으리.
年之暮奈何: 세월이 다함을 어찌하랴.
時過時來微 : 쉬지 않고 시간은 가 남은 날 많지 않으리.

중국에는 전국시대 장강 하류에서 태어난 가요를 중심으로 한 초사楚辭 이래 신선세계에의 동경을 시로 노래하는 전통이 있다. 그 공통된 내용은 현세의 고뇌와 인생의 허무를 탄식하는 데서 시작하여 선인仙人을 만나 불로장생의 약을 얻고 선인이 되는 것이 줄거리다. 선인이 되는 자도 있고 목적을 이루지 못하고 실망하는 자도 있다. 조조는 현실적 정치가였지만 신선술에 대한 관심 또한 컸다. 고뇌의 현실은 선계에의 동경으로 나아갔다가 다시 현실에의 회귀로 이어진다.

셋째로 인간에 대한 이해와 동정심에 관한 시다.

조조의 시들은 서민적 발상, 보편적 표현으로 인간의 비애를 마음속 깊이 호소한다.

각동서문행卻東西門行

鴻雁出塞北 : 기러기는 쇄의 북쪽에 산다.
乃在無人鄕 : 그곳은 사람 없는 땅
擧翅萬餘里 : 만리의 멀고 먼 곳
行止自成行 : 가거나 머물거나 날개 지치고
冬節食南稻 : 겨울날에는 남국의 볍을 좇고
春日復北翔 : 봄이 오면 북쪽 고향으로 간다.
田中有轉蓬 : 밭 속을 굴러가는 쑥

隨風遠飄揚 : 바람에 따라 멀리 헤매일
長與故根絶 : 원래의 뿌리를 떠난 지 오래
万歲不相當 : 다시 만날 날은 영원히 없도다.

奈何此征夫 : 전쟁에 나가는 장사들은
安得去四方 : 멀리 낯선 땅을 달리고
戎馬不解鞍 : 말안장을 풀 시간도 없다.
鎧甲不離傍 : 투구와 옷 잠시도 떠나지 않고
冉冉老將至 : 알지 못하는 사이에 스며드는 노년
何時返故鄕 : 언제 고향에 갈 수 있을까.

神龍藏深泉 : 신용은 깊은 심연에 몸을 감추고

猛獸步高岡 : 난폭한 호랑이는 높은 언덕을 거닌다.
狐死歸首丘 : 여우는 죽을 때 태어난 언덕을 돌아보지만
故鄉安可忘 : 고향을 어찌 잊으랴.

항상 떼를 지어 나르는 기러기는 가야 할 고향이 있다. 그러나 밭 가운데 바람에 실려 굴러다니며 자라는 쑥은 두 번 다시 고향에 가지 못한다. 조조는 인생의 대부분을 전선에서 보내며 부상도 당하고 자식도 잃는다. 조조의 시들은 서민적 발상, 보편적 표현으로 인간의 비애를 마음 속 깊이 호소한다. 조조가 원소의 잔당을 토벌하기 위해 태행산太行山을 넘을 때, 추위와 싸우며 행군한 체험혹자는 조비가 쓴 것이라고도 하지만 시를 보기로 하자.

고한행苦寒行

北上太行山 : 북쪽 태행산에 오르면
艱哉何巍巍 : 몹시도 험한 절벽
羊腸阪詰屈 : 언덕길 워낙 꾸불꾸불해
車輪為之摧 : 차바퀴 부러져 깨진다.

樹木何蕭瑟 : 길가의 나무 소슬하고
北風聲正悲 : 북풍 소리 서글프다.

熊羆對我蹲 : 곰이 우리를 보고는 웅크리고
虎豹夾路啼 : 호랑이는 길을 막고 울어댄다
溪谷少人民 : 골짜기에 사람도 거의 없는데
雪落何霏霏 : 눈은 쉬지 않고 내린다.
延頸長嘆息 : 목을 뻗치고 돌아보며 한숨짓고
遠行多所懷 : 먼 길에 생각만 많아진다.

我心何怫郁 : 이 마음 몹시 우울하고
思欲一東歸 : 동쪽으로 가기를 바라지만
水深橋梁絕 : 물은 깊고 다리는 무너져
中路正徘徊 : 길가에 서서 헤매도다.
迷惑失舊路 : 길가에서 길도 잃고
薄暮無宿棲 : 해는 지는데 머물 곳도 없다.

行行日已遠 : 행군길 멀기만 한데
人馬同時飢 : 사람도 말도 함께 굶주려
擔囊行取薪 : 망태를 메고 땔감을 찾아
斧冰持作糜 : 얼음을 깨고 죽을 끓인다.

悲彼東山詩 : 슬프도다. 〈동산〉의 시
悠悠令我哀 : 그 절실함 어찌 다 말하랴.

조조는 이 동산東山의 시를 빌려서 부하 장병의 고충을 위로하고 있다. 고향을 떠나 험한 산길을 헤매는 병사의 고통, 굶주림과 추위에 시달리는 이들을 생각하며 가슴 아파한다. 조조를 냉혹한 권력자, 무자비한 지배자로 보는 사람도 많지만 실은 자신의 삶에 고통을 느끼고 주변의 불행한 자를 그는 동정하였다. 조조는 타산가라기보다 타인의 고뇌의 이해자라고 할 만 하다.

文章經國之大業

조비는 그의 문선文選에서 '문장경국지대업文章經國之大業 〈문장은 나라를 바로잡는 대의大義이며 불후不仇의 사업이다.〉'라고 하였다. 인간의 수명은 한계가 있으며 영화환락榮華歡樂은 일대一代 뿐이다. 언제고 사라지게 될 운명이니 문장이 지니고 있는 영원무궁의 생명에는 미치지 못한다.

문학의 독립성과 영원성을 밝힌 이 말은 예술지상주의가 성한 육조문학六朝文學의 개막을 알리는 말이다. 많은 사람이 조조와 왕비의 막하에 초대되어 문장을 쓰고 학문과 문학을 즐겼으니 조조 중심의 문학살롱이 형성되었다. 조조, 조비, 조식이 미친 문학상의 영향은 심대하다. 제위에 오른 조비가 동생 조식을 시기한 나머지, 내 눈 앞에서 일곱 걸음 걷는 사이에 시를 지으라고 명하고 못 지으면 책임을 묻겠다고 위협한 비극적 이야기는 특히 유명하다.

조비의 시는 남아 있지 않고 조식의 시는 조자건집曹子建集에 100여편이 남아 있다.

칠보시七步詩

煮豆持作羹 : 콩을 삶아 죽을 만들고
漉菽以为汁 : 콩을 쪄서 즙을 내니
萁在釜下燃 : 콩 껍질은 솥 아래에서 타고
豆在釜中泣 : 콩은 솥 속에서 운다.
本是同根生 : 원래 같은 뿌리에서 태어났건만
相煎何太急 : 왜 이처럼 엄하게 하는가.

출처, 세설신어世說新語

10. 엇갈린 운명, 미부인과 감부인

안휘현위安喜縣尉의 직을 버리고 고향에 돌아온 현덕玄德 유비劉備는 조조曹操의 호소로 결성된 반동탁연합군에 옛 친구 공손찬公孫瓚 소속의 한 부대로 참가한다. 이후 관우關羽, 장비張飛와 더불어 여포呂布를 물리치고 천하에 자리를 잡는다. 한편 북해태수 공융孔融이 황건적 잔당에게 포위되어 원조를 구하자, 유비가 관우, 장비와 함께 군사를 몰고 가 황건적을 물리친다. 이후 공융의 소개로 유비는 서주徐州의 태수 도겸陶謙에게로 간다. 아버지의 원수를 갚는다며 공격해 온 조조군을 방어하고 큰 신임을 얻는다.

도겸의 사후 상당한 재력가인 신하 미축麋竺(미부인의 큰오빠) 등과 백성이 원하여 유비는 서주태수가 된다. 조조와의 싸움에서 진 여포를 보호하고 그에게 소패小沛의 성을 지키게 하였다. 그러나 원소 토벌을 하기 위한 전쟁 중에 여포에게 서주를 빼앗긴다. 여포와 일단 화해하였으나 계속 대립되어 이번에는 조조와 연합하여 여포에 대항하였다. 유비는 조조의 추천으로 예주豫州의 목牧으로 봉해진다. 그 후 조조와 반목하며 큰 난을 겪기도 했으나 세월이 흘러 후한 건안建安 19년 (서기 214년) 유비는 마침내 익주益州를 평정하였다. 공명孔明이 말한 천하삼분天下三分의 토대가 이루어진 것이다.

부유한 땅을 지니게 된 유비의 주변에는 인재가 모였다. 옛 주인 유장劉璋의 곁을 떠난 촉한蜀漢의 구신과 신하들에게 역직을 주어 뜻있는 많은 인물이 활약하게 되었다. 오吳의 손권孫權은 유비가 익주를 손에 넣은 것을 알고 사자를 보내 형주荊州의 반환을 요구하였다. 한편 조조는 한중의 장로張魯를 제압하였다. 유비는 형주를 오와 분할해서 보유하는 협정을 맺고 조조에 대한 공수동맹을 맺었다.

건안 21년(216년) 조조는 마침내 위왕魏王이 되어 유비와의 대립이 계속되었다. 유비도 건안 24년(219년)에 한중왕漢中王의 자리에 앉았다. 한중을 조조에게서 되찾고 중원 침공을 계획하는 단계에서 뜻하지 않은 비극이 유비를 엄습하였다. 형주에 머물러 위의 조인曹仁을 공격하던 관우가 갑자기 습격해온 오의 손권군에 의해 살해된 것이다. 그 뿐 아니라 건안 25년 정월 조조가 죽자 아들 조비가 황제 헌제獻帝를 폐하고 연호를 황초黃初라 하여 낙양에 도읍을 정하고 위魏를 건국하였다.

한나라의 정당한 후계자였던 유비는 한왕조의 혈통을 이으려는 촉한을 세우고 초대 황제가 되었다. 유비는 중신들의 반대에도 불구하고 관우의 복수를 위해 오를 토벌하려 하고 설상가상으로 장비가 부하에게 암살당하게 된다. 슬픔과 분노에 찬 유비는 강동을 공격해 몇 번의 승리를 거두었으나 오의 장군 육손陸遜의 계략으로 패하여 백제성白帝城에 머물게 된다. 그것이 그의 최후였다. 유비는 공명을 불러 아들 유선劉禪을 돌봐 달라 부탁하고 유선이 능력이 없을 때는 스스로 황제가 되라고 권하였다.

적진을 뚫고 아두阿斗를 찾는 조자룡

세월을 돌려보면 그때 조조의 군사는 물밀듯 쳐들어오고 있었다. 신야新野에서 번성樊城으로 유비를 따라온 백성들은 죽음을 각오하고 다시 피난길에 나섰다. 사나이들은, 노인들을 부축하고 아이들을 업고 여인들을 보살피며 강을 건넜다. 배 위에 올라 이 모습을 본 유현덕은 목을 놓아 울었다.

'나 때문에 백성들이 이리 심한 고생을 하니 내가 무슨 낯으로 살겠는가?'

배가 강 언덕에 이르러 건너편을 바라보니 강을 건너지 못한 백성들이 발을 구르며 통곡하고 있었다. 양양성襄陽城의 백성들까지 유비의 뒤를 따르니 유비를 따라 강릉으로 가는 군사들과 백성은 10여만이 되었고 수레도 수천 대에 이르렀다. 여기에 뒤따르는 자도 헤아릴 수 없었다. 이미 조조의 대군은 번성을 점령하고 배와 뗏목으로 강을 건너고 있었다.

추격해온 조조의 군사들이 눈앞까지 다가왔다. 강릉은 형주와 양주에 걸쳐있는 주요 요지로 곡물과 산물이 풍부한 곳이다. 유비는 그곳으로 가 뿌리를 내려야 했다. 그러나 그곳은 아직 멀고 이미 조조의 군사가 물밀 듯 밀어닥치니 그저 죽을힘을 다해 싸울 뿐이었다. 그때 화살을 맞아 얼굴이 피투성이가 된 미방麋芳이 비틀거리며 달려와 유비에게 아뢰었다.

"조자룡趙子龍이 우리를 배반하고 조조에게로 갔습니다."

이 말을 들은 유비는 오히려 미방을 꾸짖었다.

"조자룡은 나의 오랜 친구이거늘 왜 함부로 모함하오."

"서북쪽으로 조조를 찾아가는 것을 제 눈으로 똑똑히 보았습니다."

"자룡이 조조에게 갔다 하면 반드시 어떤 사연이 있을 것이오. 그는 절대로 나를 배반하지 않을 것이오."

한편 조자룡이 몰려오는 조조군의 군사를 맞아 싸우다보니 벌써 날이 밝아왔다. 유비와 그 가족 생각이 들어 사방을 찾아다녔으나 보이지 않았다. 주공이 잘 보살피라고 특별히 부탁한 감부인甘夫人과 미부인麋夫人뿐 아니라 어린 아들 아두阿斗까지 잃어버렸으니 이런 낭패가 없었다. 그들을 빨리 찾아야 한다는 생각 외엔 아무 것도 떠오르지 않았다. 어느 순간 그는 수풀 속에 쓰러져 있는 간옹簡雍을 발견하였다.

"혹시 두 분 마님을 보지 못했소?"

"장군, 두 마님께서는 수레를 버리고 공자 아드님을 품에 안고 달아나셨습니다."

간옹이 신음하며 대답했다. 조자룡은 부하 둘에게 간옹을 부축해 가도록 명하고 그가 말한 방향으로 달려갔다. 마침내 두 마님의 수레를 호위하고 가다 활에 맞아 쓰러진 병사를 발견하였다. 병사의 말에 의하면 감부인이 머리를 산발한 채 신도 신지 않고, 피난 가는 백성들 틈에 끼어 남쪽으로 갔다는 것이었다. 그는 난민들을 만날 때마다 감부인에 대해서 물었다. 다행히 피난민 사이에서 간신히 그녀를 찾아내었다.

"마님 제가 잘 모시지 못해 이런 고생을 시킵니다. 미부인과 공자님은 어디 계신가요."

"적군의 습격을 받아 뿔뿔이 흩어지는 바람에 미부인과 공자가 어디로 갔는지 알지 못합니다. 나 혼자만 가까스로 이 피난민 대열에 끼었습니다."

조자룡은 감부인을 말에 태우고 적과 싸우며 적진을 돌파하였다. 그러다가 마침내 미부인의 큰오빠인 미축을 만나게 되었다.

"미공은 감부인을 모시고 먼저 돌아가시오. 나는 미부인과 공자를 찾아 모시고 오겠소."

조자룡은 부하 몇을 이끌고 오던 길을 되돌아갔다. 난민을 만날 때마다 미부인의 소식을 물었다. 한 난민이 무너진 담장을 가리키며 말했다.

"마님께서는 큰 부상을 당하셨습니다. 왼쪽 넓적다리가 창에 찔려 더 이상 걷지 못하고 공자님을 품에 안은 채 저 담장 안에 누워 계십니다."

감부인이 부러웠던 미부인

때는 건안 13년(서기 208년). 형주 양양에서 강릉으로 가는 중엽에 있는 오두막에 한 귀부인이 건초를 덮고 숨어 있었다. 가슴에 두 살 먹은 아이를 안고 있었다. 일어나려고 해도 왼쪽 다리를 다쳐 움직일 수가 없었다.

'밖에는 적군이 우글거린다…. 이제 내 운명이 다했나 보다.'

그녀는 미부인, 서주, 예주를 다스리고 최근까지 형주자사 유포劉表의 식객으로 지낸 유비의 두 번째 부인이다. 미부인이 안고 있는 아이는 유비의 첫 아들인 아두阿斗로 훗날 촉의 황제가 되는 바로 그 유선劉禪이었다. 아두는 그녀의 아들은 아니었다. 감부인의 아들이었다.

그녀의 남편 유비는, 천하통일의 기치를 들고 남침해 온 조조 100만 대군의 추격을 피해 신야성新野城을 버리고 물자가 풍부한 강릉을 향하고 있었다. 퇴각하는 유비군을 따라 주민 십수만 명이 따라나섰지만 추격해온 조조군이 턱밑까지 닥쳐온 상황이었다. 상황이 이러하자 ' 백성들은 개의치 말고 주공께선 속히 강릉으로 가시라'는 진언이 빗발쳤지만 유비는 '나를 따르는 백성을 어찌 버리겠소.' 하고 움직이려 들지 않았다. 평소 대의大義와 신의信義를 좇아 행동하는 유비는, 유표가 '형주자사를 양도하겠다.'고 한 것을 거절하여 호기를 놓친 적이 있었다. 이번에도, 유비가 그 무엇보다 중히 여기는 '신의'가 행군의 장해가 되고 있었다.

신야성을 버리고 떠난 지 며칠이 지난 날 마침내 조조군이 들이닥쳤다. 축시丑時에, 야영하던 유비군의 진중에 비명이 들려왔다.

"유비의 목을 따라!"

"평민은 다 죽여도 좋다. 여자와 애들도 사정없이 죽여라!"

적군의 고함소리가 진중을 뒤흔들었다. 이 와중에 유비는 겨우 도망쳤다. 감부인과 미부인과 아들 아두는 뒤처졌고, 미부인은 감부인과도 헤어진 채 아두를 안은 채 오두막에 숨어 있었던 것이다.

'이 아이라도 감부인에게 전할 수만 있다면….'

아두는 편안히 잠들어 있다. 아이가 자는 모습을 보고 그녀는 모자 母子에 대해 이상한 질투심이 솟아올랐다. 이 와중에도 이처럼 잘생긴 아이를 가진 감부인이 부럽기 그지없었다.

미부인은, 유비의 후계자를 낳아 모두에게 존경을 받는 감부인에게 동경심과 함께 질투심을 느끼고 있었다. 감부인은 원래 서주성에서 자라난 시녀였다. 그녀의 헌신적인 모습에 호의를 가진 유비가 그녀를 첩으로 삼았다. 유비에겐 원래 정부인이 있었으나 바로 병으로 죽어, 감부인이 실질적인 정부인 역할을 하게 된 것이다.

감부인은 뛰어난 미인은 아니었으나 편안한 느낌을 주는 여성이었다. 그러나 전쟁 때마다 혼자 남겨지기 일쑤였으니 여포가 유비를 쳤을 때도 유비는 그녀를 두고 도망쳐 버렸던 것이다. 그 후 감부인이 돌아오자 유비는 미부인의 가신家臣들 앞에서 부인에게 사과하였다. 감부인은 부드러운 미소를 띠며 이렇게 말했다.

"마음에 두지 마세요. 이렇게 만났으니 되었습니다."

정말 사려 깊고 마음이 넓은 부인이었다. 미부인은 그런 감부인에게 착잡한 애정을 느꼈다. 나이는 미부인이 많지만 부잣집에서 곱게 자란 미부인은 인간미에 있어서는 감부인을 따를 수 없었다. 감부인도 그녀를 아꼈다. 중류가정에서 자란 감부인에게 미부인의 우아한 미모는 선망의 대상이었다. 그런 감부인도 피부만은 백옥 같아 피부로만 따지면 당대에 비교 대상이 없다 할 정도였다.

감부인이 돌아온 후 유비는 그녀와 더 가까이 지냈다. 황실의 피를 받았지만 가난하게 자란 유비는 부유하게 자란 미부인과는 성격이 맞지 않는 점도 있었다. 그 점에 있어서 감부인과 유비는 더 마음이 맞았다. 외로운 미부인은 고독한 삶 가운데서도 유비와 감부인의 사이에서 태어난 아이 아두의 교육에 힘써왔다.

유비를 찾아 천리 길에 나섰던 관우와 두 부인

뒤돌아보면 조조와 유비가 힘을 합하여 여포를 친 후 서주에는 잠시 평화가 왔었다. 그러나 유비와 조조가 적대시 하게 되자 그 평화로운 날들은 종지부를 찍게 되었다. 건안 4년(199년) 조조는 유비를 치기 위해 수십만의 군세를 몰고 형주로 쳐들어왔다. 유비는 거의 싸움도 못해 보고 도주하였다. 유비는 원소袁紹에게 가고, 관우關羽는 조조가 두 부인을 잘 대해주고 유비의 행방을 알면 즉시 떠난다는 조건으로 조조에게 투항하였다. 끌려가는 도중 미부인은 눈물에 젖은 채 삶을 단념하는 듯했으나 감부인은 비교적 태연하였다.

"당당한 모습으로 견뎌나가요."

감부인은 따뜻한 마음으로 미부인을 격려하였다. 관우의 무용을 높이 평가한 조조는 그를 편장군偏將軍으로 임명하고 후대하였다. 하지만 유비가 살아 있다는 것을 알게 되자 관우는 두 부인을 데리고 하북의 유비에게로 다시 돌아갔다.

관우의 하북으로의 도정은 1000리가 넘어 여인들에게는 험한 여정이었다. 미부인이 낳은 아이는 병으로 쇠약해지더니 일찍 죽고 말았다. 미부인은 자기도 죽으려고 마음먹었으나 감부인의 위로로 겨우 견디어 왔다. 관우 일행이 유비와 재회한 후에도 남편의 수난은 계속되었다. 유비를 돌보던 원소袁紹는 관도전투官渡戰鬪에서 대패하고 유비는 다시금 관우, 장비, 조자룡을 데리고 여남에서 조조군과 항전을 하였으나 패하고 형주의 유표 곁으로 도망쳤다. 거기서 신야성을 얻고 그곳에 머물렀다.

아두의 탄생

건안 12년 (207년) 유비가 형주에 온지 7년이 되었다. 형주에 온 후 미부인은 유비와 잠자리도 같이 하지 않았고 그 때문에 더욱 외로웠다. 반면 유비의 총애를 한 몸에 받은 감부인은 갈수록 아름다워져 그 고운 피부에 더욱 생기가 돌았다.

미부인은 극도로 외로웠으나 그나마 감부인이 자주 찾아와 얘기동무를 해주었다. 미부인이 걸핏하면 신경질을 내니 시녀들도 그녀의 곁을 피하였다. 어느 날 감부인은 꿈을 꾸었다. 길을 거닐고 있는데 갑자기 북두칠성이 떨어져 몸을 피하자 북두칠성이 그녀의 입 안으로 들어왔다. 그후 감부인은 진통을 하였다. 유비와 결혼한 지 10여 년 만에 아이를 갖게 된 것이다. 여자로서, 특히 주군主君의 아내로서 이는 큰 행운이었다.

출산을 하는 동안 미부인은 질투심 속에서도 감부인 곁에서 그녀 손을 잡고 격려하였다. 그 덕인지 감부인은 무사히 사내아이를 분만하였다. 경사스러운 일이었다. 47세에 아들을 얻은 유비는 출산 전의 그녀의 꿈을 상기하고 아두阿斗 어린 북두칠성라고 이름을 지었다.

'내 아이가 태어났을 때는 유비가 이처럼 좋아하지 않았는데….'

심한 피해망상증에 걸린 미부인은 너무나 기뻐하는 유비의 모습을 보고 우울증에 사로잡혔다. 아두는 주위에서 따뜻하게 지켜준 덕에 건강하게 잘 자랐다. 아두는 재능도 있어 신동이라 불리고 장래가 기대되었다. 그러나 너무나 곱게 자란 어린이는 신통치 않은 법이었다.

아무튼 미부인은 아두를 자기 아이처럼 귀여워했다.

"아두는 내 눈을 닮았어."

하고 장비張飛는 말하곤 했다. 농담이라도 이런 말을 할 수 있는 자는 장비밖에 없었다.

"자네 닮았으면 술을 좋아할 테니 걱정이군."

하고 관우가 비꼬았다. 공명孔明도 아두를 높이 평가했으나 너무 곱게 기르는 것에 대해서는 염려를 하였다.

"어려서 고생하지 않으면 큰 그릇이 되기 어려운데…"

그때 중국 전체의 통일을 노리는 조조가 대규모 군을 이끌고 신야성에 쳐들어왔다. 만 명도 못되는 군세를 가진 유비는 주민들을 이끌고 남으로 도주하였다.

"주민들은 놔두고 가시죠. 어찌 그들을 데리고 갈 수 있겠습니까."

미부인은 유비에게 이처럼 권했다. 그러나 감부인은

"유비 나리는 백성을 저버리지 못합니다. 백성들이 그를 따르고 있지 않습니까."

하고 이에 반대하였다. 피난 중 감부인은 마차에서 내려 대신 어린애를 태우고 자신은 백성과 함께 걸었다. 백성들은 자기들과 함께 걷고 있는 감부인의 모습에 눈물을 흘렸다. 이 때 미부인은 감부인에 대해 말할 수 없는 패배감을 느꼈다.

미부인, 우물에 몸을 던지다

결국 유비의 군대는 조조군의 습격을 받아 백성들과 함께 흩어지고 미부인은 겨우 아두를 안고 오두막에 몸을 감추었던 것이다.

'나는 버림받았지만 감부인은 누가 살리겠지.'

오랜 고독에 이어 활로가 보이지 않는 이 상황이 미부인을 절망에 빠뜨렸다. 아두의 천진한 모습을 보고 그녀는 화가 났다.

'이 아이는 아무 사정도 모르고 잠만 자는구나. 아이를 감부인에게 넘겨주면 나는 무용한 인간이 되니 우물에 빠져 죽어야겠다. 그 전에 아이를 어떻게 유비한테 전해야 하나. 이 아이는 죽으면 안 되는데.'

그때 갑자기 아두가 깨어나 울기 시작하였다. 미부인은 그녀의 죽음 후 혼자 남을 아두가 걱정되었다.

'나리도 장군들도 이 애를 너무나 귀여워하지…. 그러니 이 애는 큰 인물이 되기는 어렵지만….'

그녀가 이러한 생각에 잠기고 있을 때 조자룡趙子龍이 나타났다.

혼자서 적진을 뚫고 온 것이다. 피에 젖은 조자룡이 거짓말처럼 부인 앞에 서 있었다.

조자룡이 보니 불타버린 집의 흙담 안 샘가에서 공자를 품에 안은 미부인이 울고 있었다. 조자룡은 급히 말에서 내려 땅에 엎드린 채 제대로 돌봐드리지 못한 것을 사과하였다. 미부인은 너무나 반가워 어쩔 줄을 몰랐다.

"조운趙雲나리. 감사합니다. 감부인은 무사하신가요?"

"네. 그 분은 안전하게 나리 곁에 계십니다."

"장군을 다시 뵙게 된 것은 감부인의 아드님 아두 공자의 덕입니다. 바라옵건대 장군께서는 공자를 무사히 주공께 데려다 주시어 후에 왕위에 오르게 해 주십시오. 그럼 죽어도 원이 없겠습니다. 이 아이는 주공께서 싸움터를 전전하면서 얻으신 유일한 혈육 아닙니까."

"마님께서 이렇게 된 것은 모두 제 잘못입니다. 자 빨리 말에 오르십시오. 이 말은 스스로 알아서 유비님 곁으로 달려갈 수 있습니다. 저는 걸어서 적의 포위망을 뚫을 것입니다."

"아닙니다. 안 될 말입니다. 장군이 말도 없이 어떻게 적진을 뚫을 수 있겠습니까. 공자만이라도 잘 보호해 주세요. 저는 중상을 입었으니 공자만 살아서 돌아가신다면 여한이 없겠습니다. 저에 대해서는 아무 염려마시고 빨리 공자를 데리고 가십시오. 저는 다만 누가 될 뿐입니다."

"그러지 말고 어서 말 위에 오르십시오."

"저는 심하게 다쳐 움직일 수조차 없습니다. 이러다가는 우리 모두 죽게 됩니다."

미부인은 공자를 받으라고 하며 마지막 말을 남겼다.

"공자의 운명은 오직 장군님 손에 달려 있습니다."

이때 사방에서 조조군이 웅성거리는 소리가 들려왔다. 미부인은 공자 아두를 땅바닥에 내려놓고는 갑자기 근처의 우물 속으로 뛰어들어 목숨을 끊었다. 자기가 낳은 아들도 아닌 공자와 조운 장수를 살리기 위한, 누구도 흉내 내기 힘든 행위였다, 조자룡은 미부인의 시신이 적의 손에 들어가지 않게, 눈물을 머금고 무너진 돌과 흙으로 우물을 메웠다. 그러고 나서 공자를 품에 안고 조조군과 싸우면서 천신만고 끝에 유비의 진영으로 돌아갔다.

戰將全憑馬力多 조자룡은 말을 타고 전공을 세웠거늘
步行怎把幼君扶 보행으로 어찌 어린 군주 부축할거나
拚將一死存劉嗣 장수의 목숨 걸고 유황실 후사 이어야 하는데
勇決還虧女丈夫 오히려 여장부가 용단을 내려 줬네.

촉의 제 2대 황제가 된 아두, 위에 항복하다

조자룡이 아두를 안고 돌아오자 유비는 아들을 땅바닥에 내던지고 이렇게 말했다.

“아이는 또 낳을 수 있소. 부인도 다시 결혼하면 되오. 하지만 충성스러운 신하는 구하기 어려운 법. 처자 때문에 그대를 잃을 뻔 했구려. 미안하오. 날 용서해주오.”

조자룡은 눈물을 흘리며 땅바닥에 내팽개쳐진 아이를 다시 안아 들었다.

감부인은 그 동안 심한 고생에 시달린 데다, 미부인이 아두를 살리기 위해 대신 죽은 것이 크게 상심이 되어 병을 얻으니 이듬해 세상을 떠났다. 1년 만에 두 부인을 잃다니…. 유비는 자기의 부덕 탓이라

고 생각하고 밤새도록 통곡하였다. 그 후 아두는 유비의 정실이 된, 손권孫權의 여동생 손인孫仁에 의해 양육되었다. 그러나 몇 년 후 손권의 계략으로 손인이 오나라로 돌아가자 그 후는 시녀와 환관의 손에 의해 키워졌다.

그러나 아두를 엄격하게 기르던 손인과는 달리 그들은 아두를 너무 곱게 길러 보통 아이만도 못하게 되었다. 그가 성인이 되자 유선劉禪이라고 이름을 바꾸었다. 유선에게는 유영劉永, 유리劉理라는 자질이 뛰어난 이복동생들이 있었다. 그러나 유비는 그가 사랑한 감부인의 아들 유선을 후계자로 삼았다. 유선은 촉의 제 2대 황제가 되었다. 처음부터 공명의 도움으로 나라가 안정되니 위도 더 이상 공격하지 않게 되었다. 그러나 공명이 죽고 장완蔣琬과 비위費褘 같은 명재상들도 곁에 없게 되자 환관들이 득세하며 국력이 쇠퇴해져갔다. 유선은 스스로 주도하여 국정을 운영해가기에는 여러모로 미흡한 인물이었다. 누군가 올바르게 보필해 주지 않으면 방향을 잃어버리기 일쑤라 환관들의 아첨과 감언이설에 혹하는 그가 이끌어가는 촉한의 운명은 불 보듯 뻔한 것이었다. 공명은 이런 유선의 자질과 성격을 알고 단기간에 승부를 지어 천하통일의 기틀을 잡고자 했으나, 그 열망이 오히려 그의 목숨을 재촉해 유선이 운영하는 촉한의 생명을 단축시키는 뜻하지 않은 결과를 초래하게 되었다.

염흥炎興 원년(서기 263년) 위의 대장 등애鄧艾가 별동대를 이끌고 쳐들어오자 유선은 바로 항복해 버렸다.

촉이 멸하자 유선은 낙양에 가 여생을 편안히 지냈다. 유선은 촉의 황제로 있을 때도 미인을 좋아해 시중 동윤董允 으로부터 12명 이상의 비빈妃嬪을 두면 아니 된다는 충고를 듣고 입맛을 다시며 민간에서의 미인 선발을 겨우 포기했던 위인이었다. 그런 그인지라 나라가 망한 뒤에도 미인과 연회를 좋아하는 건 여전했다.

어느 날 연회석에서 촉나라 음악이 연주되자 옛 신하들은 눈물을 흘렸으나 유선은 혼자 웃고 좋아하였다.

그 모습을 본 위의 사마소가司馬昭가

"촉나라가 그립지 않습니까?"

하고 묻자 유선은

"이 생활이 참으로 즐겁소. 그것으로 족한 것 아니오? 무엇 때문에 촉나라를 생각하겠소?"

하고 대답했다. 적인 사마소도 이 말에는 어이가 없었다. 그는 촉의 구신 극정郤正을 불러

"왜 유비는 저런 자를 후계자로 했나요."

하고 물었다.

"아니죠. 원래는 유능한 인물이었습니다…. 그런데 환경이 그를 이렇게 만든 것 같습니다…."

극정은 더 이상 주군을 욕할 수가 없어 입을 다물었다. 허나 부끄러움을 감출 수 없었다. 후일 유선에게 물었다.

"폐하…. 폐하께서는 왜 싸우지 않고 항복하셨습니까. 싸워서 진 다음에도 항복할 수 있는데…. 정말 후회됩니다."

“그런 소리 말게. 싸워도 이기지 못할 것 뻔한데 백성만 더 죽어나갈 뿐이지…. 굳이 그럴 필요가 있겠나.”

그 속마음을 결코 알 수 없으나 감부인의 고운 마음씨는 유선에게는 왜곡된 형태로 계승된 것으로 보인다.

追歡作樂笑顔開 기뻐하는 얼굴에 웃음 피니
不念危亡半點衰 망국의 슬픔은 보이지 않고
快樂異鄕忘故國 이국에서 쾌락 누리니 고국은 잊었나
方知後主是庸才 이제 알겠구나 후주의 평범함을

11. 전쟁보다 매력적인 강동이교

까마귀 한 마리가 남쪽 하늘로 울며 날아갔다. 이 밤에 저 놈의 까마귀가 왜 우느냐, 달이 밝아 새벽이 온 줄 아나 보군.

조조曹操는 생각하였다. 금년으로 내 나이 벌써 54세. 나는 일찍이 황건적黃巾賊을 무찔렀고 여포呂布를 사로잡았으며 원소袁紹를 멸하였다. 원소의 자식들은 물론, 나아가 북쪽 변경지대와 요동遼東까지 천하를 종횡으로 평정하며 대장부의 뜻을 펴왔다. 남은 것은 강남江南 땅인데 이곳마저 손에 넣는다면 내 평생 가장 기뻐할 일이 생기지 않겠는가. 일찍이 교공喬公 이라는 분과 친교를 맺은 바 있는데, 그에게는 대교大喬와 소교小喬라는 빼어나게 아름다운 두 딸이 있었지. 안타깝게도 그 미인들은 각기 손책孫策과 주유周瑜의 아내가 되었구나. 내가 이제 장수언덕에 동작대銅雀台를 지어 두었으니 만약 강남을 얻는다면 바로 교공의 두 딸을 그곳에 데려다 놓고 여생을 즐기리라.

오, 그 두 여인만 손에 들어오면 날마다 동작대로 가 양 쪽에 그녀들을 눕히고 그 아름다운 유두로 나의 머리에서 발가락까지 애무하도록 해 아득한 쾌감에 잠긴 채 잠에 빠져들리라.

과부를 좋아하는 조조

건안建安 13년(208년) 원소의 일가를 멸망시킨 조조는 북방 평정을 축하하는 성대한 잔치를 베풀었다. 연회석에는 북방 각지에서 차출된 미인들이 모여 있었다. 그 미인들을 보며 여기저기서 수군거렸다.

"정말 조조 나리는 북방의 미인이란 미인은 죄다 모아 놓았군."

"그런데 저 중에 반 이상이 과부들이래."

"정말이야? 왜 조조 나리는 과부를 그토록 좋아하지?"

조조가 과부를 좋아하는 것은 유명하다. 자신이 정복한 나라의 경우, 영주領主가 이미 그 고장의 미인을 전부 모아놓고 있기 마련이었다. 해서 조조는 힘들이지 않고 미인들을 차지할 수가 있었다. 그런데 그 미인들 상당수가 또한 과부였던 것이다.

10여년 전, 조조가 장제張濟의 미망인 추씨鄒氏를 애첩으로 삼자 이에 분노한 조카 장수張繡가 책사 가후賈詡의 계책대로 야밤에 기습해 온 적이 있었다. 그때 조조는 추씨의 현란한 성적 기예에 정신과 감각을 완전히 뺏긴 채 몽환의 세계에 빠져 있다가 그야말로 혼비백산하여 가까스로 도주하였다. 그 와중에 장남 조앙曹昻과 조카 조안민曹安民 그리고 가장 아끼던 천하제일의 장수 전위典韋를 잃었다. 허도許都로 돌아온 조조가 자식과 조카의 죽음보다 전위의 죽음을 더욱 애통해하자 신하들은 조조에 대한 충성을 한층 다지게 된다. 그런 조조이기에 절세미인이자 일찍이 경험하지 못한 세계를 선사한 추씨에 대해서도 크게 미련을 두지 않았다. 지나간 일은 지나간 일, 연연해 해야 할 이유가 없었다. 취해야 할 땅이 남아 있고, 사랑을 나누어야 할 미인들이 아직 남아 있었던 것이다.

"조조 나리. 손책의 미망인에 대해서도 아십니까?"

한 부하가 마치 조조의 생각을 읽고 있는 듯 아부하는 말투로 물었다.

"알고말고. 남방 특유의 아름다운 여인이지…. 북방 미인보다 한결 우아하다는 얘기도 들은 것 같군."

그렇지 않아도 조조는 손책孫策의 미망인을 소유하고 싶은 마음이 간절했다. 손책의 저택에는 당시 오吳나라에서 가장 아름답다고 소문이 난 여인이 살고 있었다. 그녀가 얼마나 예쁜지 근처의 어린아이들까지도 그녀의 얼굴을 보기 위해 높은 나무에 올라가 놀았다고 한다. 그러다 떨어져 다치는 일도 허다했는데, 그래도 아이들은 그녀가 집에서 정원으로 나오면 나무부터 올라가고 봤다. 아이들이 떨어져 다치게 되면 집 안에서 그녀와 똑같이 생긴 여성이 나와 애들을 치료해주었다고 한다. 아이들이 그러하니 성인남자들은 오죽 했겠는가. 감히 넘보지는 못하고 상사병으로 병들거나 죽어나가는 사내가 한 둘이 아니었다.

喬家의 두 송이 꽃

그녀는 바로 오의 군주 손견孫堅의 장남 손책孫策의 미망인인 대교大喬다. 손책은 오군의 태수였던 허공許貢의 문객들의 급습을 받고 중상을 입어 26세의 젊은 나이에 절명하였다. 그녀는 남편을 잃은 후 따로 저택을 짓고 고요한 생활을 영위하고 있었다. 군주의 부인답게 남의 눈에 띄지 않고 조용히 은거하고 있었지만 중국 제일가는 절세의 미인으로 국외에도 그 이름을 떨쳤다.

소교小喬는 대교의 동생으로 오의 대도독大都督 주유周瑜의 부인이다. 그녀도 언니 못지않은 미인으로 대교와 더불어 〈교가喬家의 두 송이 꽃〉이라고 불리었다. 어느 날 소교가 불안한 얼굴로 대교의 집을 방문하였다.

"언니, 듣자니 조조군이 쳐들어 올 모양이죠? 설마 그냥 항복하지는 않겠지요."

"오나라가 어떤 나라냐. 내 남편과 네 남편이 힘들여 이룩한 나라다. 그런 나라를 빼앗겨서야 되겠니."

"조조가 보통 인물이 아니니 그렇죠. 천하의 여포를 죽였고 그 막강한 원소도 멸했고 유비劉備마저 상대가 안 된다 하잖아요. 무엇보다 군사가 100만에 가깝다면서요."

소교는 대도독 주유의 부인답게, 각오만 가지고는 조조를 상대하기 힘들다는 걸 깨닫고 있었다.

“하긴 아버지의 복수를 한답시고 서주徐州를 폐허로 만든 사람이다. 조조군이 지나간 뒤에 풀 한 포기 나지 않았다는 얘기가 있다. 그러니 백성을 생각하면 이만저만 걱정이 아니다만.”

인품이 깊고 대범한 대교에 비해 소교는 여성스러움과 영악함을 가지고 있는 여인이었다. 소교가 목소리를 높여 대교에게 말했다

“저도 그런 얘기를 들었지만 지금 조조가 자신의 백성들에게 받고 있는 신임을 생각하면 잘 믿기지 않네요. 아무튼 지금은 정복을 하더라도 그렇게까지 하지는 않는다고 들었어요. 하긴 국가와 백성의 일만 염려할 것이 못되죠. 듣자하니 조조는 가는 곳마다 과부에 눈독 들이고 점령한 성주의 부인은 첩으로 삼는다잖아요.”

대교는 소교의 이야기에 살짝 미간을 찌푸리더니 이렇게 중얼댔다.

“내가 조조의 첩이 되어서라도 전쟁을 피할 수 있다면…. 백성을 위한다면 그렇게라도 하고 싶구나.”

“언니, 무슨 말을 하고 있는 거에요?”

“너. 냉정하게 들어라. 조조의 군세는 100만, 우리 오나라는 사방에서 모아보았자 고작 10만이다. 설령 이긴다 해도 그 피해는 나라가 감당할 수 있는 수준을 넘어설 거야. 차라리 내가 자진해서 조조의 첩이 되면 일시적으로 여유를 얻을 수 있으니 그 사이에 조조를 이길 수 있는 힘을 기르는 것이 현명한 길 아니겠니?”

대교가 자신을 희생해서라도 나라를 구하려는 각오를 밝히자 소교는 가슴만 답답할 뿐 뭐라고 대답할 수가 없었다.

강동의 호랑이 손책

때는 건안 4년(서력 199년), 당시 손책孫策은 오吳 일대를 지배하며 강동의 호랑이, 강동의 소패왕小覇王이라 불렸다. 손책의 친구인 주유周瑜 또한 손책의 오른팔로 활약하며 도처에서 공적을 세웠다. 주유는 오의 장군 중에서도 지혜가 특히 뛰어나고 얼굴이 잘생겨 현인賢人 미주랑美周郞이라고 불렸다. 두 사람은 어렸을 때부터 친구로, 위魏와 오吳가 각축을 벌여온 양주 북부의 환현을 공격한 후 성하의 유력자인 교공喬公의 저택에 초대받은 적이 있었다. 손책과 주유는 당시 25세였다. 둘 다 용맹하고 늠름한 모습으로 백성의 사랑을 한 몸에 받고 있었다.

"손책 나리는 아직 부인을 맞이하지 않은 걸로 알고 있습니다만…."

교공이 손책에게 조심스럽게 물었다.

"네. 몇 년이나 전쟁이 계속되다 보니 저도 그렇고 이 친구 주유도 결혼할 여유가 없었습니다."

"그렇습니까? 전쟁이 영웅을 만들지만 남녀의 일은 기약 없이 미뤄지는군요. 실은 저에게 두 딸이 있습니다. 변변치 않으나 어디 두 분께서 한 번 만나보실 의향이 있으신지요."

손책과 주유는 마다할 이유가 없었다. 그들은 젊었고 호기심도 왕성했다.

교공은 대교와 소교를 불러들였다. 손책과 주유는 홀연히 나타난 두 여인의 아름다움에 완전히 넋을 잃고 말았다. 세상에 이런 미인이, 그것도 쌍으로 존재하다니! 정신이 나간 두 사람을 본 교씨가 단도직입적으로 말했다.

"두 분께서 괜찮으시다면 언니인 대교는 손책 나리에게, 동생 소교는 주유 나리에게 시집을 보내고 싶소이만."

황홀해진 두 사람은 교공의 제안을 잠시의 망설임도 없이 받아들였다.

"저희는 이처럼 아름다운 여인들을 본 적이 없습니다. 기꺼이 그 말씀에 응하겠습니다."

이리하여 이야기는 급진전되어 일주일 후에는 성대한 축하연이 벌어졌다.

"우리가 이 황폐한 나라를 바로 잡고 번영시켜 만백성이 평화를 누리도록 노력할 것이오. 내조를 부탁하오."

손책의 당부에 이어

"소패왕을 보필해 뜻을 펼쳐나갈 것이오."

주유가 말하자 대교와 소교는 오 나라의 주군이자 최고의 장수인 두 사람을 평생의 부군으로 맞아들여 내조할 것을 맹세하였다.

손책의 때 이른 죽음

몇 달 동안 그들은 이루 말할 수 없이 행복한 시간을 보냈다. 별로 큰 전쟁도 없이 나라가 편안하였기 때문이다. 게다가 남편들이 오 나라 최고의 권력에다 젊음과 용맹을 보유한 자들이었기에 두 여인은 심리적으로나 육체적으로나 커다란 만족 속에서 꿈결 같은 시간을 보내고 있었다. 세상에 자신들처럼 운이 좋고 행복한 여인이 있을까 싶었다. 그런데 이러한 지나친 행복이 언제까지 지속될 수 있을지 마음 한편에서는 불안의 그림자가 조금씩 커가고 있었다. 그 불안이 현실로 다가오기까지는 그리 많은 시간이 걸리지 않았다.

결혼하고 넉 달이 지난 어느 날 주유가 손책에게 말했다.

"조조군의 주력부대가 원소와 대치하느라 수도를 비어놓고 있다는군. 지금 전군을 동원해 조조를 치면 그 군세를 꺾을 수 있지 않겠소?"

"정말이오? 수도를 빼앗으면 우리는 관군이 될 수 있지. 전쟁 준비를 하시게. 전군을 이끌고 허도許都로 가자고."

손책이 집에 돌아오자 대교가 불안한 표정으로 남편을 바라보았다.

"전쟁을 계획하시나요?"

"걱정 마오. 나는 소패왕이오. 반드시 이기고 돌아오겠소."

대교의 염려를 손책은 웃으며 일소에 부쳤으나 며칠 후 그 염려는 엉뚱한 방향에서 현실이 되고 말았다. 조조의 수도인 허도를 공격하기 며칠 전, 사냥을 나간 손책이 자객의 습격을 받아 중상을 입게 된 것이다. 범인은 반란죄로 손책에게 죽은 오군 태수 허공許貢의 객들이었다. 대교가 달려왔을 때 그는 이미 죽어가고 있었다. 주유도 달려왔고 손책은 대교와 주유와 가신들 앞에서 마지막 말을 남겼다.

“앞으로는 아우 손권孫權을 군주로 받드시게. 나라를 다스릴 때는 민생民生을 먼저 생각하고 국가에 큰 일이 있을 때는 먼저 자신을 희생하는 정신을 잊지 말기 바라오.”

손책은 조용히 눈을 감았다. 강동지역을 제패한 그였지만 나이는 불과 26세였다. 대교는 결혼 다음 해에 과부가 되었다. 그녀는 임신한 몸이었다. 태어난 아이는 손소孫紹라 불리고 후에 오의 장군으로 활약하게 된다. 만약 손책이 좀 더 오래 살았더라면 아우 손권 대신 당연히 그가 오의 지배자가 되었을 것이다.

손책이 죽고 주유가 집에 돌아왔을 때 소교는 울고 있었다.

“손책 나리가 이처럼 빨리 세상을 떠나다니…. 당신은 부디 오래 살아야 해요.”

“걱정 마오…. 나는 오래 살 것이오…. 행여라도 당신을 해치려는 자가 있으면 내가 보호해 줘야 하지 않겠소?”

주유는 그렇게 말하며 부인을 껴안았다.

주유는 자신의 말대로 오래 살았다. 그것이 친구 손책이 26세의 나이로 죽은 후 10년을 더 사는 것을 말한다면 말이다. 그러나 후세 사람들이 볼 때 그는 좀 더 살았어도 좋았다. 강동 최고의 장수이며 음악에 정통한 예술가이자 그 호방함으로 오늘날까지 수많은 젊은이와 여성들의 로망이 되고 있는 그가, 적벽대전 이후 또 어떠한 승리와 기개로 후세 사람을 설레게 할 수 있었을지 어이 궁금하지 않으랴.

항복을 거부한 노숙을 공명이 거들다

때는 다시 건안 13년(208년), 오의 군주 손권孫權이 당상堂上에서 문무백관文武百官을 모아 놓고 앞으로의 대책을 논의하고 있었다. 손권은 조조가 보낸 격문檄文을 노숙魯肅에게 펼쳐 보도록 하였다. 그 내용은 다음과 같았다.

〈내가 황제의 명을 받들어 역적을 치기 위해 남으로 향하자 유종劉琮은 자진해서 항복했고 형주荊州와 양주揚州 백성들도 모두 귀순해 왔소. 우리 휘하에는 군사가 100만에다 장수도 천여 명이나 있소. 장군과 더불어 강하에서 유비劉備를 치고 그 땅을 나누어 다스리며 우호동맹을 맺음이 어떠하오. 주저 없이 회신을 보내주기 바라오〉

손권이 이를 듣고 당황하자 옆에 있던 장소張昭가 말했다.

"지금 이미 조조가 형주를 손에 넣고 장강의 지리적 이점을 누리고 있어 형세가 불리합니다. 항복하는 것이 안전한 방법인가 합니다. 주공께서는 주저하실 필요가 없습니다. 조조에게 항복하면 강남의 여섯 군도 온전히 보존될 것입니다."

이 말을 진지하게 받아들이고 있는 손권에게 노숙이 단호한 목소리로 말했다.

"참모들이 군주를 잘못 모시고 있군요. 모두 항복하라고 말하지만 조조에게 항복하면 큰일 납니다. 항복하면 군주께서 갈 곳이 없지 않습니까."

"내 뜻도 그대와 같소. 그러나 참모들의 진언도 아주 간과할 수만은 없구려."

손권이 곤혹스러운 표정으로 말했다.

"제가 이 문제에 대해서 상의하기 위해 제갈근諸葛瑾의 아우 공명孔明을 데리고 왔습니다. 내일이라도 공명과 만나 의논해 보시기 바랍니다."

말한 대로 다음날 노숙魯肅이 공명孔明을 데리고 왔다.

장소는 공명을 보자마자 시비조로 말했다.

"듣자하니 유비 나리께서 선생을 얻어 형주와 양주를 석권했다더니 이제 도리어 조조에게 예속되었으니 어찌된 일입니까."

이에 공명은 주저 없이 답하였다.

"한漢나라 땅을 빼앗거나 잃는 것은 손바닥 뒤집는 일과 같은 것이오. 주공께서는 따로 생각이 있어 지금 강동에 군사를 주둔시키고 있소. 비록 저희 주공이 의로운 군주라도 천명의 군사로 100만 군사를 당할 수는 없는 일 아니오? 그러니 단지 때를 기다리고 있을 뿐이오."

이윽고 공명은 손권을 만나게 되었다. 반갑게 맞이한 손권이 입을 열었다.

"조조의 군사는 얼마나 되오?"

"기마병, 보병, 수군을 다 합하면 100만 정도 될 것입니다. 조조가 청주에 20만의 군사를 거느리고 있었는데 원소를 치고 얻은 군사가 60만, 중원에서 모집한 군사 가 30만 또 형주의 군사 30만까지 얻었으니 어쩜 150만 가까이 될 겁니다."

공명의 한껏 부풀린 말에 손권은 기가 죽었다.

"실로 엄청난 대군이구려. 군사수로만 본다면 우리는 조조의 일개 부대에 불과한데 어디 좋은 계책이 있으면 말씀해 주십시오. 귀담아 듣겠습니다."

"비록 조조의 군사가 100만이 넘는다지만 내 눈에는 개미떼와 같습니다. 주군 유비가 패하긴 했지만 장수 관우關羽는 정병 1만을 거느리고 있고 유기劉琦 또한 마찬가지입니다. 한편 조조의 군사는 멀리서 왔고 수전水戰에 익숙하지 못합니다. 형주나 그밖의 백성들은 기세에 눌려 조조군에 가담했으나 본심은 조조를 따르지 않고 있습니다. 이번 일의 성패成敗는 손권 나리의 결단에 달려 있습니다. 심사숙고해서 결정하시기 바랍니다."

"그대의 말을 들으니 내 마음이 밝게 트이는구려. 이제 대답하리다. 나는 싸우겠소."

대교, 손권을 나무라다

손권은 공명의 말을 듣고 조조와 싸우기로 작정했다. 그러나 개전開戰에 반대하는 노장들이 결사적 각오로 항의하였다.

"나리는 공명의 말을 믿으면 아니 됩니다. 저 막강했던 원소도 조조에게 패하였습니다. 우리가 조조의 대군과 싸우는 것은 장작을 들고 불 속으로 뛰어드는 일과 다를 바 없습니다."

장소를 비롯한 노장들의 열기 띤 간언諫言이 이어지자 손권도 다소 의기소침해졌다. 신하들을 물리친 손권은 홀로 깊은 생각에 잠겨 들었다. 그때 시어머니를 뵙고 온 대교가 찾아왔다.

"어떻게 오셨소?"

"제가 못 올 데를 왔나요?"

"아니오. 이미 들었을 터이지만 전투와 항복을 두고 신하들의 의견이 엇갈리니 심히 마음이 어지럽소이다."

손권의 전에 없이 유약한 모습을 보며 대교가 일말의 망설임도 없이 말하였다.

"나리, 세상을 떠난 형님의 유언을 잊으셨나요."

"유언이라면?"

"국내의 문제는 장소와 의논하고 외국과의 문제는 주유와 의논하라고 하시지 않았나요."

"아, 그렇군. 내 미처 생각을 못하였소이다. 바로 주유를 불러 의견을 들어봐야겠소.

"주유 나리가 개전을 거부한다면 저라도 나가서 싸우겠어요."

형수의 결연한 모습을 본 손권은 역시 형님의 부인답다는 생각을 새삼 하였다.

손권의 편지를 가진 사자使者가 주유에게 달려갔다. 다음날에는 노숙이 주유를 찾아왔다. 노숙은 주유의 소신을 알고자 하였으나 주유는,

"손권과 먼저 의논하겠소. 지금은 무어라 말할 수 없소이다."

하고 신중한 태도를 보였다. 사실 노숙은 오나라 참모들 중에서도 주유와 가장 가까운 사이였다. 주유의 군사에게 식량창고를 열어 도와줌으로써 주유와 친분을 턴 이후, 주유의 천거로 손권에게 소개되어 핵심 참모로 자리 잡고 있었다. 그러나 이번 결정은 오 나라의 운명이 걸린 터라 주유는 그 어느 때보다 신중할 수밖에 없었다.

같은 날 오후 이번에는 장소 등 비전파非戰派의 문관들이 주유를 방문하여

"노숙이 무슨 말을 했는지 모르지만 그는 공명에게 이용당하고 있습니다. 제독은 판단을 잘 하셔야 합니다."

하고 전쟁불가론을 역설했다. 밤이 될 때까지 그들은 그 주장을 끈질기게 계속하여 주유는 진절머리가 났다.

"당신들의 의견은 충분히 알았습니다. 나라의 안위를 위해 항복하는 것이 최선의 길이라는 주장도 일리는 있소. 생각을 정리해 내일 주군에게 가 말씀드릴 터이니 기다려 주시지요."

이 말을 전해들은 소교는 무슨 일이 있어도 조조와 싸우도록 남편을 설득하기로 결심하였다.

공명에게 준 소교의 비책

"큰일 났네. 언니가 불쌍해서."

소교는 당황했다. 주유가 항복할 것을 진언하면 손권은 받아들이고 말 것이다. 손권이 항복하면 과부를 좋아하는 조조는 언니를 첩으로 삼겠지. 뿐 아니라 나도 첩이 될 것이다. 조조는 한 여자로 만족하는 사내가 아니니까. 둘 다 조조의 수많은 첩들 중의 일부가 되는 것인데 오 나라 최고 신분의 여성으로서 세상에 이보다 수치스러운 일이 있을까.

소교는 노숙에게 호소하러 갔다가 거기서 마침 공명을 만나게 되었다.

'저 분이 나의 남편을 설득하게 해 남편의 태도를 바꾸도록 해야겠다.'

소교는 주유가 항복파와 오래 회의를 한 것으로 보아 항복하기로 결정한 것 같다고 노숙과 공명에게 전하고 눈물을 떨어뜨렸다.

"뭐라고? 오나라 최고의 장군 주유가 그런 어리석은 생각을 하다니."

노숙이 분개하자 뜻밖에도 공명은 그저 미소를 지었다.

"주유 나리가 그렇게 말했다면 그 말은 귀찮은 객인을 내쫓기 위한 괴언이겠죠. 나라를 지키는 분이 국가의 대사를 그렇게 가볍게 처리하겠습니까."

그 말을 들은 소교는 일전에 주유가 한 말을 상기했다.

'여보. 당신을 해치려는 자가 나타나면 나는 목숨을 걸고 싸우겠소'

"진정 나라와 저를 사랑한다면 죽어도 항복할 수는 없는 법이죠.

연약한 여인인 저조차 절대 항복은 용인하지 않을 거에요."

소교는 마음을 굳게 먹고 노숙과 공명에게 하나의 제안을 하기로 했다. 소교는 두 사람에게 귓속말을 하였다. 그 말을 듣고 노숙과 공명은 고개를 끄덕였다. 노숙은 비감한 표정이었고 공명은 매우 흥미롭다는 표정을 짓고 있었다.

조조의 진짜 목적은 江東二喬

조조와 싸우느냐 항복하느냐에 대해 치열한 논쟁이 벌어졌으나 대세는 항복하는 쪽으로 기울어지고 있었다. 머리가 아파진 손권이 잠시 정회를 하자 그 틈을 이용해 공명이 혼자 생각에 잠겨 있는 주유에게 다가갔다.

"내게 계교計巧가 하나 있습니다. 항복의 표시로 보물을 바칠 필요도 없고 손권 나리가 직접 항복하러 갈 필요도 없습니다. 사신을 앞세워 두 사람만 배에 태워 보내기만 하면 되는 일입니다. 조조가 이 두 사람을 얻으면 100만 대군은 갑옷과 투구를 벗고 물러갈 것입니다."

주유가 놀라서 물었다.

"그 두 사람은 누구이며 조조의 군사는 왜 물러갑니까?"

이에 공명이 대답했다.

"이 두 사람을 보내는 것은 아름드리나무에서 잎사귀 하나를 따내는 격입니다. 조조가 그 둘을 얻기만 하면 너무나 기뻐서 물러갈 것입니다."

"도대체 누구며 왜입니까."

주유가 다그치자 공명이 길게 설명하였다.

"조조는 업鄴의 서북쪽에 동작대銅雀台라는 별실을 건축했는데 그는 그곳에 천하의 미인들을 두고 있습니다. 조조는 색을 좋아하는 자라 강동의 교공에게 유별나게 아름다운 두 딸이 있음을 알고 있습니다. 장녀 이름은 대교, 차녀의 이름은 소교라 하며 그 자태는 물고기가 꼬리쳐 물에 잠기는 듯 하고 기러기가 사뿐히 땅에 내리는 듯하며 그 미모에 달이 숨고 꽃이 부끄러워합니다. 조조는 대업을 이루어 이교를 동작대에 두고 여생을 즐길 수 있다면 죽어도 여한이 없다고 할 것입니다. 지금 조조가 100만 군대를 거느리고 강남을 노리는 것은 바로 이 때문입니다. 조조는 이 두 여자만 얻으면 만족하여 반드시 군사를 이끌고 돌아갈 것입니다."

마치 주유와 소교가 부부임을 모르는 듯한 어투였다.

"이교만 얻으면 조조가 돌아간다고? 도대체 그 증거가 뭐요."

하고 얼굴이 벌겋게 달아오른 주유가 소리쳐 물었다.

"조조는 자기 아들 조식曹植에게 명하여 동작대부銅雀台賦를 짓게 하였습니다. 그 시 안에 내 맹세코 강동이교江東二喬를 손에 넣는 것이 나의 마지막 목표라 하였습니다."

"그 시를 알고 있소?"

주유가 물었다.

"알다마다요. 문체가 하도 아름다워 외우고 있습니다."

"어디 한번 암송해 주시오."

공명은 동작대부를 낭랑하게 암송했다.

銅雀台賦 동작대부

從明后而嬉游兮 영명한 제후를 받들며 즐기세
登層臺以娛情 높은 누대 오르니 정이 동하도다
見太府之廣開兮 활짝 열린 궁의 모습 보니
觀聖德之所營 왕의 성덕으로 세운 것이어라

建高門之嵯峨兮 높은 문루 우뚝 솟아 있고
浮雙闕乎太淸 쌍궐은 하늘에 띄웠네
立中天之華觀兮 중천에 화려한 누각 세우고
連飛閣乎西城 서쪽 성으로 비각을 이어놨네

臨장水之長流兮 장수의 물결 끼고 흐르며
望園果之滋榮 화원의 무성한 과수 내려다보네
立雙臺於左右兮 좌우에 세워진 누대에는
有玉龍與金鳳 옥용과 금봉이 노닐고 있네

攬二喬於東南兮 이교를 동남에서 데려와
樂朝夕之與共 조석으로 즐기리

俯皇都之宏麗兮	황제 도읍의 화려함을 굽어보며
瞰雲霞之浮動	구름과 노을마저 내려다본다
欣群才之來萃兮	인재가 모여드니 기쁘도다
協飛熊之吉夢	나르는 용의 길한 꿈을 꾸노라
仰春風之和穆兮	봄바람 불어오기 기다림은
聽百鳥之悲鳴	온갖 새소리 듣고자 함이네
天雲垣其旣立兮	구름이 하늘에 떠있듯
家願得而獲逞	가세의 기운 넘치리라
揚仁化於宇內兮	천하에 화목함을 펴시니
盡肅恭於上京	백성들 도읍을 공경하네
惟桓文之爲盛兮	환공과 문공의 융성함이여
豈足方乎聖明	우리 부왕과 비길만 하도다
休矣美矣 惠澤遠揚	뛰어나도다 아름답도다
翼佐我皇家兮	우리 왕의 그 은택
寧彼四方	멀리까지 드날리네
同天地之規量兮	천지의 법도와 같은 공덕은
齊日月之暉光	해와 달의 광휘처럼 빛나도다
永貴尊而無極兮	길이길이 존귀하니

等君壽於東皇　동황(천신)처럼 우리 왕 장수하리
御龍旅以遨游兮 용 깃발 어가 타고 노나니
章廻鸞駕而周　봉황 수레 타고 다니심이여

恩化及乎四海兮 왕의 은덕 사해에 미치도다.
嘉物阜而民康　물자 넉넉하니 백성들 편안하네
愿斯台之永固兮 동작대여 원컨대 길이길이 견고하라
樂終古而未央　영원히 즐기기에 미진함이 없도록

공명이 암송을 끝내자 주유는 불같이 화를 내며 북쪽을 향해 욕설을 퍼부었다.

강동이교를 데려와 아침 저녁으로 즐기겠다는 구절은, 소교의 계책에 따라 공명이 슬쩍 끼어 넣은 것이었으나 주유는 이를 눈치 채지 못했다.

손권, 개전을 선포하다

주유는 손권에게 가 개전을 주장하였다. 손권은 누구보다 신임하는 주유의 주장을 받아들여 문무백관들을 앞에 놓고 개전을 선언하였다. 하지만 조조군에게 승리할 자신이 있는 것은 아니었다. 밤이 깊도록 손권은 자신의 결단을 검토하였다.

"아직 잠자리에 드시지 않았군요."

고뇌에 잠긴 손권에게 대교가 찾아왔다. 손권은 피가 마르는 고뇌를 호소했다.

"내 결단이 잘못된 것 아닐까? 이러다 나라가 망하면 어쩌나, 그런 생각을 하니 잠이 안 오는구려."

그러자 대교가 단호한 표정을 지으며 소리쳤다.

"오나라 군주가 그처럼 약한 소리를 해서야 되겠습니까. 나리가 확고한 신념을 갖지 못하면 이길 것도 지게 됩니다. 대장답게 행동하세요."

이 당찬 말이 손권의 정신을 번쩍 들게 했다.

"맞는 말이오. 군주가 주저하는데 어찌 장병들의 사기가 오르겠소. 미안합니다. 이 손권은 있는 힘을 다해 조조와 싸울 것이며 싸우는 이상 반드시 이기겠습니다."

손권이 맹세하자 대교는 웃으며

"그것이 바로 선군先君의 아우다운 태도입니다. 전승戰勝을 기원합니다."

하고 그 자리를 떠났다.

사흘 후 주유는 군비를 갖추고 수군水軍을 이끌고 출전하였다.

남편이 떠난 후 대교는 자주 소교를 찾아갔다. 둘은 전장戰場의 상황을 수시로 확인하면서 어서 승리하고 남편들이 돌아오기를 기다렸다. 그러던 어느 날 소교는 자신이 임신한 것을 알게 되었다 전쟁 후 그 아이가 태어나니 주순周循이라 불리었다.

조조, 10만 화살을 공명에게 헌납하다

주유가 출전한 지 3개월이 지났다. 초조하게 소식을 기다리는 소교에게 전선에서 사자가 왔다.

"기뻐하십시오. 주유 제독이 이끄는 수군이 조조군을 격퇴하였습니다."

"정말인가요? 그럼 제독은 무사합니까."

"네 전장을 처리하고 곧 돌아오실 것입니다."

주유가 자신의 신념을 굳게 갖고 전장에 나선 것은 소교의 역할이 결정적이었다. 조조는, 주유가 자기가 보낸 편지를 찢고 사신의 목을 쳤다는 말을 듣고 크게 노해 전선을 끌고 강어귀에 이르렀다. 싸움은 아침에 시작하여 오후까지 치열하게 계속되었다. 거의가 청주靑州와 서주徐州의 군사들로 이루어진 조조의 군대는 수전에 익숙하지 못해 대다수가 현기증과 구역질에 시달렸다. 오의 군사가 쏘는 화살에 쓰러진 조조의 군사는 그 수를 헤아릴 수가 없었다. 주유는 첫 싸움에서 대승리를 거두었다.

얼마 후 주유는 부인 소교로부터 전갈을 받았다. 군수품의 부족을 걱정한 그녀가 공명과 그 문제에 대해 의논하라는 것이었다. 공명을 만난 주유는 수로에서의 싸움에는 어떤 무기가 효과적인지 물어보았다. 공명은 큰 강에서 싸우는 데는 활이 가장 알맞다고 말했다. 주유는 그 말이 옳다고 보고, 적과 맞서 싸우려면 10만 개 정도의 화살이 필요한데 어떻게 마련하면 좋겠냐고 물었다. 공명이 그 화살을 언제 쓸 것이냐고 묻자 주유는 열흘 이내에 쓸 것이라고 답하였다. 그러자 공명은 나흘이면 10만개의 화살을 만들 수 있다고 장담하였다.

사흘 후 공명은 노숙에게 배 20척에 각기 수군 30명씩 딸려, 배에는 푸른 천으로 휘장을 치고 양쪽에 짚단 천千개를 매달아 달라고 하였다. 이것은 주유에게는 비밀로 하였다. 공명은 군사들에게 긴 동아줄로 배를 연결시키게 하여 북쪽을 향해 노를 지었다. 그날 밤은 짙은 안개가 자욱하게 강을 덮어 사방을 분간할 수가 없었다. 서둘러 배를 앞으로 저어갈수록 안개는 더욱 짙게 깔렸다. 5경五更에 이르러 배는 조조의 진영에 접근하였다.

공명은 군사들에게 배를 한 줄로 늘어서게 하고 북을 울리며 일제히 함성을 지르게 하였다. 조조군은 갑자기 울려 퍼지는 북소리에 크게 놀랐다. 당황한 조조가 급히 명을 내리니 북소리 나는 쪽으로 무작정 활을 쏘아댔다. 안개가 짙을 때 적이 나타났으니 분명히 복병이라고 생각한 것이다. 육지에 있던 조조군 만여 명도 강을 향해 활을 쏘았다. 화살은 빗발치듯 하였다. 해가 뜨고 안개가 걷히자 공명은 뱃머리를 돌려 되돌아갔다. 20척의 배의 짚단에는 수많은 화살이 꽂혀 있었다. 그 수는 10만이 훨씬 넘었다. 공명은 화살을 주유에게 넘겨주었다.

주유는 기쁘면서도, 한편으론 이 무서운 사내에게 짙은 경계심을 느꼈다. 지금은 동맹同盟을 맺고 있지만 훗날 적이 되었을 때는 오나라에 가장 위험한 인물이 될 수 있음을 직감하였던 것이다.

12. 적벽대전의 여인 소교

황개가 투항해 온다고?

조조曹操에 대항하여 동맹을 맺은 오吳의 대도독大都督 주유周瑜와 촉蜀의 공명孔明은 첫 전투에서 승리를 거둔 후 다음 전투에서는 화살을 이용한 화공법火攻法을 쓰기로 결정하였다. 그 후 손권孫權의 모사謀士 감택闞澤이 조조에게 가, 손권에게 불만이 있는 황개黃蓋가 귀순하겠다는 뜻을 밝혔다고 전했다. 조조는 처음에는 의심했으나 나름대로 조사한 데다, 황개가 주유의 명에 반항해 태형을 받았다는 소위 고육지계苦肉之計의 계책에 넘어가 위장투항자를 기꺼이 받아들였다. 조조가 장간張幹을 오나라에 보내 실상을 조사하였으나 그만 역계략에 넘어가 황개를 받아들인 것이다. 황개의 충고로 조조는 화공법을 쓰기로 했다. 조조의 수군 도독 모개毛玠와 우금于禁은 조조의 지시를 받고 크고 작은 선박을 잘 배치하여 고리로 연결했다.

조조의 명령이 떨어지자 부대를 실은 배는 북소리를 울리며 진지를 떠나 남으로 향하였다. 첩자 방통龐統의 계획을 얻은 것을 하늘에 감사하며 배를 철고리로 연결하여 강물 위를 평지화한 것이 조조는 매우 만족스러웠다. 조조가 순유荀攸에게 말했다.

"화공법은 바람 부는 계절이라야 진가를 발휘하지. 지금은 계절적으로 서풍과 북풍이 부는 계절이야. 우리는 서북쪽에 진을 치고 적은 남쪽에 진을 치고 있으니 화공법을 써도 불길이 적들에게만 미칠 것 아닌가. 허니 두려울 게 무엇이 있겠느냐."

장군들은 조조의 탁견에 감탄하였다.

소교의 조언으로 동남풍을 일으키는 공명

한편 주유도 조조를 격파하기 위해 역시 화공법을 쓰고자 했지만 바람이 일지 않았다. 그저 조조의 요새와 군세를 바라보며 두려움과 불안에 시달리다가 갑자기 쓰러져 피를 토했다. 공명孔明을 만난 주유는 내 근심이 병을 불러온 것 같으니 무슨 좋은 비법이 없겠느냐고 물었다. 공명이 길게 설명을 하였다.

"저는 천서天書를 통달한 바 있어 바람을 일으키고 비를 내리게 할 수 있습니다. 만일 도독께서 동남풍이 불기를 원하신다면 남병산南屛山에 칠성단七星壇을 쌓으십시오. 9척 되는 높이를 3단으로 쌓고 120

명이 기를 들고 올라서면 제가 단 위에 올라 법문을 외워 사흘 동안 동남풍을 불게 하겠으니 걱정을 마십시오."

"사흘이 아니라 단 하루만 큰 바람이 일어도 승리를 거둘 수 있겠소."

이전에 주유의 아내 소교小喬는 남편의 근심을 덜어주기 위해 이 지역의 기상변화에 정통하다는 노인을 찾아간 적이 있었다. 그때 노인은 기상변화에 대해 자세히 설명해 주었다. 사실 이곳의 기후에 대한 것은 주유도 공명도 잘 알지 못했고 더욱이 조조는 아무것도 아는 바가 없었다.

소교는 전투가 있는 11월 20일 경에는 잠시 바람의 방향이 바뀔 수 있다는 것을 알게 되었다. 이 노인의 말을 남편에게 전해주기 위해 소교는 먼저 공명에게 전갈을 보냈다. 곧장 남편에게 전한다면 아녀자의 이야기 따위는 무시해 버릴 수가 있기 때문이다. 공명도 그 노인을 찾아가 기상 변화에 대해 자세히 듣고 주유에게는 마치 자신이 뛰어난 도사나 된 것 같은 연극을 꾸민 것이다.

"제가 11월 20일 갑자일甲子一에서 22일까지 바람이 일도록 하겠습니다."

공명의 말을 듣고 주유는 그 자리에서 병이 사라져 버렸다. 그 날이 되자 공명의 지시대로 주유는 제단을 쌓았다. 1층에는 28개의 기를 달았는데 동쪽에는 푸른색 기 7개를 청룡青龍 모양으로 꽂고 북쪽에는 검은 기를 세워 현무玄武 모양을 만들고 서쪽에도 회색 깃발로 백호白虎를 이루고 남쪽에는 주작朱雀 모양의 기를 달았다. 2층에는 64개의 노란 깃발을 동서남북 동남동북 서남서북의 8방으로 나누어 각기 8개씩 둘러 꽂았다.

맨 위층에는 4명에게 각각 관을 쓰게 하고 색이 다른 도포를 입혀 세워 놓았다. 전망 왼쪽에 선 사람은 바람의 방향을 알 수 있도록 닭털이 달린 장대를 들고 있고 오른쪽에 선 사람이 바람의 속도를 측량하기 위한 장대를 들고 있었다. 뒤쪽 한 사람은 보검을 받들고 있었고 또 한 사람은 향료를 들고 있었다. 단 아래에는 24명의 군사가 둘러싸고 있었다.

공명은 엄숙한 걸음으로 단 위로 올라갔다. 방위方位를 살피고 나서 향을 사르고 그릇에 물을 붓고 하늘을 우러러 주문을 외웠다. 그러고 나서 단에서 내려와 장막 안으로 들어갔다.

불타는 적벽

주유는 참모들을 불러들였다.

"동남풍이 불면 바로 전투 준비를 갖추도록 하시오. 그리고 손권에게 원군을 청합시다."

공명이 그 날 세 번이나 단을 오르고 내렸으나 동남풍은 일어나지 않았다.

한편 장수 황개는 화선火船 20척을 준비했다. 뱃머리에는 큰 못을 박고 배안에는 마른 갈대와 짚을 준비하여 기름을 붓고 그 위에 유황. 염초焰硝 등 인화물질을 올려놓고 기름을 먹인 푸른 천으로 그것을 덮었다. 뱃머리에서 청룡기가 휘날리고 선미에는 작은 배를 매달아 놓는 등 모든 준비를 하고 오직 주유의 출격 명령만을 기다리고 있었다. 허나 바람은 전혀 불지 않았다. 주유는 이처럼 꽁꽁 얼어붙는 동짓달에 어떻게 동남풍이 불어올까 싶어 공명을 의심하였다. 그러면서 초조하게 애를 태우고 있었다.

그런데 3경에 이르자 난데없이 바람소리가 나더니 깃발이 펄럭이며 흔들렸다. 서쪽에서 불어오는 바람이었다. 그 바람이 갑자기 동남풍으로 돌변하였다. 주유는 기쁨에 넘쳐 외쳤다.

"과연 공명은 천지조화의 법에 능통하도다. 그런데 이 자가 이처럼 영묘하니 앞으로 동오의 앞날에 화근이 될 것이다. 미리 없애버리는 게 나을 터."

주유는 장막에서 나와 장수 정봉丁奉과 서성徐盛을 불러 명했다.

"각기 군사 100을 거느리고 배와 육로로 남병산의 칠성단으로 가라. 거기에 가면 공명의 목을 쳐라."

정봉은 말에서 내려 칠성단에 이르렀으나 공명이 보이지 않았다. 공명이 이미 배를 타고 그 자리를 빠져 나간 것이다.

조조는 황개가 투항해 오기만을 기다리며 동남풍이 부는 것도 대단치 않게 생각하였다. 그런데 황개의 모습 대신 편지 한 장을 받았다.

"주유의 감시가 심해 빠져나가지 못하고 있습니다. 이번에 군량미가 파양호鄱陽湖에 대거 도착하면서 주유가 저에게 순찰을 명하였습니다. 이 기회를 이용하여 강동 명장의 목을 베어 조 승상에게 바치고자 합니다. 오늘밤 3경 쯤 청룡기를 꽂고 나타나는 배가 저의 군량운반선입니다."

조조는 크게 기뻐하며 장수들과 함께 배에 올라 황개의 배가 오기만을 기다렸다. 조조는 상쾌한 바람을 쏘이면서 자기의 오랜 숙원이 이루어지는 흐뭇한 꿈에 빠져 있었다. 이윽고 멀리 남쪽에서 돛단배가 바람을 타고 다가오는 것이 보였다. 배에는 청룡기가 꽂혀 있고 기에는 "선봉장 황개"라고 쓰여 있었다. 그런데 배가 가까이 오자 정욱程昱이 조조에게 말했다.

"오고 있는 배가 수상합니다. 요새 가까이 오지 못하도록 하십시오."

"무슨 뜻인가."

"아무래도 양곡을 실은 배 같지는 않습니다. 양곡을 실은 배라면 무거워 천천히 올 텐데 배의 움직임이 너무 가볍고 게다가 동남풍도 심하게 불고 있어 속임수가 있는 것 같습니다."

문빙文聘이 10여척의 순시선巡視船을 이끌고 나서 뱃머리에서 소리쳤다.

"승상의 분부이시다. 요새 안으로 들어오지 말고 그곳에 멈추어라."

말이 떨어지자마자 황개의 배에서 불붙은 화살이 날아왔다. 문빙이 왼팔에 화상을 입고 배 밑으로 떨어지니 부하들은 놀라 모두 도망쳤다.

이때는 이미 남에서 온 배와 조조 요새와의 거리가 지척 간이었다. 황개가 칼을 뽑아 휘두르자 앞뒤의 배가 일제히 화염을 뿜으며 요새로 달려들었다. 바람을 만난 불길은 거세게 타올랐다. 거센 물결이 불기둥을 뿜으며 조군의 요새로 해일海溢이 이는 듯 밀려왔다. 조조가 고개를 드니 사방이 불바다였다. 황개와 그의 군사가 배를 타고 불을 지르며 조조에게 다가섰다. 황개는 조조가 붉은 도포를 입고 배에서 급히 내려가는 것을 보고 그를 쫓아가며 “조조를 놓치지 마라!”라고 소리쳤다. 그러자 장료張遼가 황개를 향하여 활을 쏘았다. 화살이 황개의 어깨를 관통하자 황개는 그대로 물속에 빠지고 말았다. 장료가 조조를 호위하며 말을 타고 도주하자 대장을 잃은 조조의 군사는 엉망이 되었다.

그 날 조조의 방대한 수상요새는 전부 불바다가 되었고 대부분의 군사는 싸우지도 못하고 불에 타 죽었다. 살아남은 약간의 군사마저, 몰려오는 강동 군사들의 천지가 떠나갈 듯한 함성에 기가 죽어 물에서 빠져 나오지도 못한 채 죽어갔다. 좌측에서 한당韓當과 장흠蔣欽이 적벽을 돌아 서쪽으로 쳐들어오고 우측에는 주태周泰와 진무陳武가 군사를 거느리고 적벽을 돌아 동쪽으로 쳐들어갔으며 중앙에서는 주유가 장군들과 많은 배를 거느리고 쳐들어갔다.

이것이 조조대 유비, 손권 연합군의 수전인 적벽赤壁의 전쟁이다. 조조군의 대부분은 불에 타 죽고, 물에 빠져 죽고, 나머지는 화살에 맞아 죽고, 극소수의 병사는 덤벼들지조차 못한 채 칼에 베이고 창에 찔려 죽으니 살아남은 자는 손가락으로 셀 정도였다.

조조를 살려줘 상업의 신이 된 관운장

조조는 장료와 함께 군사 겨우 100여기를 거느리고 불바다 속을 헤쳐 도망치려고 했으나 사방이 불길에 휩싸여 이제 죽을 도리밖에 없었다. 이때 기적처럼 모개毛玠가 군사 10여명과 함께 나타났다. 장료가 손을 들어 그를 불러 조조를 호위해 겨우 오림烏林으로 도망갔다.

조조는 도주 중 두 군데의 어려움은 용케 피했으나 세번째 도주로에서 포로가 되었다. 조조의 세번째 도주로는 산비탈길과 큰 길로 갈라져 있었다. 비탈길 쪽은 연기가 오르고 있고 큰길 쪽에는 아무런 기미가 보이지 않았다. 조조는 연기가 나는 쪽으로 가자고 하였다. 부하들이 여기에 반대하자 그가 말했다.

"허虛로 보이는 것이 실은 내실이 있고 내실이 있어 보이는 것이 속이 없다. 나는 손자병법孫子兵法에 능통하다. 공명은 꾀가 많은 자라 일부러 산 위에 연기를 피워 그곳으로 가지 못하도록 한 것이다. 그리고 큰 길에 복병을 두어 우리를 잡으려는 게지. 결정을 내렸으니 내 명을 따르라."

모두 조조의 말에 찬동하여 그를 따랐다.

그러나 얼마 안가 청룡도를 들고 적토마赤兎馬를 탄 관운장關雲長

이 칼을 든 500명의 군사를 거느리고 나타났다. 조조는 기가 막히기도 하고 두렵기도 한 상태에서 망연히 관운장을 바라보았다.

"승상, 우리가 여기서 만나는구려."

"관운장, 어찌 그대가 여기 있는 거요."

"나는 승상이 큰길쪽으로 가길 바랐소. 허나 하늘의 뜻이 달랐나 보오."

"관운장, 이 조조는 군사를 다 잃고 기세까지 꺾여 이 꼴이 되었소. 장군께서 옛 정을 생각해 주시기 바랄 뿐이오."

"이 관우는 전에 승상의 은혜를 입었으나 그 은혜는 원소袁紹의 두 장군 안량顔良과 문추文醜를 죽여 이미 갚았다고 생각하오. 안타깝게도 오늘은 내가 공무公務를 수행하는 날이오."

"생각해 보시오, 지난 날 유비에게 되돌아가는 장군을 붙잡아 죽일 수도 있었소. 그러나 나는 그렇게 하지 않았소. 부디 그 점을 기억해 주기 바라오. 관운장은 의리를 중요시한다고 나는 알고 있소."

관운장은 잠시 침묵을 지켰다. 지난 날 조조가 그에게 베푼 은혜들이 한꺼번에 떠올랐다.

"길을 터주도록 하라."

"고맙소. 관운장."

관운장의 군사들이 놀라서 망설이는 사이 조조와 조조의 군사는 쏜살같이 도망쳤다.

조조는 후일 오나라가 관운장의 목을 베어 자신에게 바쳤을 때 슬피 울고 그의 비碑를 나라 도처에 세웠다. 하여 오늘날 관운장의 이름이 널리 알려지게 되었다. 그러나 촉나라로서는 조조를 놓아준 관운장은 최대의 역적이었다. 공명은 관운장을 당장 처형하기를 바랐으나 유비가 이를 허락지 않았다. 이에 공명은 촉나라의 운이 다할 것임을 예감하고 통곡하였다.

삼국지 전체 가운데 필자가 가장 충격을 받은 사건이 바로 관우가 조조를 놓아 준 장면이다. 이때 만일 관운장이 조조를 처형하였다면 조조의 수많은 군대는 그 출신성분이 다른 군인들이라 오합지졸烏合之卒이 되어 각자 자기 고장으로 도주하고 조조의 나라는 바로 망해버렸을 것이다. 군사적으로 볼 때 관운장의 태도는 가장 어리석은 행동이었다. 그러나 후에 오나라가 관운장의 목을 베어 조조에게 보냈을 때 조조는 관운장의 은혜를 잊지 않았다. 조조는 관운장의 의義를 높이 평가하여 중국 천하에 관운장의 위대함을 대대적으로 선전하였다. 그래서 관운장은 상업의 신이 되었다. 관운장이 조조를 없앴다면 비록 의리 없는 자 소리를 듣더라도 촉의 최고 애국자가 되었겠지만 그는 조조를 그냥 보내줌으로써 중국의 상업신商業神이 된 것이다. 상업에서 그 정도의 의리를 지킨다면 절대로 망하는 법이 없다. 대부분의 상인들은 이 사실을 모르고 있는 것이다.

역사적으로 볼 때 관운장의 행위는 그후 촉나라와 오나라가 망하게 되는 원인을 만들었고 그 일만 없었더라면 제갈공명이 후에 오나라를 쳐 촉나라가 3국을 통일할 가능성을 배제할 수 없었다. 관운장은 군사적으로 볼 때는 인간의 상상을 초월할 정도로 어리석은 인간이지만 상업적으로 볼 때는 아무나 생각할 수 없는 일을 한 위대한 인간인 것이다. 관운장의 행위는 이 세상의 참된 정의正義와 선善이 무엇인가 생각하게 한다. 전쟁은 음모와 계략으로 상대를 이겨야 하고 이기면 정의가 되지만 상업은 의리를 지킬 수 있다면 아무리 망해도 바로 일어날 수 있기 때문이다. 상업에 능한 중국인이 어디를 가나 관운장을 매우 존경하는 이유도 그가 상업에 있어서 성공의 상징이기 때문이다.

사람들은 관운장을 따르네

人傑惟追古解良	인걸들은 옛 해량 (관우의 고향)을 추종하니
士民爭拜漢雲長	선비도 백성도 모두 한나라 관운장을 숭배하네
桃園一日兄和弟	도원에서 형과 아우를 맺고는
俎豆千秋帝與王	황제와 왕으로 천년토록 제사를 받게 될 줄이야.
氣挾風雷無匹敵	기개는 바람과 우뢰 같아 당할 자 없고
志垂日月有光芒	지조는 해와 달처럼 환히 빛나나니
至今廟貌盈天下	오늘날 사당과 화상은 천하 곳곳에 있거늘
古木寒鴉幾夕陽	고목의 까마귀 석양 속에서 몇 번이나 우짖는가

주유는 공명을, 소교는 공명의 처를 우려하다

한편 전쟁에 크게 이긴 주유가 돌아오자 손권과 선군先君 손책孫策의 처 대교大喬가 맞이하러 나갔다.

"장군이 우리 오나라를 구했소. 정말로 고맙소."

손권과 대교는 땅바닥에 머리를 숙여 그에게 큰 절을 하였다.

"죽은 제 남편도 하늘에서 기뻐하실 거에요. 빨리 소교에게 가서 그 당당한 모습을 보여주세요. 그리고 그녀를 맘껏 안아주세요."

소교는 오나라를 구한 남편 주유가 돌아오자 그 천하처럼 넓은 품에 얼굴을 묻고 울었다. 두 번 다시 이런 날이 올까 싶었던, 꿈 속 같은 잠자리에서 주유가 말했다.

"이번 전쟁은 이겼으나 앞으로도 전쟁은 계속 있을 거요. 그런데 이번에 동남풍을 일으킨 그 공명이라는 자 말이오. 대단한 재능을 갖고 있어 내심 불안하오. 그가 오나라의 사람이 아닌 것이 한탄스럽소. 아무튼 그 자가 있는 한 유비는 결코 우리 오 나라에 속박되지 않을 거요. 그 점이 염려스럽소."

소교는 자신이 동남풍에 관한 정보를 공명에게 준 것을 주유가 아직 모르고 있음을 알았다.

"여보, 너무 걱정 마세요. 공명이 비록 재능이 뛰어나다 하나 당신이 그 정도로 염려할 인물은 아닐 거에요. 사람을 잘 볼 줄 알고 사리판단이 빠르다는 정도겠죠. 듣기에는 공명도 공명이지만 그의 부인이 무척 똑똑하다던데…."

주유는 공명만 해도 감당이 안 되는데 공명의 부인까지 신경 쓸 여력은 없었다. 매우 못 생겼다는 건 알고 있었다. 뛰어난 미모의 소교가 그러한 추녀를 언급하는 것은 단순히 공명의 부인이라서가 아니라 그녀의 지략이 출중함을 경계하는 의미에서 일 게였다. 주유는 오늘 밤은 더 이상 다른 생각 않고 소교를 밤새도록 사랑하는 일에만 집중하고 싶었다. 소교 또한 중국 역사를 바꿔놓은 대전투의 승리자를 자신이 품는다는 생각에 몸이 더욱 달아올랐다.

강동이교를 차지하려는 조조의 야심, 조국과 사랑하는 부인을 지키기 위해 목숨을 건 주유의 열정, 전세戰勢를 꿰뚫는 공명의 지혜와 전략은 적벽대전의 신화를 낳았다. 그리고 장강長江은 오늘도 말없이 흐르고 있다.

13. 남자보다 강한, 유비의 처 손인

남자로 자라난, 손권의 여동생

항상 남자 복장을 하고 긴 칼을 차고 수백명의 부하를 거느리고 다니는 손인孫仁은, 자기는 남자라고 자처하였다. 언제 어디서나 눈에 띄는 그녀의 늠름한 모습에 장수들뿐 아니라 손권도 압도당할 정도였다. 그녀는 이 나라에는 결혼할 만한 남자가 없다고 입버릇처럼 말하고 다녔다.

"네가 그러고 다니는데 어느 누가 너와 혼인하려고 하겠는냐."

"오빠는 내가 오빠보다 더 잘난 남자 만날까봐 두려운가 보죠?"

손권은 누이동생 손인과 오늘도 그녀의 결혼 문제로 입씨름하고 있었다. 그 자리에 주유가 왔다. 죽은 선군先君 손책孫策의 막역한 친구이자 대도독大都督인 주유周瑜는 손권이 가장 신임하는, 터놓고 의견을 구할 수 있는 이였다."

"주군, 형주荊州는 유표劉表가 죽은 후 지금 유비가 차지하고 있습니다. 지금이야 말로 형주를 차지할 좋은 기회입니다.

"형주를 친다? 하긴 적벽대전의 전리품치곤 유비가 차지하고 있는 땅이 너무 크지. 헌데 조조가 어떻게 나올지..... 게다가 유비 곁엔 공명 같은 뛰어난 참모가 있고 무사만 해도 관우關羽, 장비張飛, 조운趙雲이 있으니 함부로 건드릴 수 있겠소?"

손권의 신중한 대답에 주유는 좋은 생각이 떠오른 듯 이렇게 말했다.

"형주를 치는 게 여의치 않다면 다른 방법도 없는 건 아닙니다."

"무슨 말입니까?"

"유비를 인질로 잡아두는 겁니다."

"유비를 인질로? 무슨 수로 그리 한단 말이오."

"유비는 감부인과 미부인을 잃고 지금은 홀아비 신세입니다. 이참에 손인 아씨와 혼담을 추진해 보시죠. 유비가 응해서 오로 오면 인질로 잡고 형주와 맞교환하면 어떨까요."

"손인을 유비에게 준다고? 그 아이가 허락할지…."

손권이 고개를 갸우뚱했다.

"정식으로 결혼하라는 것이 아닙니다. 웬만한 무사 못지않은 손인이니 오나라를 위해서라면 협조하지 않을까요."

"한 번 추진해볼만한 일이긴 하오."

손권과 주유는 비밀리에 이 일을 추진해나가기로 했다. 혼담 제의를 받은 유비가 긍정적인 반응을 보이면서 결혼 문제는 일사천리로 진전되었다. 이 이야기는 오나라에서는 모르는 사람이 없을 정도로 빠르게 퍼져나갔다.

오 나라로 간 유비

건안建安 14년(서기 209년), 유비가 오나라로 떠나려 할 때 공명이 사람을 보내 조자룡에게 전했다.

"비단 주머니 세 개를 보냅니다. 장군께서 주공을 모시고 동오東吳에 들어간 후 위기에 처하게 되면 열어 보십시오. 그 안에는 모두 세 가지 계책이 들어 있으니 차례대로 행하여 주십시오."

유비는 조자룡과 더불어 쾌속선 10척에 500여 수행원을 이끌고 형주를 떠나 남서로 향하였다. 형주의 일은 모두 공명에게 맡겨졌다. 유비의 마음은 물결에 흔들리는 배처럼 불안하였다. 배가 남서에 이르러 부두에 이르자 조자룡이 유비에게 말했다.

"공명이 세 가지 계책이 들어 있는 주머니를 주었습니다. 아무래도 분위기가 심상치 않으니 우선 하나를 끌러 보겠습니다."

첫째 주머니에 든 것은 수행한 500병사들을 흩어지게 해 유비와 손인의 혼례얘기를 기정사실처럼 퍼뜨리고 유비는 따로 강동이교江東二喬의 부친인 교국로喬國老를 만나보라는 거였다.

유현덕은 선물로 양과 술을 가지고 그를 찾아가 손권의 누이동생과 결혼하기 위하여 왔다고 말하였다. 교국로는 유비의 인물 됨됨이를 유심히 살폈다. 한편 손권은 여범呂範에게 명하기를 유비를 후하게 대접한 후 역관에서 편히 쉬게 하라고 하였다. 유비가 온 사실을 알게 된 오국태吳國太는 깜짝 놀랐다. 얼마 후 손권이 주유와 함께 후당으로 모친을 찾아뵙자 태부인이 가슴을 치며 통곡했다.

"어머님, 무슨 걱정이 있으십니까."

손권이 물었다.

"너는 늙은 나를 어떻게 보고 그런 짓을 하느냐. 네 형님 손책이 임종臨終시에 모든 것을 내 분부에 따라 처리하라고 하지 않았느냐."

"어머님. 무슨 말씀이십니까. 여자가 나이가 차면 출가해야 하지 않습니까."

"하지만 이 문제는 나에게 먼저 상의했어야지. 너에겐 누이동생이지만 나에겐 딸이 아니냐. 나를 속여 일을 성사시키려는 게냐."

이 때 유비를 미리 만나본 교국로가 나서 말했다.

"저는 이 일을 축하하러 왔습니다. 국태께서는 노하지 마십시오."

손권이 말을 이었다.

"이것은 주유의 계획으로 오나라가 형주를 얻기 위한 것입니다. 유현덕이 혼인하러 이곳에 오면 그를 옥에 가두고 형주와 바꿀 작정입니다. 말을 듣지 않으면 목을 벨 것입니다."

태부인은 더욱 화를 내며 손권을 꾸짖었다. 그리고 주유에게 말했다.

"아니 주유 그대는 6군 81주를 거느린 대도독으로 형주 하나를 빼앗을 방법이 없어 내 딸을 미인계美人計로 이용하겠다는 거요? 벌써 나이 50인 유비가 죽으면 내 딸은 청상과부靑孀寡婦가 될 터인데 새파란 나이에 어디로 개가를 하란 말인가. 이야말로 내 딸의 신세를 망치려고 하는 짓 아닌가."

그 때 교국로가 태부인을 위로하며 말했다.

"일이 이렇게 되었으니 그만 노여움을 푸시지요. 유비는 어디 내놔도 부끄러울 것이 없는 인물입니다. 사위로 받아들이시는 게 좋을 듯합니다."

"나는 아직 유비를 보지 못하였소. 정 그러면 내일 감로사甘露寺에 가 선을 보도록 하겠소. 내 마음에 든다면 그때 손인을 시집보내겠소."

곁에 있던 여범이 손권에게 몰래 말했다.

"일단 도부수刀斧手 300명을 감로사 부근에 숨겨두고, 국태께서 유현덕을 신통치 않게 여기면 일제히 뛰어나가 사로잡는 것이 어떻습니까."

손권은 그렇게 하라고 하였다.

그만한 인물이 결혼을 안 했을 리가

조자룡은 형주에서 수행해 온 군사로 주공을 호위하겠다고 나섰다. 다음날 유비 일행은 감로사 앞에서 말을 내려 손권부터 만났다.

손권은 처음 만난 유비의 모습에 압도되었다. 인사를 주고받은 후 둘은 감로사로 가 국태를 찾아뵈었다. 국태는 유비를 보고

'오에는 이만한 인물이 없다' 하고 처음부터 호감을 나타냈다. 교국로도 유비에게 술을 권하며 인물을 다시 한번 살펴보았다. 유비는 환대에 만족하였으나 곁에 있던 조운이 작은 소리로 소근댔다.

"숨은 군사가 있습니다. 나리를 죽이려는 모양입니다."

이 말을 들은 유비는 안색이 변하여 국태와 손권에게 호소했다.

"나를 죽일 생각이면 이 자리에서 죽이시오. 밖에 도부수를 매복시켜 둔 까닭이 무엇입니까."

이 말에 국태와 교국로가 놀라 손권에게 물었다. 손권이 얼버무리며 부하의 소행으로 돌렸다. 국태는 장군 가화賈華를 죽이려 했으나 유비가 간곡하게 말렸다. 국태는 병사들의 무례함에 대해 유비에게 사과하고 유비와 손인의 혼례를 약속하였다. 국태가 손인을 살펴보자 손인의 얼굴은 귀까지 빨갛게 달아올라 있었다. 유비가 물러가자 국태는 손인에게 심술궂게 물었다.

"유비는 영웅이라고 하지만 나이가 너무 많구나. 그 점이 걱정되지 않니?"

"피부가 생기가 있고 나이 50이라지만 늙어보이지는 않는데요."

"하지만 유비는 이미 세상을 떠난 부인과 그녀의 자식이 있다. 해서 네가 아이를 낳은 들 그는 왕이 될 수 없다. 그래도 괜찮으냐?"

손인은 화가 난 듯 소리쳤다.

"그만한 인물이 그 나이에 결혼도 하지 않고 자식도 없을 수는 없

죠. 무슨 다른 불만이 있으신가요."

국태는 웃으며 말했다.

"네 말이 맞다. 너에게는 과분한 분이다. 결혼이라는 것은 오직 사랑으로 이루어진다는 것을 명심해라."

자기를 떠본 걸 알고 손인이 깔깔 웃자 국태도 같이 웃었다.

한편 유비는 따로 태부인을 찾아갔다.

"조자룡이 저와 떨어져 거처居處하고 있어 혼자 있기가 두렵습니다."

태부인은 명을 내려 유현덕을 수행해 온 군사들을 부중府中에 들게 하고 그들의 안위安危를 보장해 주었다.

유비로 인해 여자의 기쁨을 알게 된 손인

며칠 후 유비가 손권의 누이동생에게 장가드는 성대한 잔치가 벌어졌다. 평생 처음으로 여자 옷을 화사하게 차려입은 손인의 성숙한 모습에 모두들 감탄했다. 밤이 이슥하여 하객들이 돌아가니 시녀가 등불을 밝혀 유비를 신방新房으로 안내했다. 유비가 신방에 들어가 사방을 휘 둘러보니 벽에는 작은 칼과 창들이 걸려 있고 백여명의 시녀侍女들이 허리에 칼을 차고 양쪽으로 쭉 늘어서 있었다. 유비는 어두운 밤길에서 맹수라도 만난 듯 등줄기에 땀이 번졌다. 시녀들이 여차하면 복병으로 돌변하지 않겠는가. 당황한 유비에게 시녀가 아뢰었다.

“놀라지 마십시오. 저희 아가씨께서는 어려서부터 군사놀이를 좋아하여 시녀들에게도 허리에 칼을 차고 다니게 하셨습니다.”

유비가 말했다.

“무기란 결코 여자가 다룰 것이 못 되오. 섬뜩한 기분이 드니 치우도록 명해주시오.”

이 말을 들은 손인은 놀리듯 말했다.

“평생을 전장에서 보내신 분이 무기를 무서워하시다니요.”

손인은 시녀들에게 차고 있던 칼을 풀라고 명하였다.

유비는 그제야 안심하였다. 손인에게 접근해 안으려고 하자 그녀는 유비를 잠자리로 밀어 쓰러뜨렸다. 유비가 일어나 앉으려 하자 발로 걷어 차 또 쓰러뜨렸다. 그 힘이 너무나 세어 유비의 몸 여기저기 붉은 멍이 들었다. 유비는 호랑이와 싸우는 듯한 기분이 들었다. 손인은 다시 유비를 번쩍 들어 이불 위에 내던졌다. 옆에서 지켜보던 시녀들이 작은 소리로 웃기 시작했다.

“그럼 시녀들을 물리치고 이번에는 더 멋지게 해 볼까.”

유비가 질 수 없다는 듯 호기롭게 말했다. 시녀들이 나가고 둘만 남게 되자 손인이 진지하게 물었다.

“저는 첫날밤을 어떻게 지내야 하는지 모르니 나리께서 가르쳐 주십시오. 무술武術 밖에 아는 게 없어서요.”

유비는 그 말에 매우 놀랐으나 손인이 지금까지 남자로만 살아왔기 때문임을 알고 부드럽게 대답하였다.

"먼저 옷을 벗고 가만히 누워 눈을 감고 있으면 되는 거요."

그녀는 시키는 대로 옷을 벗고 눈을 감고 가만히 누워 모든 것을 유비에게 맡겼다. 유비의 손이 그녀의 온 몸을 애무해 들어가자 손인도 팔을 돌려 유비의 등을 꼭 껴안았다. 유비의 몸이 자기 몸에 밀착되었을 때 그녀는 비로소 자기가 여자라는 사실을 깨닫게 되었다. 그리고 처음으로 말할 수 없는 쾌감을 느꼈다. 무예武藝로 단련된 그녀의 몸은 가슴과 엉덩이 허벅지 등의 탄력이 대단하여 한차례 열풍이 지나간 뒤에도 곧바로 원 상태로 복원되는 듯했다. 나이 50의 유비가 피곤해서 쉬자고 해도 손인은 '나리, 더 애무해 주세요.' 하고 계속 애원했다.

유비는 힘이 다 빠져 그만 자려고 했지만 손인이 계속 요구하여 한잠도 자지 못하고 밤새도록 그녀에게 봉사하였다. 나중에는 손가락 하나 움직일 힘조차 남아있지 않았다. 전투에서 수많은 적들과 싸워본 유비지만, 싸움에 불리하면 재빨리 도망치기도 한 그이지만, 그녀와의 전투는 도망칠 곳도 피할 곳도 없었다. 항복조차 허락되지 않으니 가히 즐거운 지옥이었다.

"여자로 태어난 것이 한이 되어 지금까지 남자처럼 살아 왔는데 남자란 겉은 강해 보여도 속은 약한가 봅니다. 기껏 하룻밤에 이 모양이 되셨나이까. 나는 아직도 생기에 넘치는데 나리는 죽은 사람 같으니 이래서야 제대로 쾌감을 느낄 수 있겠어요? 진정 열렬한 사랑을 할 수 있는 남자란 이 세상에 없는 것 같군요. 천하의 유비 나리도 요 모양이니 말이에요. 그래도 오늘은 첫날이니 요 정도로 그만 용서해 주겠어요. 그 동안 여자로 태어난 것을 후회했는데 오늘 경험해보니 결코 후회할 게 아니군요. 그런데 이런 기쁨은 여자만이 느끼는 건가요? 나리를 보니 한 번 까무라치고는 곧바로 죽은 듯하니 아무래도 남자란 다 그런 모양이죠? 설마 나이가 드셨다고 그런 건 아니겠지요?"

이렇듯 대답하기 곤란한 질문을 퍼부어대니 유비는 앞으로의 밤이 기대되면서도 심히 두려웠다. 자칫 천하통일이고 뭐고 젊은 여자 손에 죽게 될 성싶었다.

손인은 유비를 열흘이나 신방에 가두어 두었다. 오직 침대에서의 끝없는 사랑 행위에만 몰두한 손인은 말할 수 없이 행복했으나 유비는 그야말로 초죽음이 되어 있었다. 도저히 손인을 감당할 수가 없었다. 유비는 손인과의 달콤한 생활에 푹 빠졌으나 몸은 송장처럼 되었다.

"이러한 남자들이 천하를 다스리겠다며 싸운다는 것 자체가 웃음거리에요. 이것 하나만 봐도 여자들이 모든 면에서 능력이 뛰어나다는 걸 알 수 있네요. 여자 하나 만족시키지 못하는 남자들이 천하를 쟁패爭霸하겠다고 나서니 정말 우습군요. 세상이 거꾸로 돌아가는 것이니 할 수 없지요."

이것이 유비를 겪어본 손인의 결론이었다.

잠자리에서 도주계획을 짜는 두 사람

손권孫權은 시상군是相郡에서 요양 중인 주유周瑜에게 사람을 보내, 유비와 손인이 결혼하고 어떻게 지내는지 이야기를 전했다. 주유는 한 가지 계책이 떠올라 사자에게 글을 써 손권에게 보냈다.

〈제 생각엔 유비를 동오東吳에 계속 붙잡아 두는 게 좋을 듯합니다. 화려한 궁실에서 술과 미녀로 정신을 흐리게 하면 장비張飛나 관운장關雲長과도 정이 멀어질 것입니다. 이렇게 조치를 한 후 군사를 일으키면 승리가 눈앞에 있을 것입니다.〉

손권은 주유의 편지를 스승처럼 생각하는 장소張昭에게 보여주었다. 조조와의 전쟁을 앞두고 화친和親을 주장한 장소였지만, 전쟁이 오.촉吳.蜀 연합군의 승리로 끝나고도 그의 지위는 흔들리지 않았다. 이는 손권의 형 손책孫策이 그를 아꼈고, 그 또한 권좌에 대한 권력욕을 품지 않고 손권을 잘 보필했기 때문이었다.

"주유 장군의 말이 옳은 듯합니다. 유비는 가난하게 태어난 데다 그간 천하를 돌며 고생하느라 부귀영화를 누려보지 못한 자입니다. 이제 궁궐과 계집과 갖가지 보물로 그의 마음을 사로잡는다면 신하들과도 자연스레 멀어지게 될 것입니다. 신하들이 유현덕을 크게 원망할 것이니 그때 사기가 떨어진 형주荊州를 치면 됩니다."

장소는 성격이 꼬장꼬장하고 직언을 서슴치 않는 위인이었지만 나라를 위해서라면 이렇듯 융통성을 발휘할 줄도 알았다.

손권은 두 사람의 말이 그럴듯하여 궁궐을 수리하고 정원을 꾸미고 미녀들을 시중들게 하여 유비와 누이동생이 거처하도록 하였다. 유비는 아름다운 무희들의 노래와 주색에 빠져 형주의 일은 까맣게 잊어버렸다. 이렇게 한 해가 다 가려 하자 조운趙雲은 답답하기 그지없었다.

〈저렇게 손인에게 시달리다가는 천하고 뭐고 먼저 사람이 죽겠다〉

문득 공명孔明이 연말에 열어보라고 한 비단주머니 생각이 났다. 가장 위급한 시기에 세 번째 주머니를 펴보라고 하였으나 지금은 위급하다기보다 답답한 상황이었다. 조자룡은 두 번째 주머니를 열어보았다. 그리고 유비가 묵고 있는 곳으로 달려갔다. 조자룡이 얼굴 가득 실망한 표정을 드러내 보이며 서 있자.

"무슨 일인가 조운."

하고 유비가 물었다.

"주공께서는 꿈같은 세계에 빠져 형주의 일은 잊고 계신 듯합니다."

"형주에 무슨 놀랄 일이라도 있는가."

"조조가 적벽대전赤壁大戰의 패배를 되갚겠다며 50만 군사를 일으켜 물밀 듯 형주로 쳐들어오고 있다고 합니다. 상황이 다급하니 주공께서 빨리 오셨으면 한다는 공명 선생의 전달이 왔습니다."

이는 유비를 동오에서 빼내오기 위한 공명의 사전 계책이었으니 유비는 반시반의하면서도 일단 매우 놀란 척 하였다. 허나 그 동안의 꿈같은 생활에 미련이 남아 손 부인의 방으로 가 말없이 눈물을 흘렸다. 손 부인이 어인 눈물인지 물었다.

“내가 타향으로 떠돌아다니다 보니 양친도 모시지 못하고 조상에 대한 제사도 못 지냈소.”

손 부인은 못마땅하다는 듯 대답했다.

“저를 속이지 마십시오. 송구하오나 제가 엿들었나이다. 조금 전에 조자룡이 나타나 형주가 위험하다고 빨리 돌아가시자고 한 것을 알고 있습니다.”

“부인이 다 알고 있으니 내가 어찌 속이겠소. 부인과 헤어지긴 싫지만 형주를 잃을 수는 없구려. 군사들과 백성들이 나만을 기다리고 있지 않겠소?”

“알겠습니다. 허나 저는 나리께 매인 몸, 나리가 가시는 곳이라면 그곳이 어디이든 저도 갈 겁니다.”

“고맙소, 부인. 정녕 부인의 뜻이 그러하니 정초에 국태國太께 세배를 드릴 때, 강변에 있는 조상의 묘에 제사를 지내러 간다고 핑계를 댑시다. 그길로 형주로 가도록 하는 게 어떻겠소.”

둘이서 굳게 밀약을 하고 현덕은 조자룡을 불렀다.

“정월 초하룻날 그대는 군사를 거느리고 성 밖에 나가 기다리시오. 나는 제사를 지낸 후 내자와 함께 부두로 나가겠소.”

조자룡은 늦게나마 정신을 차린 유비를 보고 안도의 한숨을 쉬며 물러났다.

그날 밤 유비는 손인을 힘껏 껴안았다. 무예로 단련된 손인의 강건

한 몸은, 그 동안 낭군과의 밤마다 계속되는 잠자리들로 인해 여성 본래의 섬세함과 부드러움까지 가미되어, 유비는 쾌감의 끝이 도대체 어디까지인지 알 수 없는 상태에 이르렀다. 손인과 함께할 때마다 뛰어난 적장 하나를 정복하는 느낌이었고 때로는 굴복당하는 쾌감도 맛보았다. 전투와는 달리 여성의 육체는 정복해도 굴복당해도 한없이 즐거운 것이었고, 패배의 순간조차 깊은 의미에서 승리에 가까웠고, 그 승리는 오롯이 두 사람의 것이었다. 이제 형주로 돌아갈 날이 멀지 않았다고 생각하자, 어쩜 계책이 탄로나 죽을 수도 있다고 생각하자, 손인과의 잠자리가 더욱 애틋하고 뜨거워지는 것을 유비는 느꼈다. 손인 또한 같은 마음인지 그 어느 때보다 적극적으로 사내를 공략했다. 이러한 뜨거운 밤이 해가 다 가기까지 계속되자 시녀들은 두 사람이 색에 미쳤다고 수군대기까지 했다. 그러한 소식은 손권의 귀에까지 들어갔고, 가만 두어도 유비가 기가 다 빠져 죽을 수도 있겠구나 싶어 크게 안심하였다. 그러나 유비와 손인 두 사람은 사랑만 나눈 게 아니었다. 그들은 관계 후면, 성공적으로 오나라를 빠져나갈 계책을 면밀히 가다듬었다.

공명의 세 번째 비단주머니

정초가 되자 유비와 손 부인은 태부인을 찾아가 세배를 올렸다. 손 부인이 아뢰었다.

"오늘 강변으로 나가 조상의 묘소가 있는 북쪽을 향해 제사를 지낼까 합니다."

"효도를 하겠다는데 누가 말리겠느냐."

손 부인은 유비와 함께 감사의 인사를 올리고 물러났다. 손권은 이때까지도 눈치를 못 채고 있었다. 손 부인은 몸에 지닐 만큼의 값진 보물을 챙겨 말에 올랐다. 유비도 말에 올라 몇 명의 기병을 데리고 성 밖으로 나가 조자룡을 만났다. 그들은 500명의 군사를 거느리고 형주로 향하였다.

밤늦게야 그들이 도망친 사실을 알고 부하들이 손권에게 알렸으나 손권은 술에 취해 있었다. 장소가 이 소식을 다시 한 번 손권에게 알리자 정신을 차린 손권은 진무陳武와 반장潘璋에게 정병 500명을 데리고 추격하여 둘을 잡아오라고 명하였다. 그리자 신하들은, 주공의 누이동생이 무예가 뛰어나고 성격이 강직하여 장수들조차 두려워하므로 그녀 앞에서는 유비를 잡을 수 없을 것이라고 진언하였다. 손권은 크게 노하여 장흠蔣欽과 주태周泰를 불러

"너희가 내 누이동생과 유비의 목을 베어 오너라."

하고 소리쳤다.

그들은 1000 군마를 거느리고 달려갔다. 유비 일행은 길가에서 노숙하면서 형주로 가고 있었다. 시상군 근처에 이르자 추격자들이 나타났다. 앞쪽 산모퉁이에서 한 떼의 군마가 앞을 가로 막았다. 주유가 정봉程普과 서성徐盛에게 3천 군사를 주어 길목을 지키게 한 것이다. 놀란 유비가 말머리를 돌려 조자룡에게 물었다.

"앞에는 적병이 길을 막고 뒤에는 추격자들이 쫓아오고 있으니 어찌하면 좋겠소?"

천하의 조자룡도 낭패한 얼굴이었다. 그때 비단주머니 생각이 났다. 위급할 때 꺼내보라고 한 마지막 주머니였다. 조자룡은 비단 주머니를 열어 거기 쓰인 글을 보고는 유비에게 읽어 보시라고 건넸다.

위기일발의 유비

"지난 날 손권과 주유가 공모하여 부인을 나에게 출가시킨 것은 이 몸을 옥에 가두고 형주를 빼앗기 위함이었소. 그들은 형주를 빼앗은 후엔 반드시 나를 죽였을 것이요. 부인을 미끼로 나를 잡으려는 계획이었던 것이오. 그런데도 불구하고 내가 동오로 간 것은 위급 시에는 부인이 이 유비를 구해주리라 믿었기 때문이요. 지금 우리는 꼼짝도 할 수 없는 상황에 이르렀지만 부인이 나서면 화를 면할 수 있을 것이요. 내 청을 들어 줄 수 없다면 나는 부인이 탄 수레 밑에 깔려 죽을 도리밖에 없소."

이 말을 들은 손 부인은 분을 참지 못해 소리쳤다.

"오라버니가 저를 남매로 인정하지 않는데 제가 어찌 그를 오라버니로 대하겠소. 오늘의 이 위기는 내가 알아 처리하겠사오니 서방님께서는 지켜만 보고 계십시오."

그러고는 군사들을 향해 소리쳤다.

"유현덕은 나의 주인이시다. 나는 국태의 허락을 받고 형주로 가는 길인데 너희들이 이리 길을 먹고 있는 걸 보니 재물을 빼앗으려는구나."

"아닙니다. 부인께서는 노기를 푸십시오. 저희는 주유 대도독大都督의 명으로 온 것입니다."

서성이 황급히 답하였다.

"너희는 주유만 두렵고 나는 두렵지 않느냐."

이윽고 진무와 반장이 이끄는 추격대가 도착했다. 부인은 그 둘을 꾸짖었다.

"이 못난 자들아. 너희는 우리 남매를 이간질하려 드는구나. 나는 이미 출가한 여인으로 시댁으로 가는 중이다. 어머님의 뜻을 받들어 남편을 따라 형주로 가는 길이니 너희는 물러가라."

그들이 잠시 머뭇거리는 사이에 유비는 재빨리 도망쳤다. 네 장수가 급히 의논하였다.

"도망쳐도 모병을 거느리고 있어 멀리 가지는 못할 것이요. 두 분이 주유 도독에게 달려가 보고를 하고 수로를 차단하도록 하시오. 우리는 그들을 추격하겠소. 어느 쪽이건 그들을 만나면 그 자리에서 목을 베는 거요."

유비 일행은 시상군을 벗어나 유랑포에 이르자 마음이 다소 놓였다. 그들은 강변으로 가 강을 건널 궁리를 하였다. 그런데 배가 한 척도 보이지 않아 유비는 시름에 잠겼다. 조자룡은 여전히 꿋꿋한 모습이었으나 어찌 공명이 네 번째 비단주머니는 주지 않았는지 비감

해하고 있었다. 적병의 함성이 가까워지자 유비는 이제는 죽었구나 체념하고 있는데 20여 척의 배가 어디서 왔는지 모르게 쭉 늘어서 있었다. 조자룡이 말했다.

"하늘이 도와 배가 왔습니다. 빨리 오르시죠."

유비가 손 부인과 함께 배에 오르자 조자룡도 수행해 온 500군사와 함께 배에 올랐다. 그런데 강 상류에 헤아릴 수 없이 많은 전선이 다가오고 있었다. 주유가 친히 수군을 거느리고, 달리는 말처럼 힘차게 몰려오고 있었다. 주유의 수군이 유비를 추격하고 있을 때 갑자기 계곡에서 군사들이 쏟아져 나왔다. 지휘하는 장수는 관운장이었다. 주유는 뱃머리를 돌려 도망쳤다. 주유의 군사들은 거의 몰사하였다. 주유만이 간신히 도주했다. 미인계를 썼다가 그마저 실패하니 실리와 명분을 모두 잃은 셈이었다.

유비는 더 이상 그들을 쫓지 말라고 명하고 형주로 향하였다.

유비의 아들을 인질로 잡으려는 손권의 계획

형주로 돌아간 유비는 손 부인을 얻은 경사를 축하하며 장수와 군사들에게 상을 내렸다.

오빠에게 목숨을 잃을 뻔한 손인은 오나라로 돌아가지 않기로 결심하였다. 형주성에는 유비의 전 부인이 남겨 놓은 아두阿斗가 있었다. 겨우 걷기 시작하는 나이였으나 손인은 자기 자식처럼 귀여워하였다.

유비는 다른 여인에게 관심을 갖지 않고 오직 손인만을 사랑하였다. 그러나 유비와 공명은 기름진 평야가 있는 익주益州를 차지하기 위하여 군을 이끌고 멀리 서방으로 떠나야만 했다.

홀로 남겨진 손인은 오직 아두에게만 정을 붙이고 살았다. 유비가 떠난 지 일 년이 지난 무렵, 오나라 장수 주선周善이 찾아왔다.

"국태께서 중병에 시달리고 계십니다. 돌아가시기 전에 딸을 보고 싶어 하십니다."

손인은 어머니가 그리워 달려가고 싶었지만 말없이 떠날 수가 없어 유비와 공명에게 사정을 설명하겠다고 하였다.

"배가 이미 준비되어 있습니다. 국태께선 병이 악화되어 서두르지 않으시면 영영 못 볼 수도 있습니다."

주선이 재촉을 하였다. 손인은 어머니가 걱정이 되어 마침내 떠나기로 결심을 굳혔다. 그녀는 아두를 데리고 배를 탔다. 그 때 조운이 달려와 뭍에서 소리쳤다.

"잠깐만 기다리시죠. 작별 인사를 드리겠습니다."

주선은 못 들은 척 배를 출발시키라고 명하였다. 그는 오나라 장수 중에서도 배짱이 든든한 자로 이름이 나 있었다. 조운이 물에 뛰어들어 그 배를 타려고 하자 주선은 병사들에게 창으로 찌르라고 하였다. 조운은 칼로 창끝을 자르고 배에 올라탔다. 손인이 소리쳤다.

"조운 장군. 어머니를 만나 뵙고 바로 돌아올 건데 이 무슨 짓입니까."

"아무리 급해도 군사軍師에게 알려야 하지 않겠습니까. 게다가 아두까지 데리고 가시다니요."

"아두는 내 아들이나 다름없습니다. 두고 가면 누가 이 애를 돌봐주겠소."

"아두는 이 나라의 하나뿐인 후계자입니다. 어찌 그 애를 오나라로 데려 가려 하십니까. 마님께서 가는 것은 말리지 않겠습니다. 하지만 아두는 안 됩니다."

유비의 자식들은 난리통에 죽거나 행방불명되어 이제 아두 하나만이 남아 있었다. 미부인美夫人이 우물에 몸을 던져 구한 이 아이를 안고 조자룡은 적진을 뚫고 피에 젖어 유비에게 돌아왔었다. 그런 아두를 오나라에 보내다니 안 될 말이었다.

조운이 아들을 빼앗으려고 하자 아두는 더욱더 손인 몸에 매달렸다. 파도가 심해 배가 몹시 흔들리자 조운은 중심을 잃었다. 그 때 몇 척의 배가 접근해 왔고 선수에 선 장비가 외쳤다.

"마님, 아이를 돌려주세요!"

장비는 조운이 있는 배에 올라탔다. 주선이 칼을 뽑아드는 걸 보고 장비가 칼을 한 차례 휘두르자 주선의 목이 굴러 떨어졌다. 손인이 놀라 소리쳤다.

"이게 무슨 짓이요. 사신을 죽이다니!"

"할 수 없었습니다. 마님, 애는 내려놓고 다녀오십시오."

아두는 어머니의 곁을 떠나지 않으려고 울어댔다. 그러나 장비는 아두를 빼앗고 조운과 함께 배를 옮겨 탔다.

절망한 손인, 장강에 몸을 던지다

오나라로 돌아온 손인은 종병에 걸렸다던 어머니가 멀쩡한 걸 보았다. 손권이 유비의 아들을 인질로 삼으려는 계책이었음을 알고 충격을 받았다. 그녀는 이제 모녀 사이까지 이용하려는 오라버니를 원망하며, 그렇게 쉽게 믿은 자신의 불찰을 후회하였다. 그녀는 유비와 아두를 생각하며 울며 지냈다.

10년의 세월이 흘렀다. 220년 마침내 조조曹操가 죽었다. 유비는 익주를 빼앗고 221년 촉의 황제가 되었다. 229년에는 손권이 오의 황제가 되었다. 형주 문제로 오나라는 다시 전쟁을 시작하였다.

219년 손권이 관우의 목을 조조에게 보내자 유비는 크게 화가 나 황제 즉위 후 싸움을 벌였으나 역부족이었다. 유비가 손권에게 항복할 상황이 되자 손인은 유비가 자기를 데리러 오나라로 오리라는 한 가닥 희망을 가졌다. 그러나 그 희망은 허사가 되었다. 오나라 장수 육손陸遜의 계략으로 유비가 이끄는 17만 군대는 괴멸되었고 유비의 행방도 알 수 없게 되었다. 절망한 손인은, 유비와 더불어 행복하게 지낸 한 때를 추억하며 장강에 몸을 던졌다.

손인이 29세의 나이로 생애를 마친 그 날 유비도 백제성白帝城에서 세상을 떠났다.

14. 사마지,
삼국 통일에의 정성

도사道士 천기승은 여행 중 이상한 남자와 계집애를 보게 되었다. 남자의 나이는 50 정도로 심한 고생을 하며 살아온 초라한 모습이었고 큰 걱정거리가 얼굴에 씌어 있었다. 그러나 계집애는 16세 정도로 예쁘게 생겼는데 바보처럼 웃고 있었다. 계집애의 아버지인 듯한 남자는 슬픈 얼굴인데 계집애는 웃는 얼굴이다. 그들을 둘러 싼 사람들이 호기심을 가지고 바라보았다. 천기승은 바보처럼 웃는 아이를 묘한 느낌으로 지켜보고 있었다. 그 때 남자가 옹기를 하나 받쳐 들더니 한 번 돌려 어깨에 메었다. 그리고 말했다.

"이것은 아내의 뼈가 담긴 항아리입니다. 매장을 할 형편이 못 되어 우선 화장을 하여 뼈를 모아 장사를 지낼까 합니다. 여기 있는 여러분을 즐겁게 해드릴 터이니 그 대가로 고인의 처지를 딱하게 여겨 자비를 베풀어 주시기 바랍니다."

구경을 하던 사람들 중에 누군가가 말했다.

"알고 보니 죽은 아내의 장례비를 마련하기 위해 재주를 파는 거로군. 그런데 재주를 팔 기분이나 나겠소?"

슬픈 남자는 항아리를 옆으로 치우고 대나무 사다리를 가지고 와 세웠다.

"여러분. 소인은 하늘에 있는 천왕모天王母의 도원에서 복숭아를 훔쳐오는 재주밖에 없소이다. 여러분들이 그 맛을 보시면 100세까지 장수를 할 것입니다."

구경꾼 중의 한 사람이 말을 거들고 나섰다.

"정말 그 복숭아를 훔쳐올 수만 있다면 은괴와 은돈 10만을 내리다. 그런데 하늘의 복숭아인지 어떻게 알겠소?"

"하늘에서 저절로 떨어지는 건 천도가 아닙니다."

"그거야 그렇지만. 어디 그러면 그 재주를 보기로 합시다."

그 남자는 조금도 망설임 없이 바보 같이 웃는 딸을 불렀다.

"이리 오너라. 아버지가 너에게 할 말이 있다."

그 소녀의 이름은 지아芝兒였다. 그녀는 아버지에게 다가갔다.

"무슨 일이 있으신가요."

"얘야. 너는 나대신 저 봉우리 끝 구름 사이로 우뚝 솟은 하늘의 도원에서 복숭아를 따오너라."

"알겠어요. 아버지 분부대로 하겠습니다."

도원의 복숭아를 딴 지아

그녀는 나무에 사다리를 기대 놓고 위로 올라갔다. 사다리 끝에 오르자 하늘로 뻗친 나뭇가지를 잡고 나무 꼭대기까지 올라갔다. 그녀의 민첩한 동작과 정신력은 초인적이었다. 그녀는 원숭이의 습성을 타고난 듯했는데, 원숭이는 나무에서 떨어질 수 있지만 그녀는 결코 실수를 하지 않았다. 복숭아나무 끝은 구름에 가려 보이지 않았다. 이를 지켜보던 사람들도 입만 벌린 채 멍한 표정을 짓고 있었다. 소녀가 구름 속으로 사라지는 것을 두 눈을 뜨고 바라보며 의아해 했다. 슬픈 얼굴의 아버지가 말했다.

"놀랄만한 일이죠. 그 애는 도원으로 뻗친 나뭇가지에서 복숭아를 땄어요."

마침내 그녀가 나뭇가지에 걸어 놓은 광주리에 복숭아를 담아 내려왔다.

"여러 어르신네들을 놀라게 하여 죄송합니다."

순식간에 그녀 앞에 수십 냥의 은전이 쌓였다. 그것은 저녁노을에 반사되며 빛을 발하고 있었다. 아버지는 모두에게 인사를 하였다.

"여러분 적선을 해 주셔서 정말 감사합니다. 제 처가 죽은 지 얼마 되지 않으나 소인은 아직 장례를 지낼 비용이 부족합니다. 솔직히 말씀 드리자면 저는 서한西漢의 태사太師인 사마담司馬談의 후예입니다. 저의 조상인 사마천司馬遷이 조정에서 죄를 지어 세상에 나서지 못하고 은거를 하게 되었지요. 그래서 사마담의 후예는 기예氣藝로 살아

온 것입니다. 저는 일찍이 아들을 하나 두었는데 그 이름이 사마아司馬兒로 불행히도 세 살 때 거리에서 잃어 버렸습니다. 15년 전의 일이죠. 그 후 딸인 지아가 태어났습니다. 그 어미는 반년 후 생활고에 시달리다 그만 세상을 떠나버렸죠. 그런데 제 딸 지아가 몹쓸 병에 걸려 정신이 이상해지니 제 마음이 하루도 편할 날이 없었습니다. 이런 딸을 두고 제가 어찌 죽을 수 있겠습니까."

천기승은 깊은 생각에 잠겼다. 사마지의 심성이 제대로 자라면 그녀는 장차 큰 인물이 될 것이다. 그런데 사마복司馬福의 운수는 극도로 불행하다. 허나 화禍는 복福 속에 숨어 있고 복은 화를 불러올 수도 있다.

맨손으로 땅을 파 어머니를 용혈龍穴에 모시다

도사 천기승은 생각 끝에 부녀父女를 음식점으로 데려가 식사를 대접했다. 두 사람은 배가 고픈지 음식을 깨끗이 비웠다. 이윽고 사마복이 근심이 가득한 얼굴로 말했다.

"저는 어떻게든 돈을 모으고자 했습니다. 앞으로 제가 죽어도 그 애가 잘 살 수 있도록 하려고요. 그러나 딸의 증세가 나아지지 않으니 제 마음은 무겁기 그지없습니다. 도사께서 딸의 병을 고쳐주시기만 한다면 죽어도 원이 없겠습니다. 부디 저의 뜻을 저버리지 마시기를 바랍니다."

"저 아이가 언제부터 저리 된 것입니까?"

"저의 여식은 태어날 때부터 저 모양이었죠. 항상 바보처럼 웃는 모습이 애비의 속을 쓰리게 하였지요. 기예를 열심히 가르쳤지만 여식의 병은 고치지 못했습니다. 중년에 상처하고 아들마저 잃어버린 이제 와서 사마 일족은 대가 끊어지게 되었습니다."

천기승은 사마복에게 부드럽게 말했다.

"알겠소이다. 그럼 내 말대로 하시기 바라오. 우선 부인의 뼈를 내가 지정하는 곳으로 옮기시오."

이리하여 그들은 독녀봉 정상으로 올라갔다. 사마복은 천기승이 복을 가져다 주리라고 굳게 믿었다. 천기승은 부녀를 용맥龍脈이 묻혀있는 장소로 데려갔다.

"이곳을 찾았으니 앞으로 당신네 사마족 일족에 반드시 좋은 일이 있을 것이오"

천기승은 봉혈의 위치에 서서 사마복이 해야 할 일을 일러주었다.

"자. 이제 부녀가 함께 이 용혈龍穴을 파시오. 용혈이 기운이 잘 뻗어 나가게 해야 하오. 빨리 땅을 파야 매장하기 좋은 시각을 맞출 수 있소이다. 때를 넘기면 다시 3년을 기다려야 하오."

사마복, 사마지 부녀는 삽으로 땅을 파기 시작하였다. 토질이 너무 단단해 무척 힘이 들었다. 무릎이 찰 정도까지 구덩이를 파는데 꽤 많은 시간이 걸렸다. 사마지는 아버지가 힘들어 하는 걸 보고는 손으로 흙을 파 올리기 시작했다. 그녀의 열 손가락에서는 피가 새어나왔다. 붉은 피가 쉴 새 없이 떨어져 손가락이 다 닳아버릴 것만 같았다. 천기승은 말없이 그 모습을 지켜보고 있었다. 피는 용맥을 더욱 살찌우는 거라는 걸 도사는 알고 있었다. 극심한 노력 끝에 사마복 부녀는 5자 깊이의 구덩이를 완성하였다. 천기승은 비로소 크게 소리쳤다.

"잘했소. 용혈이 완성되었으니 사마씨의 운세가 트이는 것은 시간문제요. 이제 시간이 없으니 빨리 준비를 하시오. 부인의 뼈에 옷가지랑 의관을 갖춰 매장을 해야 하오."

용혈에 묻을 대나무잎 옷

사마복이 놀라서 답했다.

"대사님. 아내를 화장할 때 옷가지와 유물을 모두 태워버렸습니다. 남아 있는 물건이 아무것도 없는데요."

"뼈를 감쌀 옷가지가 없으면 용기를 보존할 수가 없는데…. 후손이 용기를 받는 데도 지장이 생기죠. 미처 파악을 못하고 시작을 했으니 우리가 실수를 했나 보오."

그러자 사마지가 말을 이었다.

"어머님은 평소에 대나무잎을 무척 좋아하셔서 저에게 그것으로 옷을 만드는 법을 가르쳐 주셨어요. 제가 이제 어머님께 대나무잎 옷 한 벌을 지어 드리면 어떨까요. 그러면 어머님이 입으시던 옷이나 다름이 없지 않겠어요?"

천기승은 그 말을 듣고 고개를 끄덕이더니 말했다.

"여자는 평소에 좋아하던 것을 소중하게 여기는 법이오. 생시에 대나무잎 옷을 입은 적이 있다면 그것은 효험을 발휘할 수 있소이다. 그러면 아이야, 어서 대나무잎으로 어머니 옷을 지어드려라."

얼마 후 사마지는 대나무잎을 손가락 사이에 끼고 좌우로 꼬며 옷을 만들었다. 마침내 사마지는 죽엽으로 된 옷으로 어머니의 뼈를 쌌다.

"고인의 외관이 준비 되었으니 빨리 용혈로 모시도록 하시오."

천기승이 말했다. 사마복과 사마지는 급히 삽을 들고 구덩이에 흙을 채웠다. 그녀는 앞으로 나가 어머니의 무덤 앞에 무릎을 꿇고 공손히 세 번 절을 올렸다. 그 사이에, 사마지가 흘린 피는 용맥과 서로 통하고 있었다.

晉나라 시조 司馬懿의 등장

사마 가에서 잃어버린 아들 사마의司馬懿는 한 지방관이 데려다 기르고 있었다. 그는 누이동생의 공덕으로 학문에 대성을 거두고 제후들을 호령하는 조조의 휘하에서 가장 중요한 역할을 하게 된다. 말년에는 제갈공명과의 전투에서 지구전으로 승리하고, 삼국을 통일한 진晉나라의 시조가 되었다. 그는 어려서 고생하다 사마지가 드린 공덕에 의해 20살 때 운이 터 그 후 성공을 거두게 된다. 이 집안의 용맥의 최대의 수혜자는 사마의이다. 후에 오빠를 만난 사마지는 너무나 행복하였다. 그가, 삼국이 멸하고 진나라의 시조가 된 것이다.

위의 이야기는 우리가 알고 있는 진 고조 선황제晉 高祖 宣皇帝 사마의의 혈통과 관련된 정설과는 다른 이야기이지만 하나의 왕조를 세우게 되는 영웅의 배경엔 그러한 신화가 수반되기 마련인 것으로 해석하면 좋을 것이다.

사마의의 자는 중달仲達로 조조, 조비文帝, 조예明帝 3대에 걸쳐 봉사하며 제갈공명과 싸워 결국 촉군을 물리치는 전공을 세우고 이윽고 정권을 쥐었다. 그는 손자 사마염司馬炎이 위나라를 멸망시킨 후 진조晉祖를 세우는 데 기초를 만든 삼국시대 주역의 한 사람이다.

일찍이 그는 장로張魯를 무찌른 조조에게 유비가 기초를 굳건히 하기 전에 익주益州로 쳐들어가기를 진언하였으나 조조는 주저하였다. 그 전에 손권孫權과 동맹을 맺고 유비를 치자는 사마의의 진언을 받아들인 조조는 손권에게 사자를 보냈다. 전부터 커져가는 관우關羽의 세력에 위협을 느낀 손권은 조조의 요청을 받아들여 관우를 공격하였다. 관운장은 손권의 부하에게 사로잡혀 목이 잘렸고 그 목이 조조에게 보내졌다.

조조는 관운장을 불쌍히 여기고 향목香木으로 관우의 신체를 만들어 거기에 그 목을 달아 제후의 예로 장사를 지냈다. 현재 하남성 낙양시 관림關林에 관우의 묘가 있다.

이리하여 형주는 손권의 세력권에 들고 유비는 익주만을 유지했다. 건안 25년(220)정초 조조는 낙양에 갔으나 거기서 병이 들어 66세에 세상을 떠났다. 그는 낙양에 궁전을 세우고자 하였으나 그곳에 있던 신목神木을 베자 피가 흐르고 배나무를 이식시키자 그 뿌리에서도 피가 흘러 조조는 그것을 보고 병상에 누워 죽었다고 한다.

조조는 허난성河南省에 매장되었고 후세에 발굴되는 것이 두려워 가짜 무덤을 72곳에 만들었다는 설이 있다. 이 해 10월 헌제獻帝는 조조를 계승한 조비曹丕에게 왕위를 넘겼다. 위魏의 문제文帝이다. 이에 400년에 걸친 한왕조의 명맥은 사라졌다. 년호를 황초黃初로 했고 조조에게는 무제武帝의 칭호가 주어졌다. 그 이듬해 유비도 스스로 제帝라 칭하고 국호를 한漢이라 하고 년호를 장무章武로 정하고 제갈공명諸葛孔明을 승상으로 임명하였다. 한편 손권은 유비의 공격에 대비하여 위에 사자를 보내니 문제文帝에 의해 오왕吳王에 봉해졌다. 위의 황초黃初 2년 221년의 일이다. 그러나 손권은 위의 지배를 벗어나 위의 2대 황제 명제明帝의 태화太和3년에 스스로 황제라고 칭하고 연호를 황룡黃龍이라 하였다. 이리하여 천하는 3국이 병립하여 싸우는 새 시대에 접어들었다.

그후 유비는 오를 쳐 크게 이겼으나 결국 이릉대전夷陵大戰에서 오의 젊은 장수 육손陸遜에게 패하여 백제성白帝城으로 물러가 번민하다 63세의 생애를 마쳤다. 제갈공명은 촉의 건흥建興 12년(234년) 2월 10만 대군을 거느리고 위수의 남쪽에 자리잡은 사마의와 대립하였다. 결국 공명은 이번에도 뜻을 이루지 못하고 그해 가을 오장원五丈原의 진영에서 54세로 세상을 떠났다. 경초景初 3년(239) 조방曹芳이 위의 3대 황제로 즉위하였다. 그는 8세에 지나지 않아 명제의 유언에 따라 사마의와 대장군 조상曹爽이 돌보기로 했다. 전쟁으로 몸을 닦아온 노장군 사마의와 혈통만이 뛰어난 청년장군 조상은 라이벌이 되었다. 결국 조상이 상위에 앉고 사마의는 물러났다.

가평 원년(嘉平 元年, 249) 정월, 황제 조방은 선제의 무덤에 참배하기 위해 낙양을 떠났다. 조정의 실권을 완전히 장악한 조상도 함께였다. 일찍이 조조의 부름에 병을 가장해 거절한 바 있던 사마의는 이때도 먹는 죽을 흘리는 등 그럴 듯하게 연기를 해 조상의 눈을 감쪽같이 속이고, 그 틈을 타 궁전에 돌입하여 명제의 황후를 설득하여 조 형제들의 관위를 박탈하였다. 그리고 큰 아들 사마사司馬師에 명해 궁전과 도시의 요소를 점령하였다. 조상은 살려주겠다는 말을 믿고 투항했으나 사마의는 조상 일족을 멸해버렸다. 사마의는 그런 사람이었다. 자신을 보존하는 데는 철두철미하고 후환을 없애는 일에는 조금의 인정도 두지 않았다.

사마의의 부인 또한 만만치 않은 여인이었다.

사마의의 부인 장춘화의 대담함

중달 사마의의 부인은, 위나라의 사자들이 사마의를 자주 찾아와 모습을 살피고 죽이려고 하였으나 그때마다 정말로 남편이 병들어 죽기 직전에 이른 것처럼 보여주어 그들이 안심하고 돌아가게 만들었으니, 그 지혜와 사랑이 남편을 구해 결국 쿠데타에 성공하게 만든 것이다.

그녀의 이름은 장춘화로 덕행은 부족하나 지혜는 출중하였다. 사마의가 하녀에게 장서를 볕에 말리라고 했다가 하늘에 먹구름이 몰려오자 놀란 나머지 허둥지둥 마당으로 나갔다가 하녀가 이를 보고 놀란 적이 있었다. 이때 장춘화가 입막음을 위해 비수로 그녀를 살해했는데 그녀의 나이 불과 20세 때 일이었다. 또한 하녀의 시신을 불로 태웠다는 말이 있다. 이토록 남편의 안위와 훗날의 도모를 위해서는 낯빛 하나 변하지 않고 살인을 행할 수 있는 게 그녀였다. 남편에게 천하를 쟁취하는 시발점을 제공한 것도 바로 그녀였다.

권력을 쟁취하려면 면후심흑面厚心黑, 즉 낯이 두껍고 마음이 검어야 한다는 말은 사마의를 두고 한 말이라 해도 과언이 아니다. 그런 남편이 한때 딴 여자에게 마음을 품었다가 굶어 죽겠다는 연기를 한 부인에게 항복했다 하니, 연기술로는 부인 역시 사마의 못지않았다.

일찍이 조조가 사마의를 불러 살피니, 그가 뒤를 돌아볼 때 고개가 완전히 돌아가 반역의 상이라는 혐의를 둔 바가 있었다. 죽기 전 조조는 세 마리의 말이 하나의 구유에서 먹는 꿈을 꾸고 이를 기이하게 여긴 바 있었다. 세 마리의 말은 이른바 사마의, 사마사, 사마소를 뜻하니 왕조 찬탈의 역사가 이때부터 시작된 것이다.

가평 3년(251) 마침내 사마의가 세상을 떠나자 사마사가 조정의 실권을 장악하고 254년에 조방을 제위에서 하야시켰다. 이듬해 사마사가 죽자 동생 사마소司馬昭가 실권을 잡았다. 일단 조모曹髦를 제위에 앉혀놓고 조모 황제가 그를 제거하려 하자 부하를 시켜 죽였다. 이어 조환曹奐을 세우니 그가 위조 마지막 황제가 되었다. 265년 진晉왕인 사마소가 죽자 아들 사마염司馬炎이 조환을 진류왕陳留王으로 강등시키고 즉위하여 연호를 고쳐 태시泰始 원년으로 한 진晉왕조가 탄생한다. 이보다 2년 전 위군의 침략을 받은 촉蜀의 황제 유선劉禪은 위에 항복하여 촉의 명맥은 사라졌다. 적벽赤壁의 싸움 때처럼 손권이 촉과 손잡고 위와 싸웠더라면 오도 망하지는 않았을 것이다.

오나라는 손권의 장자 손등孫登이 젊은 나이에 죽자 왕자들 간에

극심한 권력투쟁이 일어났다.

이후 손권의 막내아들 손량孫亮이 즉위하는데 제갈각諸葛恪에게 휘둘리며 왕권은 약화되었고, 이후 또 다시 권력 다툼 끝에 손휴孫休에 이어 손호孫浩가 황제로 즉위한다. 한심한 황제 손호가 폭정을 일삼는 사이 국력이 쇠퇴한 오를 진 황제 사마염이 공격하니 마침내 멸망하고 만다.

서기 280년의 일이다.

한실 부흥을 꿈꾸다 죽은 유비, 제왕이 되고도 천명天命을 저버린 오왕, 삼국지의 하늘에 무수히 박힌 찬란한 별들, 그들은 지금도 하늘 어디에서 빛을 발하고 있는 것일까. 삼국지의 어느 여성보다도 강한, 사마의의 누이동생의 염원이 최후의 승리를 가져온 것일까.

15. 촉의 장수를 사로잡은 축융부인

공명의 南征

촉蜀나라의 국력을 키우며 북벌 준비를 하고 있던 공명에게 익주益州에서 사자가 급히 달려왔다. 보고의 내용은 남만왕南蠻王 맹획孟獲이 10만 대군을 이끌고 국경 부근까지 쳐들어왔다는 것이었다. 공명은 바로 남국 원정을 단행하였다. 병력은 50만, 대장에 조운趙雲, 위연魏延을 임명하고 남쪽으로 향하였다.

이 소식을 들은 남만에서는 고정高定이 나섰다. 고정이 수하의 악환鄂煥에게 선봉을 맡겼으나 그는 촉군에게 사로잡히고 말았다. 공명은 악환에게 술과 음식을 주고 '고정은 의리 있는 인물이다. 이번 일은 그가 계획한 것이 아니다. 빨리 돌아가 이를 전하라.' 이르고 풀어주었다.

공명의 관대함에 감동받은 악환이 그 말을 전하자 고정은 감격하였다. 그러나 다른 장수들은 〈공명의 이간정책〉이라고 일소하였다. 공명은 고정과 다른 장수들의 군세가 쳐들어오자 적을 반쯤 소탕하고 나머지는 생포하였다. 그리고 병사들에게 '고정의 군사는 목숨을 살려준다.'는 소문을 흘렸다.

고정의 군사와 고정의 군사라고 거짓말 한 군사는 목숨을 건졌다. 촉군의 승리에 당황한 맹획은 3동洞의 원수를 소집하여 진격을 개시하였다. 조운이 공명의 명령이 떨어지기도 전에 출격하니 이 불의의 공격에 남만군은 크게 놀라 전장을 이탈하는 병사들이 속출하며 패주하였다.

패배를 안 맹획은 격노하여 다수의 군세를 몰고 공격을 해 왔다. 그러나 공명의 책략에 걸려 든 맹획은 협곡으로 깊이 들어갔다가 위연에게 생포되었다. 공명은 맹획군의 군사를 잘 대접하고 맹획에게 항복을 권하였으나 그는 듣지 않았다.

공명은 강제로 항복시키기보다 마음으로 항복시키는 평정 방법을 쓰고자 했다. 위魏나라와 대척하고 있는 상황에서 맹획을 죽여봐야 그들은 복수심만 불태우며 위와 계속 손을 잡을 것이었다. 맹획이 진정으로 항복하지 않는 한 몇 번이고 싸울 작정이었다.

공명은 이번엔 위수를 향해 진격하였다. 맹획은 위수 남쪽에 포진하여 촉군의 도하를 막았으나 공명은 우회하여 남만군의 양식로를 절단했다. 이어 마대馬岱는 정병 2천을 거느리고 남만군의 요새를 점령했다. 그러나 맹획은, 더운 계절이 오면 촉군이 견디지 못하리라 믿고 술만 마시고 지내면서 때를 기다려 공명을 생포할 계획을 세웠다. 그런데 마대의 공격을 알고 동도나董荼那를 보내나 그는 전투에 패하고 말았다. 참패 사실을 보고받고 화가 난 맹획은 곤장 100대의 형을 가했다. 그날 밤 분을 못 이긴 동도나가 이끄는 군세가 맹획의 본진을 습격했다. 그들은 지난번 전투에서 공명이 풀어 준 자들로, 술에 취한 맹획을 사로잡아 공명에게 바쳤다.

맹획을 잡았다 풀어준 공명

공명은 다시 한 번 맹획에게 항복을 권했지만 그는 듣지 않았다. 그래서 촉군의 진중으로 그를 데려가 강한 군세를 보여주자 맹획은 이번에 풀어주면 백성들을 설득하여 귀순하겠다고 했다.

또 다시 풀려난 맹획은 여전히 항복할 마음이 없었다. 마침 맹획의 동생 맹우孟優가 공명을 이길 계책이 있다고 일러왔다. 많은 선물을 들고 공명에게 가 맹획의 항복을 전하면 공명이 크게 만족하여 방자한 기분에 연회를 열 터이니 그 틈을 노려 공격하라고 했다. 맹획은 이 계책이 마음에 들어 그리 하라고 했다. 맹우가 선물을 들고 공명을 찾아가 항복의 의사를 표하자, 공명은 그와 병사들을 음식과 술로 잘 대접하였다.

맹우의 거짓 항복이 받아들여진 것을 안 맹획은 3만의 군세를 3으로 나누어 공명의 본진을 습격했다. 그런데 본진에 있는 군사가 술에 취해 움직이지 않아 이상했다. 대신 사방에서 위연, 조운의 군사가 쏟아져 나와 놀란 맹획은 도망쳤으나 곧 붙잡혔다.

모든 것이 공명의 책략이었다. 맹획의 작전을 꿰뚫어 본 공명은 우선 공명 진영에 있는 남만군들에게 독한 약이 섞인 술을 먹이고 대신 남만병으로 위장한 복병을 사방에 배치해 맹획을 노린 것이다. 이로써 맹획은 세 번이나 공명에게 끌려간 건데 그래도 패배를 인정하지 않아 공명은 '다음번에는 전쟁다운 전쟁을 하라'고 이르고 다시 돌려보냈다.

유비劉備가 죽은 직후 위의 조비曹丕는 사마의司馬懿의 건의에 따라 촉을 침공코자 하였다. 그래서 남만왕 맹획은 위에서 벼슬자리를 받고 촉을 치게 된 것이다. 무용 일변도로 전략을 모르는 맹획은 공명의 적이 아니었다. 얄팍한 전술로 번번이 공명에게 사로잡혔다. 공명은 위가 쳐들어오기 전에 맹획을 자기편으로 만들어야 했으므로 그를 잡아도 계속 달래서 돌려보냈다.

남만군의 공격에 대해서 공명은 정식으로 맞서지 않고 지구전을 펼쳤다. 적의 사기를 꺾고 포섭하기 위해서였다. 남만군이 피로의 기미를 보이자 공명은 공세를 취했다. 어느 날 맹획이 대군을 이끌고 촉의 진지에 난입하였으나 병사가 없고 사방이 흩어져 있어, 촉 진영에 큰 사건이 생긴 것으로 알고 진격을 계속하였다. 그들이 강의 북쪽에 이르러 도강을 할 때 사방에서 촉의 군사가 나타나 그만 포위되어 버렸다.

맹획은 도저히 이길 도리가 없음을 알고 도주하여 독룡동禿龍洞의 타사대왕朶思大王에게로 갔다. 동생 맹우의 도움으로 타사대왕을 만난 맹획은 촉군을 무찌르는데 도움을 달라고 청하였다. 타사대왕은, 대군이 통행할 수 있는 동북로를 패쇄하고 촉군이 서북으로 진군하게끔 하자고 제안하였다. 그의 설명에 의하면 서북로는 산길이 험하고 해가 질 무렵에는 심한 진풍陣風이 일어나 사람이 죽게 된다는 것이다.

이 진풍은 낮시간 한 때는 가라앉지만 대군의 행군을 크게 지체시킬 수 있다 하였다. 샘이 네 곳 있지만 독기가 있어 마시면 열흘 이내에 죽으며 샛길이 있지만 독사와 전갈이 우글거린다고 했다. 공명은 왕평王平에게 투항한 남만군을 앞장 세워 서북간도로 들어갔다. 처음에는 다소 피해를 입었으나 산신山神인 노인의 도움으로 진기에서 몸을 지키는 비법을 얻어 무사히 통과하였다. 감사하며 공명이 성함을 묻자 그는 다름 아닌 맹획의 형 맹절孟節이었다. 맹절은 공명에게 자기 동생이 어렸을 때부터 성격이 고약해 못된 짓을 저지르니 그 피해를 입지 않도록 남을 돕는다고 했다. 그는 공명에게 동생의 죄에 대해 사과하였다.

작전이 파탄된 것을 안 맹획은 마지막 결전을 앞두고 측근들과 이별의 잔치를 벌였다. 그때 은야동銀冶洞의 동주인 양봉楊鋒이 도와주겠다고 나섰다. 맹획이 기뻐하자 양봉은 수많은 미녀들을 데리고 와 잔치는 더 화려해졌다. 남방 미녀들의 멋진 춤은 보는 사람의 눈을 빨려들게 하고 가슴을 열기로 데우며 정신을 아득하게 만들었다. 맹획은 어느 한 무희에 초점을 맞추지 못하고 어떤 무희에게선 부푼 가슴을 어떤 무희에게선 탱탱한 엉덩이를 어떤 미희에게선 비단이 휘감기는 넓적다리를 보느라 시선과 정신이 오락가락하였다. 그런 와중에도 춤사위가 고혹적이고 몸매가 특히 발달한 한 무희를 점찍고 전투에 나가기 전 그녀부터 굴복시켜야겠다고 작정을 하고 있었다.

그때 갑자기 공명의 군세가 나타났다. 놀란 맹획이 도주하려 하자 그를 둘러싸고 춤추던 미녀들이 벽을 만들어 빠져 나가지 못하게 했다. 맹획이 이게 어찌된 일이냐고 외치자, 양봉은 공명에게 은혜를 갚기 위한 것이라고 태연히 답하였다.

양봉은 한 때 싸움터에서 공명의 포로가 되었으나 너무나 잘 대우를 해 주고 미녀와 선물까지 주어 돌려보낸 적이 있어 그 은혜를 갚겠다고 나선 것이다. 그러나 맹획은 또 다시 풀려났다. 한편 타사대왕은 삼강성三江城에서 촉군의 공격을 받아 사망하고 말았다.

남만왕 맹획의 거듭된 패전

번번이 공명에게 진 맹획은 본거지인 은갱동銀坑洞에서 젊은 무희들의 노래를 들으며 술을 마시고 있었지만 기분은 별로 좋지 않았다.

일전에 양봉의 무희들이 벽을 만들어 그를 가둔 것을 떠올리며 세상에 믿을 놈은 아무도 없다는 생각을 하고 있었다.

"그 공명이란 녀석은…."

맹획이 갑자기 거칠게 술잔을 집어 던지자 사방이 고요해졌다. 유비의 사후 남만군은 익주 남부의 호족과 함께 촉의 변경을 위협하기 시작하였다. 이에 대해 제갈공명이 50만 대군을 거느리고 남정에 나섰던 것이다. 남만의 영토는 중국 대륙과 달라서 풍토와 기후가 좋지 않고 수송 행군이 곤란한 땅이 많다. 그래서 맹획은 지세地勢만 이용하면 촉을 쉽게 무찌를 수 있다고 본 것이다. 그런데 맹획은 싸울 때마다 공명의 계략에 걸려 패전하고 사로잡히니 그 때마다 공명이 풀어준 것이 여러 차례였다. 그의 아우 맹우는 성격이 형보다 온화하여 그는 무모한 형에게 싸움을 중단하라고 타일렀다.

"싸움에 진 것은 분하겠지만 패전에 대해서는 잊고 여생이나마 즐겁게 사시는 것이 좋을 거예요."

"하긴 술과 여자만 있으면 인생이란 즐거운 법이지…."

그 말이 옳다고 여긴 그는 아우의 말을 따르기로 하였다. 그런데 여기에 한 여인이 나타나 맹획의 계획에 제동을 걸었다. 그녀의 이름은 축융부인祝融婦人, 즉 맹획의 부인이다. 거친 기질에다 무예도 뛰어났다.

"전쟁에 지고 나서 이게 무슨 소동이지. 사내답지 못하군."

축융부인이 어떤 여자인가. 어느 날 덩치 큰 사자가 나타나 사람들이 놀라 모두 도망쳤으나 그녀가 버티고 서서 노려보자 그 놈이 갑자기 온순해졌다고 한다. 사자는 그녀에게 길들어져 고양이처럼 그녀를 따르게 되었다. 그녀는 무술을 즐겨 자기보다 무술이 뛰어난 자가 아니면 결혼을 하지 않겠다고 선언했다. 그러다 10년 전 아버지의 청으로 맹획과 결혼하게 되었다. 그 때 맹획과 결투하다 말이 미끄러지며 떨어졌고 맹획이 그녀를 눌러 항복시켰다. 분하지만 싸움에 진 이상 약속대로 그의 부인이 되기로 한 것이다. 하지만 항복은 그때 한 번 뿐이었다. 잠자리에서만은 승자는 언제나 축융부인이었다. 그런 부인과 함께 맹획은 남만국을 다스렸다.

축융부인의 출전

"공명은 정면에서 싸우지 않고 이상한 책략을 쓴다고…. 아주 비겁하지…. 그 때문에 내가 당한거야. "

하고 맹획은 부인에게 변명하였다.

"여보, 그게 남만국의 왕이 할 소린가요. 정말 당신이란 자 믿을 수가 없어요. 내가 직접 군대를 이끌고 나가 싸울 수밖에 없군요."

부인은 이렇게 선언하였다.

"그럼 한 번 해 보구려."

이튿날 축융은 군대를 이끌고 출진하였다.

"대체 저 여자 누구야?"

촉의 장군 장의張儀는 앞장서 날뛰는 그녀를 발견하고 추격했으나 그녀가 던진 단검이 넓적다리에 꽂혀 말에서 떨어졌다. 장의가 축융에게 체포되자 촉나라 군사는 뿔뿔이 도망쳤다. 축융이 은갱동에 돌아오자 맹획은 부인 손을 잡고 기뻐하였다.

"이 자를 어떻게 처리할까요?"

"지금 죽일 수는 없지. 이 놈을 감옥에 가두어 두었다가 공명을 잡아오면 함께 죽여 버리자고."

공명에게 잡힌 축융

한편 촉군 진영에서는 장의를 구하기 위한 회의가 열렸다. 마충馬忠이 "제가 장의 장군을 구출하겠습니다." 하고 소리쳤다. 이릉대전夷陵大戰에서 크게 활약한 촉의 명장 마충은 군을 이끌고 출전했다.

"네가 공명이냐?"

하고 축융 부인이 깔보는 목소리로 물었다.

"나는 마충이다. 내 이름을 들어보지 못했느냐? 여자 따위가 왜 전쟁에 나왔느냐."

"뭐라고? 왜 공명이 직접 나오지 않고 남자 중에서도 너 같은 조무래기가 나타났느냐."

"그 입을 다물게 만들 테니 기다려라."

둘의 격투가 벌어졌다. 이리저리 몸을 피하던 그녀가 기회를 봐 던진 칼에 말이 쓰러지며 마충은 낙마했고 그 바람에 체포되었다. 민을 수 없게도 여자에게 장군을 둘이나 잃게 되자 공명은 탄식하였다. 이윽고 정신을 차린 공명은 조운과 위연에게 그녀를 사로잡을 수 있는 계책을 전했다. 며칠 후 그녀는 또 다시 전투에 나섰다. 촉 나라의 장수가 겨우 이 정도인가 생각하며 자신감이 하늘을 찔러 굴곡진 몸이 갑옷 안에서 팽팽하게 부풀어 오르고 있었다.

이번에는 조운과 대결하게 되었다. 조운이 누구인가. 여포가 살아 돌아와도 겨룰 만한 무장 중의 무장이었다. 겨룬다고 겨루었으나 도저히 당할 수 없다고 여긴 그녀는 연이어 단검을 던지며 싸우다 도망쳤다. 너무나 빨리 도망쳐 조운은 그녀를 잡지 못했다.

"안되겠다. 내일은 승상한테 배운 술책을 써야겠구먼."

조운이 위연에게 말했다. 다음날은 위연이 그녀와 다투었다. 위연은 앞으로 나가지 않고 병사를 내보내 그녀에게 도전하였다.

"저게 그 유명한 타조인인가? 타조와 똑같이 생겼군."

"나에게는 산돼지처럼 보이는데…. 산돼지야 이리 와라."

거칠고 프라이드가 강한 그녀는 화를 내며 잡병들을 쫓아버렸다.

"너희놈들 다 죽여버리겠다!"

축융은 냉정을 잃고 힘에 넘쳐 촉군을 향해 돌진해 나갔다. 그러다 산 아래 계곡으로 들어갔고 촉군이 장치한 올가미에 걸려 생포되었다. 여자로선 보기 드물게 용맹했으나 성급한 게 탓이었다. 그리하여 그녀는 무장해제 당한 상태로 공명 앞에 끌려가게 되었다. 공명이 가히 괴물이라고 부를 만한 축융을 물끄러미 바라보다 그녀의 용맹과 무공에 대해 몇 마디 칭찬의 말을 한 후 듣기 좋게 타일렀다.

"이제 남편에게 항복하라고 권하는 것이 어떨지."

"당신네들이 멋대로 쳐들어와 무슨 소리를 하는 거요."

"당신 남편은 다섯 번이나 잡혔고 내가 그 때마다 풀어주었소 더 이상 수모를 겪을 필요가 있겠소?"

"제 아무리 여러 번 체포당해도 자존심은 남아 있소. 나는 그를 도와 싸울 것이니 차라리 지금 나를 죽이는 것이 좋을 거요."

그녀는 공명이 자신이 죽이지 못할 것이라는 사실을 알고 있었다. 촉의 장수 둘이 남편의 수중에 있는데다 또 자신을 죽인다면 맹획이 끝까지 투쟁할 것을 공명이 계산에 두고 있을 것이기 때문이었다. 결국 축융을 장의, 마충과 교환하는 조건으로 낙착되었다. 그녀는 언제고 반드시 공명을 체포하겠다고 외치고 자기 진영으로 돌아갔다. 그녀가 돌아간 후 공명은, 촉에는 왜 저런 여자 장수가 없을까 하고 생각했다.

맹수를 다루는 목록대왕

축융이 돌아오자 남편은 그녀를 얼싸안으며, '이웃나라 목록대왕木鹿大王이 군사를 거느리고 와 도와주겠다 하였으니 이제 촉군을 무찌를 수 있다'고 기쁨에 들떠서 말했다. 본래 목록대왕과 맹획은 대립관계에 있었으나 맹획이 많은 선물을 주기로 약속하고 원군을 청한 것이다. 목록대왕은 거대한 흰코끼리를 타고 찾아 왔다. 코끼리뿐 아니라 우리에 넣은 사자, 호랑이, 표범도 가지고 왔다.

"촉의 군세가 강하다고 하나 그들이 뭐요. 기껏 사람이고 기껏 말 아니오, 이 맹수들을 보면 공포에 떨며 도망칠 것이니 염려 놓으시오."

그날 밤 맹획, 축융부인, 목록대왕은 성대한 잔치를 벌였다. 언제나 무희에 언제나 노래에 언제나 술이기에 이를 바라보는 축융부인의 눈에는 '사내놈들이란' 하는 마뜩찮은 기색이 가득 차 있었다.

"정말 아름답소."

어느 순간 목록대왕이 축융부인의 손을 잡는가 싶더니 슬쩍 가슴을 만졌다.

축융부인은 웃으며 목록대왕의 손을 꽉 잡아 그의 바지가랑이에 올려놓았다.

이 완력에 놀란 목력대왕은 그녀와 같은 여자와 하룻밤을 보내는 게 소원이 되어 버렸다.

"내일 전투의 작전계획은 맹획보단 당신과 짜는 게 낫겠소."

목록대왕이 은밀히 속삭이자 그녀는 그건 맞는 말이라고 생각하였다. 무모한 공격만 생각하는 멍충이 같은 남편이 작전을 총지휘하겠다고 나서면 비록 목록대왕이 도와준다 하더라도 승패는 오리무중이 될 가능성이 높았다.

목록대왕과 그녀가 작전계획을 짜러 별실로 가겠다고 하자 맹획은 화가 났지만 비위를 건드릴 수가 없어 꾹 참았다. 그날 밤 무슨 일이 있었는지는 알 수 없었지만 이튿날 목록대왕은 과연 맹수를 몰고 출전하였다. 맹수가 숲 속에서 종횡무진으로 뛰어다니니 놀란 촉병은 패주하고 남만군은 대승리를 거두었다.

패한 공명이 시름에 잠기자 공명의 처 황월영黃月英이 맹수보다 훨씬 큰 목각맹수를 만들었다. 다음 전투에 그 목각맹수가 입으로 불을 뿜자 겁을 먹은 목록대왕의 맹수들이 다 달아나고 말았다.

목록대왕은 어찌할 바를 모르고 그의 군사도 혼비백산해 맹수와 더불어 남만군은 모두 사로잡히고 말았다. 체포된 맹획과 축융은 또 다시 공명과 대면하게 되었다.

"병사도 다 잃고 나라도 혼란할 텐데 그래도 싸우고 싶은가? 정녕 그렇다면 한 번 더 기회를 주지."

이렇게 말하고 공명은 그들을 석방하였다.

"저 자가 우리를 번번이 풀어주지만 그것도 끝이 있는 법, 또 다시 사로잡히기 전에 제대로 된 방법을 강구해야겠소."

맹획의 말에 축융은 남편이 제 정신을 차린 것 같아 그나마 위안이 되었다.

최후의 보류 등갑군의 위협

다급해진 맹획과 축융은 구원의 손길을 보내줄 나라를 찾아 헤매고 다녔다. 그 모습에 축융의 동생 대래동주帶來洞主가 조언을 했다.

"동남의 오과국烏瓜國에 가 보시오. 그 나라에는 등갑군藤甲軍이라 불리는 3만 강병이 있어 촉군을 무찌를 수 있을 겁니다."

등갑이란 등나무 줄기를 말려 거기에 기름을 적셔 햇볕에 말리기를 수십번 되풀이 하여 짠 갑옷이다. 화살도 칼도 뚫지 못하고 강을 떠서 건너갈 수도 있어 전투에서 매번 승리를 거두고 있었다. 맹획 일행은 동남으로 향하였다. 맹획이 사정 이야기를 하자 그 나라를 다스리는 오과족의 왕 올돌골兀突骨은

"승리하면 빼앗긴 땅을 반씩 나눈다는 조건으로 전투에 임하겠소."

하고 나왔다. 맹획은 할 수 없다는 듯 이에 응했다. 올돌골이 이끄는 등갑군에 맞서 촉군은 정공법으로 나왔으나, 등갑에는 화살과 칼이 소용없어 제대로 된 공격도 못해보고 패하였다. 그 후에도 올돌골이 이끄는 동갑군은 계속 승리를 거두었다. 그러다 어느 날 올돌골은 승리에 도취하여 깊은 산 계곡까지 전진하였다. 공명이 그 골짜기에 화약과 지뢰를 설치해놓고 적을 유인한 것이다. 동갑에 불이 붙자 무섭게 타올라 전원이 불에 타 죽고 말았다.

이 수밖에 다른 도리가 없었지만 그들이 전부 불에 타 죽은 처참한 모습을 보고 공명은 눈물을 흘렸다. 맹획은 더 이상 의지할 군사가 사라지자 자포자기 상태에서 촉군을 향해 마지막 공격을 하였다. 결국 맹획은 사로잡히고 끝까지 용감하게 싸우던 그의 부인도 공명에게 머리를 숙이고 항복하였다.

공명은 축융부인의 용기와 의지를 높이 평가하고 그녀의 뛰어난 전

술을 찬양하였다. 그녀는 남편에게 앞으로는 촉나라와 화친한 후 조용히 살자고 말하고는 남편을 껴안고 돌아갔다. 이후 남만의 땅에는 평화가 되돌아왔다. 그리고 축융부인과 공명은 가끔 서로를 떠올렸다.

16. 공명의 부인이 된 로마의 여인

공명孔明은 젊어서 형주荊州에서 학문을 닦았으며 동료로는 석광원石廣元, 서서徐庶, 맹공위孟公威가 있다. 위의 세 사람은 주로 학문의 정밀성에 치중하였으나 공명은 학문의 요점을 잡아 그 본질을 추구하였다. 학우 서서가 유비劉備의 군사軍師로 있으면서 조조曹操의 군세를 무찔렀으나 모친이 조조에게 인질로 잡히는 바람에 유비 곁을 떠나야 했다. 떠나기 전 그는 공명을 유비에게 천거하였다.

유비가 공명을 세 번 찾아가니 그 의지와 정성에 감동한 공명은 마침내 유비의 군사가 되었다(그 때부터 그는 유비가 죽을 때까지 함께 하고 유비의 아들 유선劉禪까지 보좌했다). 공명의 도움으로 유비는 오吳의 왕 손권孫權과 동맹을 맺고 적벽赤壁의 싸움에서 큰 승리를 거두었다. 유비가 오와 동맹을 맺은 데는 조조와 싸워야 한다는 오의 신진정치가들과의 이해관계가 맞아떨어진 배경도 있었다.

그 후 공명은 유비를 모시고 형주荊州와 익주益州를 차지하고 왕업의 설계에 열중하였다. 유비가 한중왕漢中王이 된 건안建安 24년 (서기 219년) 이때가 이 정권의 전성기라고 할 수 있었다. 그 후 관우關羽의 패전, 유비의 오 원정 실패로 인하여 촉蜀은 하나의 지방정권으로 전락하였다.

공명의 전투는 바로 이때에 시작된다. 우선 국력을 회복하고 내정을 충실히 하였다. 적이었던 오나라와도 우호관계를 맺고 국가를 안정시켰다. 후환을 없애기 위해, 조조의 지원을 받고 있는 남만국의 침범을 막고 원주민을 달래 평화를 확립하였다.

출사표出師表는 공명의 그 이후의 사업 완성을 향한 꿈을 나타낸 것이다. 삼국은 그 당시 비교적 안정되고 평화로웠다. 그러나 공명은 머지않아 위험이 닥쳐올 것을 알고 있었다. 국력의 크기는 위, 오, 촉이 6대 3대 1이었다. 촉은 중국의 10분의 1에 지나지 않았다.

공명은 군비를 강화하고 한 제국의 침탈자인 위에게 계속 도전하는 것이 촉의 존재 이유라고 생각하였다. 이것은 거의 하나의 신념, 신앙이 되어버렸다. 공명의 부인 황월영黃月英은 공명이 위와 대결해 싸우는 동안 계속 전략을 선보이고 새로운 무기의 개발에 힘썼다.

황부인은 무척 영리하였다. 공명에게 위나라를 치지 말고 우선 국가를 강하게 하여 평화를 유지하며 때를 기다리라고 수없이 충고를 하였다. 공명의 강한 신념은 존중하지만 신념만으로는 위나라에 이길 수 없다고 판단한 것이다. 그러나 공명의 전생이 한니발이었던지,

한니발이 알프스산을 넘어 바로 로마를 치지 않은 것이 한이 되어 다시 태어난 그로서는 위나라를 쳐부셔야만 했던 것이다.

황부인은 온 힘을 다해 남편을 도우면서도, 위 정벌征伐을 중단시키는 일이 불가능함을 알고 체념한 상태에서 촉이 멀지 않아 멸망하리라는 것을 예감하고 있었다. 그럼 공명의 부인 황월영은 어떠한 여자인가? 그녀의 아버지는 로마인으로 그녀의 원래 이름은 마리아이다.

아름다운 얼굴을 감춘 異國의 소녀

로마인이 이끄는 상인 일행이 2년간 실크로드를 거쳐 장안長安에 이르렀을 때 마리아는 그 도시의 활기에 놀랐다.

"아버님 여기가 동쪽 나라 제 일의 도시인가요?'

과학자인 그녀의 아버지는 상인을 따라 한나라에 왔는데 그 이유는 서양의 치수治水 기술을 가르치기 위해서였다. 실크로드는 현재의 터키 이스탄불과 중국 장안을 거의 일직선으로 연결하는 세계제일의 교역로이다. 장안에는 전 세계에서 모인 상인들이 시장을 열었고 금은보배, 비단제품, 도자기, 그리고 인간까지도 매매가 성행하였다. 특히 아랍산의 큰 말은 한나라 관리들이 몹시 탐을 내는 것이었다.

마리아는 일여 년 머무는 동안에 이곳의 풍습과 언어를 거의 익혔다. 그녀가 13세가 된 어느 날 얼굴을 먹으로 검게 칠한 것을 본 아버지는 그 이유를 물었다. 마리아는, 사람들이 자기를 모두 뚫어지게 쳐다봐 시선을 피하기 위해서라고 대답했다. 그녀는 같은 나이 또래의 한나라 여성보다 몸이 크고 얼굴도 특수하게 생겼다. 당시 마을에는 서양인 창녀들이 많았는데 중국인들이 유별나게 좋아했다. 마리아는 그런 그들의 눈에 띄고 싶지 않았다.

2년 후 아버지는 풍토병으로 세상을 떠났다. 그후 그녀는 아버지와 친했던 황승언黃承彦에게 의지하게 되었다. 그는 형주 양양襄陽의 부자로 마리아의 뛰어난 재능에 놀라워했다. 마리아는 그의 보호 하에 학문에 열중하였다. 아버지가 남겨 놓은 설계도를 보고 자동인형 등 갖가지 기계를 발명하여 세상 사람을 놀라게 하였다. 황승언은 그녀가 그 방면에 큰 인재가 되리라고 보고 먼저 좋은 배우자를 만나야 되리라고 생각하였다.

당시 그 곳에는 두 천재가 있었다. 하나는 와룡 언덕에 사는 제갈량諸葛亮으로 자는 공명이었다. 또 하나는 방통龐統으로 자는 사원士元이었다. 이 둘은 아직 이름은 떨치지 않았으나, 공명은 잠든 용, 사원은 어린 봉으로 이 둘 가운데 하나라도 얻는 자는 원한다면 천하를 지배할 수 있다고 수경선생 사마휘司馬徽가 예언한 바 있었다.

공명은 그 뛰어난 풍모와 재능 때문에 연담이 많이 있었으나, 상대가 제 아무리 미인이고 높은 벼슬을 하는 집안이어도 정중히 거절해 왔다. 공명에게는 두 가지 원이 있었는데 하나는 자기의 재능을 살릴 수 있는 덕 있는 주군을 만나는 것이고 또 하나는 자기의 마음을 폭

넓게 이해할 수 있는 여인과 같이 사는 일이었다. 그러나 그의 친구 서서는 공명과 마음이 통할만한 여자란 이 세상에 없을 것이라고 하였다.

공명의 부인 고르기

건안建安 11년 (서기 206년) 6월 황승언은 마리아를 데리고 공명이 사는 초가집을 방문하였다. 공명은 마리아의 금발 머리털, 회색 눈동자, 거대한 체구, 얼굴을 검게 칠해 미를 감춘 모습, 지식의 풍부함, 탐구심이 강한 면을 보고 매우 놀랐다. 공명은 그 자리에서 그녀에게 반했고 그녀도 그가 마음에 들어 바로 결혼을 하였다. 그녀는 황승언의 딸로 간주되어 황부인이라고 불렸다.

황부인은 공명에게만 그의 흰 살을 보였는데 외출할 때는 얼굴을 검게 칠해 사람들의 시선을 피하였다. 황부인은 여러 가지 발명품이나 발명기술로 공명을 놀래키는 것이 즐거웠고 공명 또한 그런 과정을 통해 자신의 지능을 개발하였다. 두 사람은 너무나 행복하게 지냈다. 잠자리에서도 서양 여자 특유의 적극성에다 발명품을 만드는 그 능력으로 성적 기교에 있어서도 새로운 것을 연신 선보이니 공명은 세상 누구보다 그녀를 아끼게 되었다. 그런 와중에서도 공명의 마음엔 나라의 앞날에 대한 걱정과 함께 천하를 도모해보고 싶은 욕구가 끊이지 않았으니 이는 한나라의 선비로서 당연히 지녀야 할 우국충정이었다. 이런 그에게 마침내 기회가 찾아왔으니, 이듬해 공명의 평판을 들은 유비가 세 차례나 공명을 방문하여 군사로 맞아들인 것이다.

공명은 후에 유비에게 천하삼분지계天下三分之計를 제시하였다. 북은 조조에게 양보하되 유비는 형주를 기반으로 하여 익주로 뻗어 오의 손권과 천하를 삼분하는 계획이었다. 그 후 오와 동맹하여 조조를 견제한 후 천하 통일로 한나라 왕실을 부흥시키는 것이 그의 원대한 야망이었다.

공명이 황부인과 의논해 이처럼 심원하고 멋진 안을 내놓자, 유비는 뚜렷한 목표와 함께 나아갈 길이 열린 것에 기뻐하였다. 공명보다 스무 살이나 위인 유비지만 유비는 공명을 믿고 공명도 유비를 이상적인 주군으로 받들었다. 거기에 황부인은 멋진 참모역을 하였다. 유비는 '공명과 나는 물고기와 물처럼 서로 없어서는 안 될 존재'라고 하였다.

공명과 황부인은 초가집을 동생 제갈균諸葛均에게 맡기고, 유비가 다스리는 형주 근처의 신야성新野城으로 옮겨갔다. 공명이 거기서 군사를 양육할 때 조조군 10만이 쳐들어왔다. 황부인은 '유비 나리께 검과 인을 받고 병권兵權을 잡으라'고 충고하였다.

"여보. 당신은 아직 젊고 실적이 없습니다. 관우, 장비, 조운 같은 이름 있는 장군이 말을 잘 안 들을 것입니다. 그러면 제아무리 좋은 계획도 실패하기 마련입니다. 유비 나리로부터 병권을 얻어내야만 당신의 명령이 권위를 가질 것입니다."

공명은 감격스러운 마음으로 그녀의 말을 따랐다. 유비는 공명에게 병권을 맡기고 일절 간섭하지 않았다. 결과적으로 조조군은, 황부인의 조언을 들은 공명의 계략에 걸려 괴멸한 채 도주하였다. 모두 공명의 재능에 감탄하였다.

조조군에 잡힌 황부인

크게 참패한 것에 분해한 조조는 스스로 50만 병력을 이끌고 다시 신야성으로 쳐들어갔다. 성의 수비병은 겨우 1만 명에 불과하였다. 공명과 유비는 영민들을 데리고 남하하였으나 조조에게 추격당해 군대와 영민들과 가족 모두 뿔뿔이 흩어졌다. 황부인도 혼자 길을 잃고 헤매다가 조조군의 병사에게 발견되었다. 얼굴을 먹으로 검게 칠한 금발의 여인을 향해 병사들이 달려들었다.

"이 여인이 공명의 부인이다!"

"참 못 생겼네…. 이것도 여자인가."

"옷을 벗겨 여잔지 확인해 보지.'

병사들은 웃으며 그녀에게 접근하였다. 한 병사가 황부인의 몸에 손대려 하자 그녀는 재빠르게 페르샤의 단도를 꺼내 방심한 세 병사의 목을 찌르고 말을 빼앗아 남편이 머무르고 있는 강하江夏로 달려갔다. 공명은 옷이 피로 붉게 물든 황부인을 보고는 껴안고 울었다.
"내가 정신이 없어 당신을 죽일 뻔했소."
그녀는 남편에게 안겨 깊은 잠이 들었다. 황부인과 공명, 그리고 유비군은 강하로 내려가 한 때 평화로운 시간을 보냈으나 조조군은 형주를 평정하고 80만의 군세로 장강의 위수에 기지를 만들어 강하의 유비군과 그 후방에서 세력을 뻗치는 오의 손권군을 평정하고 천하 지배의 최종태세에 들어가고자 했다. 이 상태로는 유비군은 독안에 든 쥐로 조조군에게 전멸되는 것은 시간문제였다. 황부인은 순찰 중인 남편에게 독촉했다.
"어찌하여 헤매십니까. 궁지에 몰린 이 순간이야말로 천하삼분의 계를 이룩해야 할 기회입니다."
"적은 대군이오. 뭘 어찌 하란 말이오."
공명이 한숨을 쉬며 말하자 황 부인이 대답했다.
"오의 손권과 급히 동맹을 맺은 후 조조를 막을 방법을 구하세요. 그렇게만 한다면 틀림없이 길이 열릴 것입니다."
이 말에 공명은 크게 깨닫는 바가 있었다. 공명은 단신으로 배를 타고 장강을 내려가 오나라로 갔다. 며칠 후 유비군과 오가 동맹을 맺었다는 소식이 들려왔다.

오나라 병사는 수는 적지만 수전에 능하고 조조의 군은 수는 많지만 북쪽 사람들이라 수전에 익숙하지 않았다. 그 해 12월 오군과 조조군이 장강에서 격돌하여 오군이 승리하였다. 7천 척이나 되는 대

선단은 공명의 계략으로 인하여 다 타버리고 조조는 빈사의 상태에서 도주하였다. 공명은 조조가 사라진 형주를 빼앗아 기반을 굳혔다. 3년의 세월이 흘렀으나 황부인은 아이를 갖지 못하여 공명의 형 제갈근諸葛瑾이 차남 제갈교諸葛喬를 그들에게 양자로 주었다.

공명을 아이디어로 구하다

건안 24년 (서기 219년) 유비군은 형주에서 출사하여 익주, 한중을 취하고 건안 26년에 유비는 촉한 황제가 되었다. 형주, 익주, 한중이라는 중국의 중앙에서 서방을 전부 평정하고 촉한 왕국을 만든 것이다. 공명은 승상丞相이 되었다.

공명은 위를 치기 위해 험한 산을 넘어야만 했다. 10만이 넘는 병사들의 식량을 소나 말이 날라야했다. 또한 우마牛馬의 식량만 해도 막대한 양이었다. 황부인은 어렸을 때 아버지가 남겨준 인형의 설계도로 나무 우마를 만들었다. 나무 우마라 먹이도 필요 없고 하루 종일 일해도 피곤해하지 않을 터였다. 2년의 세월을 두고 목우牧牛는 완성되었다.

많은 고생을 한 공명도 4차 북벌 때부터는 우마의 활약으로 식량부족 문제가 해결되고 전투도 매우 유리해졌으나 적장 사마의司馬懿의 지구전에 말려 결국 퇴각할 수밖에 없었다. 황부인은 남편이 5차

북벌을 떠나기 전에 물었다.

“목우유마牧牛流馬만으로는 전쟁에 이길 수 없습니다. 그런데 당신은 왜 싸우려고 합니까.”

“그것은 내가 이미 7년 전 출사표出師表에 밝힌 그대로요. 반드시 북방을 수복하라는 선제의 유언을 내 목숨이 붙어 있는 한 어찌 잊을 수 있겠소”

5차 북벌을 위해 떠난 공명은 오장원五丈原에서 54세를 일기로 세상을 떠난다. 그러나 건흥建興 5년(227년)에 공명이 위를 징벌하러 떠나며 후제侯第 유선劉禪에게 올린 출사표는 이후 1800년을 살아남아 그것을 읽는 사람의 가슴을 뜨겁게 울린다.

촉상蜀相

두보杜甫

丞相祠堂何處尋 승상의 사당 어디 가면 찾으리
錦官城外柏森森 금관성 밖 측백나무 우거진 곳이어라
映階碧草自春色 섬돌에 비친 푸른 풀에 봄빛 어리는데
隔葉黃鸝空好音 나뭇잎 사이 노란 꾀꼬리 마냥 우네

三顧頻煩天下計 세 번이나 유비가 찾아와 천하 계교를 얻었으니
兩朝開濟老臣心 양대에 걸쳐 조정을 돌봄은 늙은 신하 마음이네
出師未捷身先死 출전했으나 이기지 못하고 일찍 세상을 뜨니
長使英雄淚滿襟 영웅들의 눈물만 길이 옷깃 적시네

부록

여인들, 영웅을 말하다

여인들, 영웅을 말하다

하늘나라의 여인들에게 날아온 초대장

삼국지에 등장하는 수많은 영웅英雄과 여인들, 세월이 흘러 그들은 모두 세상을 떠났다. 육신은 흙이 되어 썩고 바람이 되어 흩어졌지만 영혼은 하늘나라로 가 기거하게 되었다. 그 중에서도 영웅의 가슴에 불을 붙이고 역사의 물줄기를 트고 한 나라의 운명까지 바꾼 여인들이 있었으니, 어느 날 그녀들 하나하나에게 초대장이 날아왔다.

초대장에는 그 미모에 달도 부끄러워 숨는다는 초선貂蟬, 동탁에 의해 잔인하게 살해된 왕미인王美人, 기녀妓女 출신으로 조조曹操의 정처正妻가 된 변황후卞皇后, 미인계美人計로 조조를 패퇴시킨, 장제張濟의 미망인 추씨鄒氏 부인, 원소袁紹의 둘째 아들 원희袁熙의 처에서 조비曹丕의 처가 되었으나 조조가 몰래 탐한 견씨甄氏, 강동의 소패왕小霸王 손책孫策의 처 대교大喬와 대도독大都督 주유周瑜의 처 소교小喬 즉 강동이교江東二喬, 그리고 유비劉備의 두 처 미부인糜夫人과 감부인甘夫人, 손권孫權의 누이동생으로 유비의 처가 된 손인孫仁, 로마에서 와 제갈공명諸葛孔明의 처가 된 황월영黃月英, 晉나라 시조 사마의司馬懿의 부인 장춘화張春華, 남만南蠻의 왕 맹획孟獲의 처 축융부인祝融婦人 등이 망라되어 있어 그 이름만으로도 숨이 막힐 지경이었다. 하늘나라의 우편제도는 한 점의 구름이 떠가다 흩어지며 꽃비가 내리고, 그 중의 꽃잎 하나가 하늘거리며 여인의 앞치마나 머리맡에 내려앉는 식이었다. 초대장은 그렇게 하늘나라 각지로 배달되었고 마침 숲 속에서 금琴을 켜고 있던 초선이 가장 먼저 반아보게 되었다.

붉은 나뭇잎의 잎맥에 새겨진 초대인물들을 본 초선은 그녀들이 모두 한 시대를 풍미한 여인들임을 한눈에 알아보았다. 여기 와서야 알았지만, 그녀가 죽은 후에도 조조는 수많은 여인들을 취했고, 그 여인들의 이름을 일일이 듣는 것만 해도 피곤했다. 추씨 부인에 대해선 도대체 그 성적 매력이 어느 정도인지 확인하고 싶었고, 견씨에 대해선 여러 남자를 녹이는 마력魔力이 무엇인지 궁금했다. 조조로 하여금 전쟁마저 불사하게 만든 강동이교에 대해선 활활 타는 질투심이 일어났다. 비록 조조의 청을 뿌리치고 여포呂布를 따라 죽음을 택한 그녀였지만, 한때 사랑했던 사람이 그토록 여자들에게 집착하는 것을 확인하는 게 괴로웠다. 천상에 와서도 여인의 질투란 사그라드는 법이 없었다.

초대장소는 은하정銀河亭이라는, 밤이면 별들이 고향인양 모여든다는 곳이었다. 백 년에 한번 주요한 연회나 모임에만 공개하는 곳이었다. 초선은 금을 뜯던 손길을 멈추고 하늘을 올려다보았다. 하늘나라에도 하늘은 있었으니, 거기 조조와 여포의 얼굴이 흘러가고 있었다. 여포를 사랑했으나 그는 조조의 손에 죽었다. 그런데 왜 사랑하는 사람을 앗아간 조조가 미워지지 않는 것일까. 역사의 승자로 남은 그 이름에 뒤늦게 매혹된 것일까. 그러나 여포의 뒤를 따라 세상을 뜬 자신의 결정을 후회하지는 않았다. 조조의 사랑을 받은 여인들은 많지만 여포의 사랑을 받은 여인은 그녀 외에는 없었다. 그리고 여포의 진가眞價를 아는 여인도 그녀 하나였다.

감회에 젖어 은하정으로

취미생활로 식기食器에 옷칠을 하던 중 초대장을 받아든 변황후卞皇后는, 조조와 관련된 여인들을 이렇게 한꺼번에 만나다니, 그녀들에게 무슨 말을 해야 하나 한숨이 나왔다. 영웅에게 여인이 없을 순 없는 법, 그래도 조조는 지나치게 많은 여자들을, 처녀든 과부든 적장의 부인이든 가릴 것 없이 취함으로써 때로 화를 자초하지 않았던가. 추씨 부인에게 빠져 장남 조앙曹昂을 죽이는 우까지 범했었다. 물론 그녀 자신도 첩의 신분으로 황후 자리를 차지하긴 했지. 그러니 하늘나라에 와서도 조앙의 친모나 다름없는 정부인丁夫人에게 간간이 안부를 띄우곤 했던 것이다.

채소밭을 가꾸다가 허리를 편 미부인糜夫人은 나는 새가 떨어뜨리고 간 초대장을 받고 눈물을 쏟았다. 우물 속에 몸을 던진 자신이 그 죽음의 순간에 보았던 건 무엇이었던가. 유비의 적자嫡子 유선劉禪을 지키려 했던 마음을 후세 사람들이 알아주고 시詩로 전파한다는 것에 감동했었고, 지금 다시 돌아간다 해도 그 순간 그렇게 했으리라는 생각이 들었다. 비록 나라는 위魏나라에게 멸망했지만 그 전에 촉蜀나라가 섰고 지아비는 황제로 유선도 2대 황제로 등극했으니 미련은 없었다.

하늘나라의 호위무사들과 검술시합을 하고 있던 손인孫仁은 어디선가 날아오는 화살을 손으로 잡아 챈 후 화살촉에 꽂힌 종이를 펼쳐보았다. 초대장에 유비의 두 부인 미부인과 감부인의 이름이 들어 있는 것을 보고 숨이 멎는 것 같았다. 어머니 오국태吳國太가 위중하다는 말에 속아 오나라로 건너간 이후 아두阿斗, 유선의 아이 적 이름를 보지 못해 애타 했던 그녀였다. 그리고 유비가 원망스러웠다. 그는 왜 나를 구하러 오나라로 첩자라도 보내오지 않았을까. 천상에서도 손인은 유비와의 길다면 길고 짧았다면 짧았던 날들에 대한 추억에 잠기는 날이 잦았다. 천상에선 모든 게 평안하지만 이승에서의 격렬함과 애절한 그리움과 뼈가 녹는 것 같은 쾌감의 세계는 없었다.

거대한 작업실에서 목우牧牛를 비롯한 각종 발명품을 만들고 있던 공명孔明의 처 황월영黃月英이 흐르는 땀을 닦으며 잠시 쉬고 있는데, 트로이의 전쟁을 일으키게 한 스파르타의 왕비 헬렌이 다가와 편지 한 장을 건넸다.

'초대장이 잘못 전달되었네요. 당신에게 온 것이에요."

헬렌은 역사상 가장 유명한 발명품인 트로이의 목마와 관련된 인연으로 황월영과 함께 이 작업실에서 각종 발명품들을 연구하고 만드는 작업을 하고 있었다. 우편배달부가 로마 출신 황월영과 그리스 여인 헬렌을 구분하지 못하는 것은 있을 수 있는 얘기였다. 초대장을 받아 쥔 황월영은 가슴이 벅차올랐다.

그렇지 않아도 하늘나라뿐 아니라 이승에서도 제갈공명이 유비를 넘어 최고의 추앙推仰을 받는 것을 보고 가슴 뿌듯해 하고 있던 참이었다.

'우린 행복한 부부였지. 그러나 그는 출사표出師表를 던지고 마침내 오장원五丈原의 별이 되어 세상을 뜨고 말았지. 세상에 나보다 더 공명을 아는 자 누가 있을까.'

황부인은 헬렌 앞에서 애써 태연한 척했다. 그녀가 파리스 왕자를 아직도 그리워한다는 것을 알고 있었기 때문이었다.

그 외의 다른 여인들도 각기 다른 장소에서 초대장을 받아들고 깊은 감회에 젖은 채, 모임 장소인 은하정으로 가는 차비를 서둘렀다.

조조가 사랑한 세 여인

하늘나라에도 빛나는 해가 떠 있고 미풍이 불었다. 멀리 숲이 있고 꽃들이 만발한 아름다운 정원에 자리한 오각 정자亭子에는 의자와 차를 마실 수 있는 탁자가 준비되어 있었다. 탁자엔 선녀들이 마시는 차와 함께 사마의司馬懿의 여동생 사마아가 따곤 했던 천도복숭이가 접시에 담겨 있었다. 복숭아의 빛깔이 젊은 여인의 뺨처럼 불그레했다. 많은 의자가 비어 있었고 아직은 두 여인만이 자리에 앉아 풀빛이 어른거리는 연못에 시선을 주고 있었다.

그때 어디에서 금 타는 소리가 들려오자, 그 소리를 한참 듣고 있던 여인이 소리가 들려오는 곳을 향해 돌아보았다.

"누구신가 했더니 그 유명한 강동이교의 소교 되시는군요."

단정한 용모에 하얀 피부가 빛나는, 어딘가 쓸쓸함이 느껴지는 부인이 고개를 돌린 여인에게 말했다. 그러자 매우 세련된 용모의 여인이 "어떻게 아셨나요?" 하고 물었다.

"음音이 틀리면 주유가 돌아본다는 말을 모르는 사람이 있나요. 그 부인 또한 음악에 조예가 깊다는 것도."

그러자 소교는 미소를 머금고 "저야 조금 구별하는 정도지요. 귀부인께서는 그럼?"

"감부인이라 하오. 적벽대전赤壁大戰에서의 부인의 역할이 대단했다는 소리를 여기서도 들었어요."

"아 유비 나리의 감부인이시군요. 몰라 뵈었습니다. 촉蜀의 제 2대 황제 유선의 모친 되시는 분을 여기서 뵙다뇨."

"제 아들이 못나 그만 나라를 잃고 말았어요. 조상님들께 뭐라 해야 할지 모르겠네요."

"나라야 저희도 못 지킨 걸요. 다 훗날의 이야기이고 우리야 그때 할 만큼 했지요."

"할 만큼 한 사람은 저 외에 따로 있답니다. 제가 초대장을 받고 서둘러 온 것은 누구보다 그 사람을 보러 온 것인데 아직 오지 않았네요."

"제가 알아 맞춰 볼까요?"

"……"

"미부인을 기다리시는 거 아닙니까?"

"맞아요. 조조군이 쳐들어오자 아두阿斗를 구하기 위해 우물에 몸을 던졌죠."

"그 이야기라면 우리 모두가 감복하고 있어요."

중년 부인의 소리가 들려 두 여인이 돌아보니. 기품이 있어 보이는 여인이 서 있었다. 정자 밖에 그녀를 내려놓은, 두 마리 말이 끄는 가마가 되돌아가고 있었다.

"비록 적장의 아내지만 그런 이야기는 적과 아군을 떠나 모성의 영원함과 여성의 위대함을 웅변하는 거지요. 그 미부인을 여기서 만날 수 있다니 가슴이 뛰는군요."

"미부인을 적장의 아내라고 부르는 당신은?"

감부인이 묻자,

"변황후 라고 합니다." 하고 그녀가 고개를 숙였다. 화장도 하지 않고 워낙 검박(儉朴)한 차림을 하고 있어, 조조의 정처正妻로서 가히 삼국지의 여성 중에 최고의 권력을 누린 변황후라고는 짐작하지 못했던 것이다.

"아."

소교가 놀라움을 보였다. 시녀가 와서 변황후를 자리로 안내하고 차반의 주전자를 들어 차를 따라 주었다. 세 여인이 마시는 차의 향기가 그윽하게 퍼지는 가운데 이제 저 멀리 숲 속에서 들려오는 금 소리는 가늘게 이어지고 있었다.

"당신이 바로 조조의 정처 변황후란 말인가요."

소교가 탄성처럼 말했다.

"저 같은 여인이 황후여서 실망시켜 드린 것 같군요."

"아닙니다. 사실 삼국시대를 통틀어 당신보다 높은 권력과 지배력을 가진 여인은 없다 해도 과언이 아닙니다. 조조에 대해선 할 말이 많지만 당신에 대해선 들은 바가 있어 모두가 존경하고 있지요."

"검약하시고 인의仁義를 아시고 사리판단이 뛰어나셨죠."

감부인이 이어 말했다.

"과찬입니다. 사실 조조의 정처로 산다는 건 쉬운 일은 아니었습니다."

"천하의 조조 아닙니까. 여자 문제로도 속 썩으셨겠어요."

소교가 약간 비아냥거리는 투로 말했다 .

"영웅호색英雄好色이니 영웅 곁에 어찌 미인美人이 없겠습니까. 다만 그 때문에 패가망신 할 뻔도 있었죠."

"장제張濟의 처 추씨 부인을 취했을 때 이야기인가요?"

소교의 말은 거침이 없었다. 그것은 적벽대전 당시 남편인 주유 대도독에게 충고하던 그녀의 생전 성격과 조금도 다르지 않았다. 변황후가 대답했다.

"사실 그 사건은 자칫 장남 조앙의 목숨뿐 아니라 자신의 목숨 그리고 위나라의 존립까지 위태롭게 한 위험한 도락道樂이었어요."

"외람된 말이지만 당신은 그 때문에 황후가 되지 않았나요?"

그때 하늘거리는 옷을 입은 여인이 나타나 말했다. 색향色香이 진동하였고 그녀의 온 몸에선 일반 부인에게선 볼 수 없는 요염함과 위험한 기운이 뿜어져 나왔다.

"당신은?"

변황후가 가볍게 눈썹을 찌푸렸다.

"사람들은 저를 추씨 부인이라고 부르지요." 하고 그녀가 답하였다.

또 다시 놀란 소교는, 과연 조조를 위험에 빠뜨리고도 남을 만한 여인임을 단번에 알아보았다.

"조앙이 죽은 충격으로 정부인丁夫人이 조조 곁을 떠난 후 당신이 정처가 되었지요. 아 물론 그것이 잘못 되었다는 게 아니에요. 그냥 일이 그렇게 흘러갔다는 이야기지요. 혹시 절 원망하시나요?"

추씨 부인의 말에,

"우리는 모두 아녀자들입니다. 적의 부인이라도 그 심정은 알지요.

저는 그런 대단한 성적 기예가 없어 그런 미인계美人計를 쓸 수는 없었지만 당신은 당신 땅을 되찾기 위해서 그렇게라도 해야 했겠지요. 그건 제가 뭐라고 할 수 없는 겁니다. 그리고 모두 지난 이야기입니다."

변황후가 차분하게 말했다.

"호호. 변황후께선 겸양이 지나치셔요. 기녀妓女 출신인 것 천하가 아는 바인데 기예가 없으시다뇨?"

추씨 부인의 당돌한 발언에 감부인이 더 당황해 하고 있었다. 변황후는 찻잔에 입을 대고 아무 말도 하지 않았다. 기녀 출신의 여자를 정처로 받아들인 조조의 대범함과 인품을 네가 어찌 알랴 하는 표정이었다. 그런 남자만이 세상의 기준에 자신을 맞추지 않고 주체성을 가지고 뛰어난 재능을 가진 신하를 발탁하여 부릴 수 있는 것이었다. 조조라고 왜 세상의 도리와 선악을 모르겠는가. 그러나 난세를 맞이해 천하를 경영함에 그 큰 뜻에 모든 것을 녹인 채 자신감을 갖고 천하제패의 위업을 향해 나아간 것이었다. 추씨 부인, 그대가 색으로 조조를 사로잡아 일시 패퇴시켰다 하더라도 그것만으로 조조를 평가하는 건 속 좁은 아녀자의 생각이라는 걸 알아야 할 것이었다.

"사실 조조는 내가 만난 남자 중에서 가장 멋진 남자였어요, 강했지만 그 내면은 부드러운 데가 있었죠. 밤에는 가끔 시를 읊기도 했답니다. 세상 사람들은 우리가 침실에서 육체적 향연만 나눴다고 알고 있는데 그는 가끔 수심에 잠겼고 밤하늘을 보며 고통스러운 심정이 묻어나는 시를 읊곤 했죠. 물론 그런 감정에 오래 빠지진 않았지만요. 강한 남자가 시를 말할 땐 여자라면 넘어가지 않기 힘든 법이죠. 그래서 그가 장수張繡의 습격으로 곧 죽어야 한다고 생각하니 사랑을 나누면서도 슬프기 그지없었답니다."

추씨 부인이 아스라한 추억에 잠긴 표정을 지었으나 변황후는 이번에도 아무 말 하지 않았다. 그녀가 한 말도 조조의 단면이긴 하지만 보다 복합적이고 심원한 면은 여자 중에선 오직 정처인 자신만이 안다고 자부하고 있었다.

"조조를 패퇴시킨 당신의 이야기는 아주 유명하지요. 그런데 들리는 애기론 장수張繡의 군사軍師였던 가후賈詡와 결혼해 살았다는 데 그게 사실인가요?"

감부인이 물었다.

"장담하건대 가후 나리보다 좋은 남자는 없죠. 그는 훗날 조조에게 투항했고, 조조는 적이라도 뛰어난 재능을 쓰는데 인색해 본 적이 없었어요. 조조는 내가 가후의 부인이 되어 있는 걸 알고 있었어요. 그러나 끝내 모른 척 해주었죠. 그것이 진정한 사내의 기질이죠."

"흥. 사내가 한갓 여자를 취하기 위해 전쟁을 일으키는 것도 기질인가요. 감기가 들어 여기 못 왔지만 대교 언니가 왔다면 조조에 대해 할 말이 많을 거에요."

소교가 쏘아붙였다.

"무슨 말인가요?"

추씨 부인이 말했다.

"강동이교를 차지하기 위해 적벽대전을 일으킨 건 천하가 다 알고 있어요. 강동이교를 옆에 두고 지내겠다는 내용의 동작대부銅雀臺賦라는 시까지 짓게 해 주유 나리를 격분시켰지요."

"호오. 소교 당신은 아직도 조조가 당신 하나 때문에 전쟁을 일으켰다고 믿고 싶어 하나요. 물론 여자 입장에선 그것도 멋진 일이네요, 경국지색傾國之色의 미모를 확인받을 수 있으니까. 허나 우리가 알기에 당신은 제갈공명에게 그 시에 대한 언질을 줬고 그가 주유를 격분시켜 전쟁에 나서게 했어요. 당신은 미모뿐 아니라 지략도 교활했지요."

변황후가 말했다.

"조조가 과부를 좋아한다는 건 천하가 다 아는 일, 그가 전쟁을 일으킨 목적에는 여자도 있었다는 정도로 정리해 두죠. 동풍이 불지 않았으면 이교는 동작대에 갇혔으리라는 시도 있잖아요."

추씨 부인이 말했다. 그녀는 자기보다 소교가 조조 마음에 더 들었으리라고는 추호도 생각하고 싶지 않았다.

"조조의 첩이 될 수 있는 여자도 세상엔 정해져 있죠, 아무나 되는 건 아니랍니다."

변황후의 거만한 말에,

"뭐라고요?"

소교가 날카롭게 부르짖었다. 변황후는 그저 미소로 답했다. 겉으론 온화하기만 한 변 황후의 내면엔 이런 담대함과 권위의식이 숨어 있었다.

여포가 그리운 초선, 동탁을 증오하는 왕미인

"그 자를 본 적이 있네."

이때 눈부신 미녀가 등장했다. 뇌쇄적인 몸매와 뛰어난 미모와는 달리 표정에는 분노가 담겨있었다. 황후가 되었다가 동탁董卓에 의해 죽임을 당한 왕미인王美人이었다. 그런데 그녀를 알아보는 사람이 아무도 없었다.

"낙양洛陽의 황궁에 온 적이 있었지. 동탁의 신임을 꽤 받았던 걸로 알고 있네. 난 그 자가 어딘가 모르게 무슨 큰일을 저지를 거로 보았어. 그때 동탁 그 짐승 놈을 해치웠어야 했는데 칠성검七星劍을 갖고도 죽이지 못했으니..."

"왕황후?"

변황후가 외쳤다.

"변황후구려. 내가 어떻게 죽었는지 당신은 아시겠구려. 차마 내 입으로 얘기할 수 없구려."

음부에 장형이라는 기구를 찬 채로 영제靈帝에게 시달리다가 그가 죽은 후 또다시 동탁에게 농락당하고 살해된 그 이야기를 어찌 필설로 다 하리오.

"그리고 동탁도 죽었지요."

그때 꾀꼬리 같이 청아한 그러나 한이 담겨 있는 듯한 목소리가 들렸다. 왕미인과는 전혀 다른 자태의 천하미녀가 서 있었다. 달이 부끄러워 숨는다는 그 폐월閉月의 미모였다.

"동탁의 만행은 하늘이 알고 땅이 알아요. 당신이 추행당하고 살해된 후 얼마 못가 동탁의 시체가 길거리에 버려졌죠. 조조가 못한 걸 여포가 끝장낸 거죠."

"초선..."

소교가 그 말만 하고 놀란 입을 다물지 못했다. 새 인물이 등장할 때마다 가장 먼저 감탄하는 여자가 소교였다.

"어떻게 알아보시네요."

"당신 같은 미모는 초선 아니고서는 없지 않겠어요. 그 비운의 얘기는 당시 오吳나라에도 널리 퍼졌죠."

소교가 말했다.

"당신은 유일하게 조조와 여포 두 영웅의 사랑을 받은 여인이기도 하죠. 여포와 함께 한 마지막 죽음의 장면은 여자로선 보기 드물게 장렬했다고나 할까요."

"그건 어쩔 수 없는 선택이었어요. 동탁의 애첩으로 지내며 아무리 기다렸지만 조조는 오지 않았어요. 그때 여포를 보았죠. 내 이상은 조조를, 심정과 육체는 여포를 원했어요. 여자의 본능이랄까 그걸 거부할 수가 없었죠. 내 죽음도 여포와 함께이기를 원했죠."

"천하의 영웅 여포에 대해선 우리는 안다고도 모른다고도 할 수 있어요. 당신은 누구보다 잘 알겠구려."

감부인이 말했다. 그녀는 유비가 여포와 적이 되었다 동지가 되었다를 되풀이하며 수없이 전투를 벌인 사실을 떠올리고 있었다.

"그는 무예와 용맹함에 대해선 당대에 겨룰 자가 없었지만 사랑에 대해선 순정 그 자체였어요. 오직 저만을 사랑했죠. 조조는 결코 그렇지 않았지만요."

초선의 말에,

"물론 당신에게는 그러했겠죠. 그러나 인의를 중시하는 우리 유비 나리도 여포에게만은 자비를 베풀 수 없었어요. 물론 여포의 무예라면 조조와 힘을 합쳐 천하를 제패할 수도 있었겠지만 섬기는 주인을 해치는 등 신의를 저버리는 사람은 살려둬선 안 된다고 조조에게 충언했죠."

감부인이 말했다.

"그는 남아였어요. 신의를 저버린 건 교활해서라기보다 단순해서이겠죠."

초선이 변명했다.

"단순하면서도 순박한 면도 있었다죠? 당신에게는 그렇게 잘했다죠."

소교가 말했다.

유비는 왜 자기 부인들을 일찍 죽게 했나

이때 "늦었습니다." 하는 소리와 함께 세련되고 귀티 나는 용모의 여인이 등장했다. 그러나 얼굴에는 심한 고초를 겪은 흔적이 남아 있었다.

"미부인...."

감부인이 벌떡 일어나 앞으로 다가갔다.

"오랜만이에요, 부인."

감부인이 미부인의 두 손을 움켜잡았다 .

"당신이 그러고 우물에 몸을 던진 후 우리는 당신을 잊은 적이 없어요."

"부인이라도 그리 했을 것입니다. 유선은 제가 낳은 자식은 아니지만 촉나라의 후계자 아닙니까. 유비 나라의 적자嫡子이고요."

"그런 유비는 이런 부인들은 그렇게 죽게 놔두고 어찌 그리 오래 살았답디까?"

소교가 비꼬는 투로 말했다. 이때 불쑥 추씨 부인이 나서

"조자룡이 아두를 구해 오자 애꿎은 아이를 팽개쳤다면서요. 그렇게 신하를 위하는 흉내를 내는 건 좋지만 우유부단한 데다 겁이 많아 전쟁에서 지고 도망치는 것도 선수 아니었나요. 여포를 처리 못해 성을 수시로 뺏기질 않나 두 부인을 조조에게 볼모로 잡히게 해 겨우 관운장關雲長이 구해오지 않나. 두 부인은 관운장 아니었으면 평생을 조조의 밑에서 살아야 했을 거에요. 하긴 그편이 나았는지도 모르죠. 그랬다면 그렇게 일찍 죽지 않아도 됐을지 모르니까."

하고 길게 말했다. 감부인과 미부인 빼고는 모두 그 말에 동의를 하는 표정이었다.

"그래도 그렇게 인재들이 모인 걸 보면 유비의 덕이 상당하다는 건 인정해야겠죠."

변황후가 제법 선심을 쓰는 듯 말했다. 그녀는 추씨 부인에게 아직도 감정이 남아 있는 듯했다.

이때 한 마리 말이 급하게 달려오더니 하늘나라의 사자使者가 내렸다. 사자가 말했다.

"오늘 감부인과 미부인께서 만나신다는 걸 알고 조자룡趙子龍 장군이 선물을 보냈습니다. 비록 올 수 없는 몸이지만 두 분이 평안하시다는 소식을 듣고 기뻐하셨습니다.

"조 장군 밖에 없구려."

감격한 미부인이 말했다. 조조군이 몰려오는 급박한 상황에서도 끝까지 그녀와 아두를 구하고자 한 조자룡이었다. 성정이 천진난만하고 마음 내키는 대로 행동하지만 그 자연스러움이 매우 남자답고 당당하여 누구나 믿고 사랑하는 인물이었다. 그런 그가 죽어서도 이렇게 세심하게 마음을 쓰는 것을 보고 미부인은 더욱 감동했던 것이다.

그녀는 감부인에게 비단으로 싸인 것을 어서 열어보시라고 했다. 감부인이 비단을 풀자 편지가 두 장 나왔다. 그것은 낳아주신 어머니와 목숨을 구해 주신 두 어머니에게 제사를 올리며 유선이 읊은 편지였다. 두 부인은 그 편지를 읽으며 눈물을 흘렸다.

"조 장군의 이름을 여기서 듣다니!"

심상치 않은 기운이 일더니 무장 복장을 한 여인이 등장했다.

"두 분 부인께 인사드립니다. 손인이라 합니다."

"아 당신이..."

감부인이 놀라워했다. 미부인도 놀란 눈으로 그러나 찬찬히 손인을 훑어보았다.

"유선을 친 자식처럼 잘 키웠다는 얘기 들었어요."

감부인이 말했다.

"유비나리와 저의 혼인은 오 나라의 정략이었지만 혼인한 이상 제 서방이며 그 분의 자식 또한 제 자식이기도 했으니까요. 그때 태후의 병환이 위중하다는 거짓정보를 믿고 오나라로 돌아간 다음 유선도 보지 못했고 유비 나리의 죽음 소식만 들었죠."

"유비가 죽었다고 당신까지 장강長江에 몸을 던질 필요는 없었어요."

소교가 말했다.

"소교... 여기서 뵙는군요."

"당신이 유비와 혼인하기 전만 해도 우린 참 친하게 지내지 않았나요?"

"그랬죠. 사실은 당신이 주유와 결혼한 후죠."

손인과 소교는 마주 보고 웃었다.

"유비 나리가 당신에게 푹 빠졌다고 들었어요. 조 장군이 그만 돌아가야 한다고 독촉을 하지 않았다면 유비 나리는 하마터면 오나라 귀신이 될 뻔했겠죠."

미부인이 손인에게 말했다.

"두 분 부인께서 주지 못한 걸 제가 준 건 사실이에요, 이런 말 하기 싫지만 유비는 제게 육체적으로 집착했어요, 나이 오십에."

미부인의 눈에 약간의 질투의 빛이 일어났다 꺼졌다. 감부인이,

"워낙 관우 장비 조자룡 같은 충직한 신하들 하고만 어울리다 보니 여자에 대해서는 풋내기였다고도 할 수 있어요, 그래서 당신 같은 어린 여자를 보니 그만 푹 빠진 거죠. 부하들을 지나치게 편애했어요. 때문에 조조를 죽일 기회가 있었는데 놓쳤다는 소리를 여기서 들었어요."

하고 말했다.

"관운장을 유비가 그렇게 형제로 대하지 않았으면 그는 군율을 어겨 가면서까지 적벽대전에서 패해 도망치는 조조를 살려줄 생각은 못했을 거에요. 하지만 관우는 그때 의리를 생각했던 거죠. 감부인과 저를 유비 나리에게 돌려보낸 조조의 관대함에 보답한 거죠."

미부인이 말했다. 찌푸리고 있던 변황후의 얼굴이 다소 펴졌다.

여인들, 다투어 공명의 매력을 말하다

"관운장은 그때 조조를 죽였어야 했어요."

이 놀라운 발언을 하며 등장한 이는 얼굴이 서양여자처럼 생긴 여자였다. 그녀의 뒤에는 나무로 만든 말이 서 있었다.

"제 남편이, 조조를 살려준 죄를 물어 군율에 따라 관우를 처리하려 했지만 유비가 그를 살려줬죠, 그 놈의 의리 때문에."

"제갈공명諸葛孔明의 처 황월영黃月英이시군요."

변황후가 그녀를 알아보고 말했다.

"황부인, 당신의 심정은 알겠지만 관우가 조조를 살려준 것에 대해서 너무 비탄해 할 건 없어요. 알다시피 관우는 신의와 의리의 남자였어요. 공명과는 또 다른 의미에서 진정한 남자였죠."

감부인이 나섰다. 그녀는 관우가 유비의 인의, 공명의 지혜, 조조의 주체성을 혼합한 인물이라는 평가가 일고 있다는 말까지는 굳이 하지 않았다.

"저도 한 말씀 드릴까요? 관우가 조조를 살려준 것에 대해서 누구보다 제가 감사드려야 하겠지만, 그 사실을 떠나 관우에 대한 평가가 나날이 높아지는 것은 그가 제국보다도 더 영원한 인간의 신의를 지켰기 때문이 아닐까요? 제국은 사라지고 바뀌지만 인간이 가져야 할 덕목은 영원한 것이기 때문이죠."

변황후의 말에 자리는 숙연한 기운이 감돌았다. 황월영은 깨닫는 바가 있는지 아무 말도 하지 않았다. 사실 제국이란 것은 이 하늘나라의 시각에서는 순간의 영화에 지나지 않음을 그녀 자신 잘 알고 있었다.

"공명 같은 훤칠한 미남이 고른 부인이 당신인 것에 우린 모두 놀랐죠. 숨은 매력이 있었나 봐요."

분위기를 바꾸려는 듯 소교가 말했다.

"글쎄요. 아마도 당신이 가진 매력과는 다른 것 아니겠어요?"

황부인이 재치 있게 대답했다.

"목우유마木牛流馬를 만들어 위 나라를 곤경에 빠뜨린 건 당신의 기여죠. 공명에게 당신이 없었다면 그는 좀 더 일찍 패배했을 거란 말이 있어요. 그래 공명의 실모습은 어떤가요?"

추씨 부인이 말했다. 그녀는 조조와 가후에 이어 공명에게도 남자로서 관심을 갖는 듯했다. 황월영은 그녀의 색정色情이 돋는 모습을 아니꼬운 듯 훑어보고는,

"공명 나리는 나라의 앞날을 걱정하며 전략을 세우느라 잠을 못 이룰 때가 많았죠. 아마도 오늘날 태어났다면 여자에게 할애하는 시간이 적어 여자들은 불만일 수도 있었을 거에요. 게다가 부정부패와는 거리가 멀어 집에 무슨 큰돈을 가져다주는 것도 아니었죠." 하고 남편 칭찬을 늘어놓았다.

"관우와 장비를 지휘하려면 병권兵權부터 쥐라고 충고한 게 당신이었죠?"

소교가 말했다. 그녀는 적벽대전 당시의 공명을 잘 알고 있었다.

"본인도 그렇게 해야 한다는 걸 알고 있었지만 제가 재촉을 한 거죠. 천하의 공명이 어찌 아낙네의 명령에 따라 행동하겠어요."

황부인이 말했다.

"공명으로 말하자면 한니발이 다시 태어나 전쟁을 치렀다는 말이 있던데... 그러고 보니 당신이 로마 여인이라는 설도 말이 되는군요."

초선이 오랜만에 입을 열었다. 그녀는 하늘나라에 와서 공명의 이야기를 귀가 아프도록 들은 터라 바짝 호기심이 들었다.

"나도 황월영 당신 남편을 안다면 알죠. 동작부의 시를 공명에게

알려줘 주유를 전쟁으로 몰게 한 것도 나, 동남풍에 대해 알려면 도사를 찾아가라고 가르쳐준 것도 나였죠. 물론 아무나에게 할 말은 아니었죠. 공명 정도 되는 인물이면 그 정보를 잘 이용할 수 있으리라는 믿음이 있었죠. 내가 만나본 공명은 가히 최고의 전략가이자 가슴엔 이상을 품은 남자였어요."

소교가 은근히 자기 자랑과 함께 공명에 대해 칭찬을 늘어놓았다.

"그런데 세상엔 이상하게도 당신과 공명의 소문이 나돌더군요."

추씨 부인이 말했다.

"민화나 전설에서 하는 말이죠. 심지어 나의 존재조차 숱한 모습으로 재연되지 않나요. 내가 공명과 맺어졌으면 어떤 일이 벌어졌을까 하는 추측으로도 재미있었나 보죠."

공명이 자신과 어울릴 만 했다는 투로 소교가 말했다.

"하지만 주유를 두고 그럴 리는 없었겠죠."

변황후가 말했다. 황부인은 자기 남편을 두고 입방아 찧는 여인들을 불편한 심기로 바라보고 있었다.

"주유 나리는 공명을 개인적으로 질투하지는 않았어요. 그는 그렇게 속 좁은 인물은 아니에요. 나라의 장래를 생각해 공명을 일찍 제거하려고 했는데... 난 그의 충정은 이해하면서도 그건 올바르지 않은 방법이라고 생각했어요. 그래서 그를 자제시켰죠, 다행히 공명은 거기까지 내다보고 미리 몸을 피했더군요."

"그가 피하는 바람에 소위 천하삼분지대계天下參分支大計가 완성된 거겠지요."

변황후가 말했다. 그녀의 입에서 그 말이 나오니 새삼 그 무게가 느껴졌다.

"사실 오나라는 천하이분지대계를 원했죠. 그러나 공명의 뜻대로 삼분지대계가 대세로 굳어졌죠. 난 유비와 살면서 공명의 재능을 다시 한 번 눈여겨봤죠. 해서 공명이 있는 한 오나라가 촉나라와 척을 지고는 위나라와 대적할 수 없다는 것을 알았어요.."

손인이 입을 열었다.

너는 내 며느리 아니냐

이제 시간이 저녁을 향해 가고 있었다. 시녀들이 차를 내가고 술을 내왔다. 입에 대는 여인도 있고 독주로 살해당한 하태후何太后를 떠올리고 있는 왕미인처럼 아예 외면하는 여인도 있었다. 왕미인은 자신이 죽고 난 다음 천하가 각축角逐하는 얘기를 흥미 있게 들었으나 모든 여인이 자신보단 나은 삶을 산 것 같아 화가 났다. 일국의 황후로 이 무슨 비참한 최후인가. 동탁에 대해선 좋게 말하는 여인들은 하나도 없었으니 그의 노리개가 되었다가 살해당한 게 새삼 분했다. 왕미인이 초선에게 눈짓을 했다.

"잠깐 바람 좀 쐬러 갈까요."

초선과 왕미인은 연못을 둘러 숲 속의 오솔길로 걸어 들어갔다.

"동탁 시대의 두 여인끼리 할 말이 있나 보오."

변황후가 말했다.

"그래도 초선은 좋아하는 남자 여포와 마지막 불꽃을 피웠지만 왕미인은 궁중암투의 추악한 모습을 그대로 보여주는 예가 아닐까 해요."

감부인이 말했다.

"차마 입 밖에 내지 못했지만 아까 그 말이 나올까 조마조마했어요."

추씨 부인이 말했다.

"무슨 말 말이에요?"

미부인이 궁금한 표정으로 물었다.

"동탁이 왕미인의 시신을 먹으며 도착적인 쾌감에 잠겼다는 소문 말이에요."

추씨 부인이 말했다.

"세상에!"

여인들이 탄식을 했다 .

"동탁이라면 그러고도 남지."

변황후가 말했다.

"그래도 한때는 사내다운 면이 있었다면서요."

소교가 말했다.

"사람들과 어울릴 줄은 알았죠. 그러니 그나마 부하라고 있었겠지. 하지만 상국相國이 되고부터 권력에 대한 집착과 교만이 하늘을 찌

르고 결국 여포에게 살해된 것 아니겠어요."'

변황후가 말했다.

"그나마 동탁을 꾸짖은 건 원소袁紹라면서요."

추씨 부인이 말했다.

"명문가의 자손이니 대들 수 있었던 거죠. 하지만 그는 조조와의 관도대전官渡大戰에서 패배했고 그 세 아들 또한 자기들끼리 갈라져서 싸웠으니 조조에게 대적이 안 되었지. 그렇게 한 명문가와 원소의 백만 대군은 멸망해 갔고... 여기 원소의 가문이 없는 게 다행이군요."

변황후가 좌중을 둘러보며 말했다.

"원소의 가문은 몰라도 조조의 가문이 된 여자는 있죠."

말소리와 함께 한 절세미인이 서 있었다.

"어머님 그동안 안녕하셨습니까?"

절세미인이 변황후에게 허리를 숙여 인사했다.

"오, 부인 왔구려."

두 사람은 손을 맞잡았다. 시어머니와 며느리로 살아온 두 사람이었다.

"조비의 처 견씨甄氏 부인 아니세요?"

추씨 부인이 말했다.

"그렇답니다."

"듣던 대로 미인이세요."

손인이 말했다.

"여기 모인 분들의 미모를 보니 오랫동안 잠들어 있던 제 질투심이 솟아나려 하는군요."

추씨 부인이 말했다. 그녀는 이 자리에서도 성적 매력性的 魅力 면에서만은 왕미인과 경쟁할 만 했다.

여기저기에서 쑥덕거리는 소리가 났다. 조조가 아들 조비의 처 즉 견부인을 건드렸다는 설에 대해 차마 변황후 앞에서는 못하고 쑥덕이는 중이었다. 추씨 부인은 자신이 개인적인 안위와 영달을 위해 몸을 사용한 여자가 아니라는 사실을 공공연히 드러내며 원희, 조비, 조조 세 남자를 거친 견씨를 꽤 안타까운 일이라는 듯 바라보고 있었다.

축융부인과 손인의 결투?

이때 멀리서부터 검은 말이 달려오더니 정자 앞에서 멈추었다.

여인들은 눈살을 찌푸리며 말에서 내리는 무장한 여인을 바라보았다.

"왜 나한테까지 초대장이 왔을까 싶었어요. 하긴 공명의 부인도 외국인이라는 말이 있던데... 그녀까지 초대를 받았으니 남만의 왕비인 내가 참석 못할 이유는 없겠죠."

그녀는 바로 남만족의 왕 맹획의 처인 축융부인이었다. 듣던 대로 거친 기질에 남자 장수들도 주눅이 들 만한 강한 눈빛을 하고 있었다.

"공명이 일곱번이나 풀어준 맹획은 어디 두고 혼자 왔나요. 사람들은 그걸 칠종칠금七縱七擒이라 한다죠."

황부인이 입꼬리에 웃음을 머금고 말했다.

"오 황월영. 반가워요. 헌데 그때 내가 항복했다고 생각하면 오산이에요. 공명은 전략상 나를 풀어줬죠. 우리가 마음으로 승복하지 않는 한 또 다시 위나라와 힘을 합쳐 공격해 올까봐 두려웠으니까. 그러나 우리 입장에서 보면 공명이건 누구건 그건 적의 침입 외에는 아무것도 아니었어요."

"그래도 공명이니까 당신을 풀어줬지. 누가 그럴 수 있다고 생각하나요?"

황부인이 말했다.

"하긴 손권孫權이라면 그런 은덕을 베풀지 않았겠지. 그는 동맹국인 촉의 유비까지 죽이려 들었으니. 게다가 공명은 꽤나 매력적이더군. 가끔 생각났으니까. 공명도 나를 생각하고 있다는 말은 들었어요. 당신은 눈치 못 챘나요?"

축융부인이 황부인을 향해 오만하게 말했다.

"감히 이민족의 여자가 입이 험하구나."

이때 지켜보고 있던 손인이 나섰다. 오라버니인 손권을 비하하고 유비의 오른팔인 공명을 모욕하는 발언을 참기 힘들었다. 손권이 누구인가. 누가 있어 오 나라를 그렇게 오랫동안 수성守城할 수 있었겠는가. 창업자 형인 조조에 비해 그릇 형인 손권은 오나라 라는 그릇에 담긴 물을 한 방울도 낭비하지 않고 활용한 현명한 군주로 감히 이민족의 여자가 함부로 입에 올려도 좋을 남자가 아니라는 게 그녀의 생각이었다.

"누군가 했더니 유비의 처 손인이시군. 이민족이라? 우리 입장에선 당신이 이민족이지. 그런데 무술을 좋아해 힘으로 유비를 잠자리에서 제압했다는 소리를 들었는데. 그 방면에도 무술을 쓰신 건지?"

"뭐라고?"

축융부인과 손인, 이 둘이 한 판 붙을 기세였다. 축융부인이 먼저 말을 타고 달리자 손인도 말을 타고 뒤를 쫓았다. 흙먼지가 자욱하게 일었다. 도망가던 축융 부인이 돌아서서 단도를 던졌고 손인이 이를 피했다. 여인들은 하늘나라에서도 이런 전투가 벌어진다는 사실에 놀라움을 금치 못했다.

이때 시녀가 나서서 설명을 했다.

"이승에서 온 분들이 너무 이승에 있었던 일을 생각하는 것 같아 가끔 저런 장면을 연출하게 둔답니다. 실은 저것들은 모두 환영이랍니다. 가상현실인데 실제처럼 느끼게 하지요."

여인들은 고개를 끄덕였다. 그래도 둘의 전투 장면은 이승의 그 어떤 전투보다 박력이 넘쳤다.

초선과 왕미인이 숲에서 돌아오다 이 둘의 전투 장면을 보게 되었다.

"사내들도 못 당하겠군."

왕미인이 말했다.

"그러게 말입니다. 그래도 사랑에는 약한 여인들이지요."

초선이 말했다. 여포가 봤으면 질풍같이 내달려 양 겨드랑이에 여자 하나씩을 꿰차고 그만 귀여움 떨라고 하지 않았을까 생각하며 초선은 미소를 지었다 .

영웅들이 좋아하는 女人像, 여인들이 좋아하는 英雄像

어느덧 석양이 지고 정자 속 여인들의 모습도 황혼빛에 물들어갔다.

죽어서 하늘나라에 가지 않았더라면 만나 볼 수 없었던 여인들의 얘기는 끝이 없었고, 특히 영웅들에 대해 얘기할 땐 서로 눈에 불꽃이 튀기도 했다. 한 사내를 두고 애증愛憎이 교차하는 가운데 여인들은 자신의 선택과 결단이 나라의 운명을 바꾸었음을 뿌듯하게도 생각하였다. 그러나 그리움은 그리움, 이제 지나간 한 시대와 낭군에 대한 그리움은 여기 와서도 옅어지지 않았고, 앞으로 또 언제 이런 모임이 있을지 모르지만 천 년 후에 다시 이 자리를 갖는다 해도 그 그리움은 옅어지지 않을 성 싶었다.

어둠이 내리자 촛불이 켜졌고 어디서 호가胡笳소리가 들렸다.

"대문호 채옹蔡邕의 여식 채염蔡琰입니다. 밤이면 그녀의 호가 소리가 은하계를 건너 저렇게 울려온답니다."

시녀가 말했다.

허도許都의 백성들과 조조의 심금을 울렸던 그 호가 소리가 여인들의 심사를 대변하는 듯 애절하게 울려 퍼졌다. 거기에 천상의 과일로 빚은 약주가 여인들의 심정을 고조시켰다.

어둠 속에서 치마 끄는 소리가 스산하게 들렸다. 사마의의 부인이었다.

"장춘화張春華, 당신이 올 줄은 몰랐소."

변황후가 말했다.

"조 씨 나라를 폐하고 사마 씨의 진晉나라를 건설하게 한 점 사과드리러 온 건 아닙니다. 역사는 그렇게 흘러가는 거고 수정할 수 없는 거지요."

그녀는 밤에 나타난 이유를 변명하려 하지 않았다. 마치 인내를 갖고 은밀히 기회를 보다 위 나라를 차지한 사마의의 모습을 보는 듯했다. 사마의는 조정이 불러도 병을 핑계되기 일쑤였지만 실은 매우 강한 남자로 한 세대 앞을 내다보는 큰 스케일을 구상하고 그 목적을 위해 행동해야 할 때는 과감하게 나선 자였다. 그의 무표정 속에 숨은 냉철하고 사려 깊은 정세판단은 전략가 공명을 패퇴시키고 영원무궁할 것 같던 조씨 가를 한갓 허수아비로 전락시켰다. 장춘화는 그런 남자의 정부인이었다.

"그렇소. 역사는 강자들의 기록이요. 그리고 여인들은 그 강자들을 품은 또 하나의 세계에요."

변황후가 말했다. 그녀는 쓰라린 사실을 인정하면서도 회환에 잠기는 듯했다.

승패를 가리지 못한 손인과 축융 부인까지 돌아와 여인들은 모두 둘러 앉아 밤을 맞이하고 있었다. 밤이 깊어가고 술들이 한 잔 들어가자 다들 긴장이 풀리며 말들이 많아지기 시작했다. 그리하여 영웅들이 좋아하는 여자상에 대해 말이 오가기 시작했다.

"제가 알기론 조조는 미모도 미모지만 시와 노래를 좋아하는 여인을 특히 좋아했죠. 변황후 당신이 그렇고 초선 당신도 그랬죠. 그리고 성적 경험이 풍부한 과부를 좋아한 걸로 알고 있어요."

사마의의 부인 장춘화가 변황후와 초선에 이어 추씨 부인을 바라보며 말했다. 거기엔 변황후 당신 역시 기녀 출신 아니냐는 의미가 담겨 있었다. 초선은 그저 가벼운 미소만 지었고 추씨 부인은 성적 매력이라곤 없는 장춘화를 흘겨보았다.

"그래서 음악에 조예가 깊은 강동이교도 차지하려고 했군요."

손인이 말했다. 그녀는 장강에 빠져죽은 자신의 최후가 자꾸 떠오르는지 아까부터 계속 술잔에 입을 가져가고 있었다.

"손인, 유비는 유독 당신에게서 헤어나지 못한 걸로 아는데 그분이 원래 성적으로 방종한 면이 있는 것 아닌가요?"

왕미인이 말했다. 술과 여자에 취해 방종한 생활을 했던 영제靈帝처럼 유비도 결국 그런 위인이 아닌가 하는 의미였다. 그녀는 당신도 장형을 몸에 차지 않았냐는 말은 입 안에 삼켰다.

"유비 나리는 원래 사랑에 순수한 분이었죠. 전투에 지면서부터 장수와 여인들을 두고 도망다니기 바빠, 잘해주려 해도 여자에게 잘해줄 시간이 부족했던 분이죠. 하지만 그래도 전 잠시나마 행복했다고 해 두죠. 두 부인께는 미안한 마음이지만요."

손인이 감부인과 미부인을 보며 말했다.

"손인, 당신의 오빠 손권은 어떤 여자를 좋아했나요?"

미안해 할 것 없다는 표정을 지으며 미부인이 물었다.

"오라버니는 눈, 코, 귀, 입 등 여자의 부분적인 아름다움을 좋아했답니다. 부분을 통해 전체를 사랑했다고나 할까요."

"색다른 취향이군요. 또 하나 잘 알려지지 않은 게 제갈공명이 어떤 여자를 좋아했는냐인데 그건 황월영 당신을 보면 알 것 같아요."

미부인이 말했다.

"미부인, 공명이 어떤 여자를 좋아하는지는 사실 저도 잘 모릅니다. 그가 어떤 여자와 있는 걸 본 적이 없어서요. 저의 재능이나 정신적인 면을 좋아한 건 사실입니다. 그 나머지는 말씀드리기 곤란하군요."

황월영은 자신이 결코 잠자리에서도 공명을 실망시키지 않았다는 것을 은근히 드러냈다.

"남편은 항상 자기 곁에서 말 상대를 해주고 돌봐주기를 바랐죠. 그는 무엇보다 현명한 여인을 좋아했어요."

누가 묻지도 않았는데 장춘화가 끼어들었다. 그녀는 생전에 남편 사마의가 다른 여자를 탐하는 건 몹시 질투했지만, 죽은 후 그 이름이 언급되지 않는 것은 더욱 참을 수가 없었다. 삼국통일의 시조始祖인 그와 그의 정부인인 자신을 너무 홀대하는 거 아닌가 싶었던 것이다.

초선은 여인들이 떠들어대는 영웅들의 인물평과 여성관을 들으며 시간만 나면 다정한 말을 주고받기를 원하던 순정한 남자 여포를 떠올렸다. 지금 이 순간 그가 그리웠다. 적토마를 타고 달리던 그의 단단한 등의 감촉이 아프게 되살아왔다.

"관우는 자기 자신처럼 신의 있는 여자를 좋아했다죠."

"장비는 그저 말이 적고 고분고분한 여자면 되었대요."

"조자룡은 이타적이고 사려 깊은 여자를 좋아했고요."

"동탁 그 짐승은 10대의 예쁜 처녀만을 좋아했다나."

"원소는 미모보다는 가문이 좋고 재물이 많은 여자를 좋아했고."

"곁에 있는 여자라면 아무나 상관없었던 인물이 누구인줄 아세요? 바로 촉의 2대 황제 유선이랍니다."

여인들은 각자 신이 나서 때론 시니컬하게 때론 회상하는 투로 남자들에 대해 한 마디씩 하였다. 유선의 얘기가 나왔을 때 감부인의 가슴은 찢어지는 듯했다 .

술이 새로 오고 여인들은 이번엔 제비뽑기로 사내들의 순위를 매기기 시작했다. 그 순위는 제갈공명, 조조, 사마의, 관운장, 조자룡, 손권, 주유, 유비, 장비 순이었다.

제갈공명과 조조가 1,2위를 다투는 건 납득이 가지만 사마의가 3위에 오른 건 의외였다. 화려하진 않지만 내실을 기하는 그 모습에 여인들이 점수를 많이 준 것으로 볼 수 있었다. 가문의 보존과 영화에 그만큼 관심이 있다는 반증이기도 했다. 멋쟁이 주유는 너무 일찍 죽은 탓인지 의외로 뒤쳐졌고 유비는 겨우 장비 앞에 이름을 올렸을 뿐이었다. 유비의 경우 이 자리에 모인 부인만 해도 셋인데, 그녀들조차 매력적인 남성을 칠 땐 점수를 주지 않은 모양이었다. 다시 태어난다면 다른 사내와 한 번 살아봤으면 하는 여인들의 마음을 읽는 듯했다. 다음 번에 모일 땐 이 순위는 또 한 번 바뀔지도 몰랐다. 하늘나라에도 시대 변천이 있고 그에 따라 매력적인 남성상도 변화

해가기 마련이었다.

또 하나의 별똥별이 지니

밤하늘에는 별들이 가득했다. 영웅들은 지지 않는 별들이 되어 여인들의 머리 위로 광활하게 떠 있었다. 여인들은 수많은 별들 중 자신의 낭군을 찾으려는 듯 하늘을 올려다보았다. 그때 별똥별 하나가 빠르게 떨어졌다.

"또 어떤 영웅이 숨을 거뒀나."

누군가 탄식했다.

"저것은 어쩜 사내가 아니라 어느 여인의 별인지도 모르죠."

초선이 말했다. 후세의 영웅은 사내가 아니라 여인들에게서 나올 수도 있었다. 여인들은, 오늘밤 별똥별이 되어 떨어진 그녀를 다음 모임에 만나보기로 하고 밤이 늦도록 이야기를 나누었다. 이 이야기들을 기록하여 하늘나라에선 '삼국지의 여인들'이란 책자를 만들어 내놓기로 했다. 그리하여 하늘나라에 온 영웅들도 그 책을 통해 여인들이 자신을 어떻게 생각하는지 알 수 있을 것이었다.

밤이 깊어가고 각자의 거처로 돌아갈 아침이 다가오고 있었지만, 여인들은 피곤한 줄도 모르고, 때로 웃고 때로 탄식하고 때로 눈물을 글썽이며 이 밤을 함께하였다. 마치 영원과도 같은 하늘나라의 밤이었다.

삼국지의 여인들

초판 1쇄 인쇄 2015년 8월 20일
초판 1쇄 발행 2015년 8월 27일
지은이 민희식
펴낸이 홍행숙
펴낸곳 문학의문학
등록번호 105-91-90635
주소 서울시 마포구 신수로 52 전국재해구호협회 406호
전화 722-3588
팩스 722-3587

ISBN 979-11-952739-6-6 03810